www.blue-panther-books.de

TRINITY TAYLOR

ICH WILL DICH

EROTISCHE GESCHICHTEN

www.blue-panther-books.de

BLUE PANTHER BOOKS TASCHENBUCH
BAND 2150

1. AUFLAGE: FEBRUAR 2010

VOLLSTÄNDIGE TASCHENBUCHAUSGABE

ORIGINALAUSGABE

COVER: GETTY IMAGES
UMSCHLAGGESTALTUNG: WWW.HEUBACH-MEDIA.DE
GESETZT IN DER TRAJAN PRO UND ADOBE GARAMOND PRO

PRINTED IN GERMANY
ISBN 978-3-940505-45-3

WWW.BLUE-PANTHER-BOOKS.DE

INHALT

KÖCHIN GESUCHT

»Koch/Köchin für exklusive Abendveranstaltung gesucht«, las Caroline laut vor. Sie kaute an einem Kugelschreiber und nahm ihn zum Ankreuzen der Anzeige aus dem Mund.

Sie saß an ihrem Schreibtisch in der Event-Marketing-Agentur, wo sie als Projektbetreuerin arbeitete. Haufenweise Arbeit starrte sie an, doch es war drei Uhr nachmittags und sie hatte sich eine Pause verdient. Nach einer Weile schüttelte sie den Kopf und faltete die Zeitung zusammen. Sie hatte einen Job, einen guten noch dazu, warum sollte sie ausgerechnet an einem Wochenende arbeiten gehen? Andererseits hatte sie Lust, mal wieder mit anderen Menschen in Kotakt zu treten. Nicht nur ihre Wohnung war leer, sondern auch ihr Sexualleben. Seit Mike sie vor acht Monaten verlassen hatte, gab es keinen Mann mehr in ihrem Leben. Doch wer weiß, vielleicht traf sie ja an diesem Wochenende auf den einen oder anderen Mann, der ihr den Kopf verdrehte.

Doch so ganz wohl war Caroline nicht dabei, ihr Privatleben als Begründung für einen neuen Nebenjob anzuführen. Sie besann sich auf den süßen Chrysler Neon, den sie sich schon so lange wünschte. Genau, es war der erste Schritt in die richtige Richtung, das Geld für ihr Traumauto zu verdienen.

Sie schlug also die Seite mit der Annonce wieder auf und las sie sich noch einmal durch:

»Koch/Köchin für exklusive Abendveranstaltung gesucht – Termin: Samstag, den 21. August – Arbeitszeit ca. neun Stunden ab Nachmittag – incl. Spesen – Vergütung auf Verhandlungsbasis – Bei Interesse: rufen Sie uns an ...« Kurz und knapp, aber es reichte, stellte Caroline fest. Sie kaute wieder an ihrem Kugelschreiber, dachte an ihre Kochzeit vor fünf Jahren in einer Hotelküche mit gehobenem Anspruch. Eineinhalb Jahre hatte sie dort gearbeitet.

Caroline sah kurz zur Tür, vergewisserte sich, dass niemand in ihrer Nähe war, und tippte die Telefonnummer ein.

Eine Dame mit einer sympathischen Stimme meldete sich. »Schön, dass wir sie für den Job begeistern können. Es handelt sich um eine Hochzeitsfeier mit etwa 500 geladenen Gästen und großem Buffet. Um sechzehn Uhr beginnen für Sie die Vorbereitungen, allerdings werden schon Köche vor Ort sein. Es ist eine große Scheune, die sich auf dem Gut Ballmore befindet.«

»Oh, das kenne ich!«, rief Caroline.

»Sehr schön, dann brauche ich Ihnen den Weg ja nicht mehr zu beschreiben. Ach, bevor wir zum Honorar kommen, bitte denken Sie daran, Ihr Messer mitzunehmen. Brendan Neely, der Küchenchef, legt großen Wert darauf.«

Caroline handelte eine mehr als faire Kondition aus. Kaum hatte Caroline aufgelegt, ballte sie die Fäuste aus Freude und jubelte. Am Samstag würde sie nicht einsam vor dem Fernseher sitzen und traurige Liebesfilme mit der berühmt-berüchtigten Chipstüte auf dem Schoß sehen. Sie würde in ihrem alten Beruf arbeiten, eine Menge Spaß haben und den auch noch bezahlt bekommen.

Den Rest des Tages fiel es Caroline schwer, sich auf ihre Projekte zu konzentrieren. Sie freute sich auf das Wochenende und hoffte, nicht enttäuscht zu werden.

***

Caroline parkte ihren roten Honda auf dem für die Gäste vorgesehenen Parkplatz, der fast genauso groß war, wie das Anwesen, das sie nun betrat. Sie ging eine kleine schmale Allee entlang, die von alten Bäumen gesäumt wurde. Ganz am Ende erstreckte sich die riesige Scheune, in der die Hochzeitsfeier stattfinden sollte.

Nervös schritt sie auf das Scheunentor zu, das weit offen stand. Ihre Augen gewöhnten sich nur langsam an das schummrige Licht im Inneren. Der Anblick, der sich ihr bot, ließ ihr vor Bewunderung den Mund offen stehen. Die Tische standen einer neben dem anderen, alle liebevoll geschmückt mit weißen Tischdecken und lachsfarbenen Rosengestecken. Ringsrum an den Wänden der Scheune standen lange Tischreihen für das Buffet, an der linken Seite war eine Bühne aufgebaut, auf der Tontechniker und zwei Sängerinnen eine Mikrofonprobe machten.

Caroline ging auf einen der Kellner zu, die die Tische ordentlich mit Silberbesteck eindeckten. Sie fragte ihn nach dem Küchenchef Brendan Neely. Der Kellner schaute kaum auf, wies dann auf eine Tür an der hinteren Seite der Scheune. Caroline bedankte sich. Vor der Tür stieß sie mit einem Koch zusammen, der diese gerade schwungvoll öffnete, als sie davor stand.

»Hoppla.« Fast wäre ihm der Kürbis aus der Hand gefallen, doch er lächelte sie an. Erschrocken blickte Caroline den Rothaarigen an.

»Kann ich ihnen helfen, Madam? Wenn sie zu der Feier wollen ... die fängt erst in etwa drei Stunden an.«

»Nein, oh, tut mir auch leid. Ich, äh ... suche Brendan Neely.«

»Gehen sie einfach durch diese Tür. Dahinter befindet sich ein Zelt – er müsste eigentlich dort sein.«

»Danke, Sir.« Caroline ging mit Herzklopfen durch die Tür und ärgerte sich. Das fing ja gut an! Ein riesiges Zelt öffnete sich. Männer in ihren unverwechselbaren weißen Jacken liefen herum, hantierten vor zwei großen Gaskochern mit entsprechend mächtigen Pfannen darauf, schnitten Obst auf großen Holzbrettern oder verteilten verschiedene Lebensmittel auf einem Rollwagen. Einer der Köche sah aus seinem Gespräch mit einem anderen hoch und hielt für kurze Zeit Carolines Blick gefangen. Ihr Herz machte einen Hüpfer. Er war ein gut aussehender Mann, den sie auf etwa fünfunddreißig schätzte, seine Schläfen waren leicht angeraut, was seinem markanten Gesicht das gewisse Etwas verlieh. Er war groß und sein Blick wirkte ruhig. Er hatte die Hände auf dem Rücken verschränkt, ein Lächeln umspielte seine Mundwinkel. Noch ehe Caroline entscheiden konnte, ob sie ihn fragen sollte, wurde sie angesprochen.

»Kann ich ihnen helfen?«, fragte ein älterer Mann mit Vollbart, Brille und angespanntem Gesichtsausdruck.

»Ja, ich suche Brendan Neely.«

»Das bin ich.«

»Guten Tag, Mr Neely, ich bin Caroline Wood, die Köchin für heute Abend.«

»Sehr schön. Ich habe Sie auf Posten drei eingeteilt. Kommen Sie, ich zeige Ihnen, wo das ist. Haben Sie ein Messer dabei?«

»Ja, aber im Auto.«

»Gut, holen Sie es, Messer sind hier Mangelware. Dort drüben wird ihr Posten sein. Wenden Sie sich an Chris Lukas. Er weiß Bescheid. Das ist ihr Postenchef. Er kommt gerade.«

»Okay. Ach, wo kann ich mich denn umziehen?«

Neely kratzte sich am Kopf. »Das ist ein Problem. Da wir nur Männer sind, ziehen wir uns alle hinter dem Transporter um, ich hoffe, es macht Ihnen nichts aus.«

Caroline schluckte. Es machte ihr etwas aus ...

»Kein Problem«, schwindelte sie und lächelte.

»Gut.« Neely ging weiter.

Chris Lukas winkte ihr kurz zu.

»Hi, du bist Chris?«, fragte Caroline als sie zu ihm herangetreten war.

»Genau. Wir kennen uns vom Kürbiszusammenstoß.«

Caroline lachte dem Rothaarigen zu. »Stimmt. Ich bin Caroline und soll dir zur Hand gehen. Bin nämlich auf deinem Posten eingeteilt.«

Chris' Gesicht strahlte und seine ohnehin schon geröteten Wangen, nahmen eine noch rotere Färbung an. »Großartig. Zieh dich um und komm gleich zu mir, es gibt einiges zu tun.«

»Okay.«

Auf dem Weg zu ihrem Wagen überlegte sich Caroline, dass sie sich ja auch gleich dort umziehen könnte, da würde sie ungestört sein. Erleichtert über diese Idee, wurde ihr Gang schwungvoller.

Sie setzte sich in den Wagen und zog das Messer unter ihrem Sitz hervor und legte es auf den Beifahrersitz. Sie blickte sich um, doch weit und breit war niemand zu sehen. Sie knöpfte sich die dunkelblaue Bluse auf und bekam einen Schreck – ihr schwarzer BH! Sie musste ihn dringend gegen den weißen tauschen, sonst würde ihr jeder auf die Brüste starren. Schwarzer BH und weiße Kochjacke – das ging gar nicht! Rasch zog sie die Bluse aus und hakte den BH auf, als sie auch schon hörte, wie sich ein Auto näherte. Es bremste bei rasanter Geschwindigkeit direkt neben ihrem und wirbelte eine Menge Kies und Staub auf. Musik dröhnte aus den Boxen. Mit freien Brüsten saß Caroline da und war einer Panik nahe, denn sie fand ihren weißen BH nicht.

Die Musik ging aus, eine Autotür klappte. Caroline stieß einen Schrei aus. Ein junger Mann stand direkt an ihrer Scheibe und sah ihr beim Umziehen zu. In ihrer Verzweiflung zog sie kurzerhand den schwarzen BH wieder an. Sie hörte sein jungenhaftes Lachen. Er dürfte kaum älter als zwanzig sein, schätzte sie, ein smarter, gut aussehender Junge, der ein überlegenes Grinsen aufsetzte. Er klopfte an. Sie öffnete widerwillig.

»Was ist denn? Siehst du nicht, dass ich mich hier umziehe?«

»Oh, ja, das sehe ich. Ganz schon heiß!«

»Ganz schön heiß?«

»Ja, du, Baby. Geile Titten. Kann ich die noch mal sehen?« Caroline traute ihren Ohren nicht. »Verschwinde!«

Der Junge lachte. »Hey, warum so kratzbürstig? Ich bin Ray. Und du?«

Sie zögerte. »Caroline. Und jetzt verschwinde.«

»Warum sollte ich, wo ich doch hier einen unbezahlbaren Logenplatz habe.« Er grinste unverschämt und rührte sich nicht von der Stelle. Caroline hielt sich noch immer die Hände vor den Oberkörper. Sie hatte den BH zwar übergezogen, jedoch nicht eingehakt. Einen kurzen Moment zögerte sie, dann hatte sie sich entschieden. Mit einem Ruck stieß sie ihre Tür auf ... und traf Ray.

»Hey ... was soll das?«

Caroline antwortete nicht. Sie baute sich vor ihm auf, und obwohl Ray sicherlich zehn Jahre jünger war als sie, überragte er sie doch um einen Kopf. Caroline reckte ihr Kinn. Sie langte mit den Händen auf den Rücken und hakte den Verschluss zu. Ray starrte grinsend auf ihren Busen.

»Wow, du bist ja erregt, Baby.«

Caroline versuchte sich zu beherrschen, doch sie spürte, wie dieser Typ und die Situation sie scharf machten. Sollte sie doch noch ihren BH wechseln? Sie merkte, wie ihre Brustwarzen sich durch die Spitze drückten. Ray zögerte keine Sekunde und legte einfach seine Hände um ihre Brüste. Sofort reckten die Nippel sich ihm entgegen. Ray leckte sich unbewusst über die trockenen Lippen. Caroline, erschrocken über die so offensichtliche Reaktion ihres Körpers, nahm ihre Bluse vom Sitz, zog sie über und knöpfte sie augenblicklich zu. Dann bückte sie sich nach ihrem Messer. Schon spürte sie Rays Hand von hinten in ihrem Schritt. Sie stieß einen kaum unterdrückten Schrei aus, drehte sie sich rasch um und schlug ihm ins Gesicht.

Entsetzt starrte er sie an, die Hand auf der Stelle, wo es brannte. »Hey, spinnst du?«

Caroline zog an ihrem Rock, doch es brachte nichts bei dem Minirock. »Du hast wohl gar keine Manieren, was?! Verschwinde endlich! Ich bin kein Freiwild.«

Er lachte wieder, doch ihre Ohrfeige zeigte Wirkung. Er wandte sich seinem Auto zu, schloss die Beifahrertür auf und holte ein Bündel Klamotten heraus. Caroline ging zur Scheune zurück, wo sie sich sicherer und wesentlich wohler fühlte.

Als sie das Tor aufstieß, kam ihr der Mann mit den angegrauten Schläfen entgegen, doch er schien in Gedanken zu sein und nahm von ihr keine Notiz. Carolines Herzschlag beschleunigte sich. Als er aufblickte und sie sah, nickte er kurz und ging wortlos an ihr vorbei. Fast hätte sie sich nach ihm umgesehen.

Caroline ging zu ihrem Posten. Chris schob gerade fünf kleine Bleche, auf denen Baguette-Stangen lagen, in den Convectomaten – ein Gerät, mit dem man backen, braten, grillen und dämpfen konnte, ein absolutes Allround-Gerät.

»Hi, Caroline, du bist ja noch gar nicht umgezogen.«

»Nein, ich habe eben ...« Sie überlegte, ob es Chris überhaupt interessieren würde, was sie gerade erlebt hatte. Wahrscheinlich nicht. »Ich ziehe mich jetzt um, wollte nur mein Messer hier ablegen. Bin gleich wieder da.«

»Okay.«

Sie durchquerte nochmals die große Scheune und sah zur Musik-Band, die gerade einen Song probte. Einer der Köche begegnete ihr, sie grüßten sich kurz. Caroline fragte sich, wie viele neue Gesichter sie sich für heute Abend noch merken musste.

Sie trat wieder ins Freie, die Sonne schien ihr so sehr ins Gesicht, dass sie eine Hand schützend vor die Augen legte. Ein kurzer Blick zum Kochzelt sagte ihr, dass alle Köche hektisch beschäftig waren und sich kaum darum scheren würden, was sie hinter den Transportern trieb. Trotzdem ging sie auf Zehenspitzen. Die Wagen standen parallel zum Kochzelt. Dort, wo sie jetzt war, konnte sie niemand sehen. So knöpfte sie wieder ihre Bluse auf, ließ sie herabgleiten und öffnete den BH. In der warmen Luft stellten sich ihre Brustwarzen auf, kirschrot leuchteten sie in der Nachmittagssonne. Am liebsten hätte sie sich hier nackt hingelegt und sich in der herrlichen Sonne geaalt. Sie schloss die Augen und berührte ihre Spitzen. Wärme durchströmte ihren Schoß. Dann besann sie sich, dass sie nicht zum Sonnenbaden hier war und öffnete die Augen. Sogleich zog sie den weißen BH aus der Tasche hervor, ließ ihren Rock fallen und streifte die Hose über. Hatte sie eben ein Geräusch gehört? Sie blickte hoch, sah aber niemanden.

Caroline knöpfte die Kochjacke zu und band sich den Vorstecker – die Kochschürze – um. Sie öffnete ihre Haare, ließ den leichten Wind darin wehen und schlang das Band wieder um ihre Haarpracht. Als sie ihre Tasche nahm, hörte sie ein Klicken. Quietschend ging die Tür des Transporters auf und der

Koch mit den grauen Schläfen stieg aus. Regungslos standen Caroline und der attraktive Mann sich gegenüber. Er musste alles von ihr gesehen haben. Diese Vorstellung ließ ihr das Herz bis zum Hals schlagen, denn damit, dass jemand im Wagen sitzen könnte, vor dem sie sich gerade umzog, hatte sie nicht im Traum gerechnet. Die Zeit schien zu stehen. Caroline sah die grünen Augen des Mannes in der Sonne leuchten, obwohl er sie zu Schlitzen zusammengedrückt hatte. Es zog in ihrem Unterleib und Feuchtigkeit breitete sich aus.

Dann kam Ray in Sicht. Er trug, was Caroline nicht glauben konnte, eine Kochjacke! Auch das noch! Sie stöhnte innerlich auf und wandte sich wortlos von ihrem heimlichen Zuschauer ab, der ihr leise zuflüsterte: »Sehr hübsch.«

Caroline tat so, als sei sie an Gelassenheit nicht zu übertreffen, erst recht nicht, als sie dann an Ray vorbeiging.

»Hi, Schätzchen«, flötete Ray, »du bist ja eine von meiner Mannschaft. Klasse! Hoffentlich sind wir auch am gleichen Posten.« Leise fügte er hinzu: »Dann kann ich dir zwischendurch ein bisschen deine Pussy streicheln.«

Caroline verdrehte genervt die Augen. Doch die Röte ihrer Wangen verriet sie.

»Oh, hallo, Sam …« Ein Koch kam ihr entgegen und steuerte auf ihren heimlichen Beobachter zu. »Ich habe dich gesucht. Wie sieht es eigentlich mit den Spare Ribs aus. Wann können wir …«

Sam, hallte es in Carolines Kopf. Ihr heimlicher Beobachter mit den angegrauten Schläfen hieß also Sam. Mit klopfendem Herzen setzte sie ihren Weg zum Posten fort und versuchte sich vorzustellen, was er alles von ihr gesehen haben mochte. Irgendwie gefiel ihr die Vorstellung …

***

»Hallo, Chris. So, da bin ich«, sagte Caroline, als sie ihren Posten erreicht hatte. »Was kann ich jetzt tun?«

Chris überlegte. Dann wandte er sich zu ihr um. »Du könntest Parmesan hobeln. Den brauchen wir für den Cesars Salad.«

»Okay. Was bekommen die Gäste denn sonst noch?«

»Wir haben ein buntes Buffet, wie du siehst. Als Vorspeisen gibt es Kürbissuppe im Kürbis, Cesars Salad, Melone mit Schinken und Nachos mit Guacomole. Als Hauptspeisen haben wir gebeizten Wildlachs, Wildreis, Spare Ribs, Baked Potatoes, gefüllte Putenbrust, Möhren-Weißkraut-Salat und Bohnen-Mais-Salat. Als Dessert gibt es Brownies, Apple Pie, Eisvariationen und frischen Obstsalat.«

»Wow, das hört sich toll an!«

»Hm.« Chris nickte. »Das Buffet wird wirklich groß und reichhaltig. So, hier hast du den Käsehobel. Wenn es dir zu schwer wird, sag Bescheid. Ich muss noch mal zu Neely, er wollte mit mir reden. Bin gleich wieder da. Wenn Ray kommt, kann er dir ja helfen.«

»*RAY?*«, fragte Caroline mit Entsetzen.

»Ach, der ist ganz okay, wenn man sich auf ihn einstellt. Bin gleich wieder da.«

Mit ungutem Gefühl blickte sie Chris hinterher. Nun gut, sie würde mit Ray zurechtkommen. Jetzt war sie aber erst mal in der Pflicht, ein bisschen was zu tun und so drückte sie den Hobel auf den Parmesankäse und schabte einen Streifen ab. »Gott, geht das schwer«, stöhnte sie. Schon nach wenigen Minuten tat ihr das Handgelenk weh. Sie blickte auf. Zwei Köche bahnten sich ihren Weg durch die Tische und Stühle, doch sie konnte nicht sofort erkennen, wer es war, denn das helle Sonnenlicht ließ nur die Silhouetten erscheinen. Als sie näher herankamen, erkannte Caroline, dass der Erste der beiden

Männer war Sam war. Er blickte erst auf ihre Hände, dann in ihre Augen. Sein Blick wurde weich, die Mundwinkel zogen sich nach oben. Carolines Gesicht verfärbte sich purpurn. Ohne Kommentar ging Sam weiter zu den anderen Posten, während sie ihm wie ein verliebtes Mädchen hinterher blickte.

»Hey, Baby, wie sieht es aus? Noch fit?« Rays Stimme war wie eine kalte Dusche und riss sie aus ihren Träumen. Genervt hobelte sie weiter.

»So, dann wird Onkel Ray mal das Zepter in die Hand nehmen. Das mache ich am Liebsten, in allen Lebenslagen. Wenn du verstehst, was ich meine, Schätzchen.« Er stupste Caroline an. Doch sie biss die Zähne zusammen und wollte sich ihre aufkeimende Wut nicht anmerken lassen. So mit ihren Gedanken beschäftigt, bemerkte sie nicht, dass sie den Hobel zu tief ansetzte und dadurch ein kaum zu bewältigendes Stück zu fassen bekam. Mit einer Hand hielt Caroline den Käse fest, verzog das Gesicht und drückte ihren Körper mit voller Kraft dagegen. Sie würde sich lieber in die Hand hobeln, als ihn um Hilfe zu bitten. Gesagt – getan! Sie rutschte ab und jagte sich den Hobel in die Nähe der Pulsadern. Sofort schrie sie auf.

Der Käse fiel um, direkt auf den Kürbis, der mit Kürbissuppe gefüllt auf dem Boden stand. Der Kürbis rollte in den Guacomole-Dipp, während die Suppe sich auf dem Boden verteilte. Fassungslos folgte Caroline dieser Kettenreaktion.

»Oh mein Gott!« stieß sie hervor und hielt sich das Handgelenk.

»Tja, Schätzchen, der kann dir gerade nicht helfen. Was hast du da nur gemacht? Verdammter Mist!«

»Tut ... tut mir leid«, stammelte Caroline.

»Ja, ja, schon gut.« Ray beugte sich hinunter zum Parmesan und hob ihn auf. Die ganze Suppe lief über den Scheunenboden.

Ray sah zu ihr hoch. »Hey, Schätzchen, wie wäre es, wenn du mir ein bisschen helfen würdest, anstatt mir dabei zuzusehen, wie ich deinen Kram hier wegmache.«

»Ja, klar, Entschuldigung. Soll ich im Zelt etwas Neues holen?«

Ray zögerte. »Wenn du das tust, bist du deinen Job sofort los. Tollpatschige Leute wie dich können die hier gar nicht gebrauchen.« Er setzte sein unverkennbares Grinsen auf. »Ich organisiere uns am anderen Posten gleich etwas Suppe und Nachos und werde einfach sagen, wir hätten zu wenig davon gehabt.«

»Super, danke, Ray.«

»Bitte, bitte. Allerdings kostet dich das eine Kleinigkeit.«

Caroline sah ihn verwirrt an. »Das kostet etwas? Wie viel denn?«

»Nicht *wie viel,* sondern: *was!* Kein Geld. Deine Kröten kannst du dir sparen. Wenn ich mich an deine heißen Titten erinnere, dann fallen mir diverse Dinge ein, wie du das wieder gutmachen kannst.« Er blickte sie unverschämt an.

»Vergiss es!«, zischte sie.

»Na schön, ich geh dann gleich mal ins Zelt und sage Neely Bescheid. Dann werden wir ja sehen ...«

»Nein!«, rief Caroline.

»Gut, dann denk an die Bezahlung. Am besten kümmerst du dich erst mal um dein Handgelenk. Sieht nicht so toll aus.«

Mit weit aufgerissenen Augen sah Caroline auf ihren blutenden Unterarm. Im Laufschritt ging sie zum Zelt. Tränen standen ihr in den Augen. *Mit wie viel Freude und Spaß habe ich hier angefangen ... und jetzt das!* Sie überlegte sich eine Ausrede für ihre Wunde, die jetzt, wo sie darüber nachdachte, sehr weh tat.

»Was ist passiert?« Auf halber Strecke kam ihr Sam entgegen. Warum lief er nur ständig hier herum und war nicht auf seinem Posten? Diesmal ärgerte sie es, ihn zu sehen. Sie fühlte sich ertappt und geriet ins Stottern. »Ich bin ... ich habe ... der Hobel ... ich meine ...«

»Abgerutscht?«, kam er ihr zu Hilfe.

»Ja.«

Er nahm ihren gesunden Arm und führte sie zum Lastwagen, wo er einen Verbandskasten hervorzauberte. »Komm!«

»Wohin wollen Sie denn?«, fragte Caroline unsicher.

Doch er schwieg und lief mit ihr bis zu den Ställen, die ein gutes Stück von der Scheune entfernt lagen.

»Leider haben wir nur hier einen Wasseranschluss. Ich werde die Wunde säubern.« Er nahm ihre Hand, drehte sie um und hielt das Handgelenk unter das Wasser. Caroline zuckte, als sie mit der Kälte in Berührung kam.

»Ganz ruhig, es tut nicht weh.« Sein Druck auf ihrer Hand verstärkte sich. Ihre Atmung ging schneller, als er sie kurz anblickte. Sein Gesicht war der Sonne zugewandt. Sie fasste Vertrauen zu ihm und war fast ein bisschen erschrocken über den Wunsch, in seine Arme zu sinken, sich nackt an ihn zu schmiegen, seine Haut zu riechen und seine Zartheit zu ertasten. Das kalte Wasser holte sie zurück. Es brannte, doch sie schwieg. Ihre Brüste zogen, und das Verlangen, sich ihm zu nähern, diese Lippen zu küssen, seine forschende Zuge in ihrem Mund zu spüren und seine Hand an ihrem Geschlecht zu fühlen, wurde immer stärker – sie konnte nichts dagegen tun. Sie achtete nicht weiter darauf, was er tat, sondern sah nur ihn an.

Er ließ ihre Hand sinken und schnitt ein Pflaster zurecht, das er auf einen umgestülpten Eimer legte. Dann schüttelte er eine kleine Flasche.

»Was ist das?«

»Sprühpflaster. Das mache ich gerne unter das richtige Pflaster, es gibt einen besseren Schutz. Es kann etwas brennen. Du musst jetzt stark sein.«

»Okay, kein Problem.«

Er schüttelte die Flasche und hielt ihre Hand fest. Als die ersten Sprühtröpfchen ihr Handgelenk berührten, traf es sie wie ein Hammer, ein tiefer brennender Schmerz durchzuckte sie. Caroline schrie auf. Ein Schwindel erfasste sie und ließ sie gegen ihn taumeln. Er fing sie auf.

»Hey, ganz ruhig. Kennst du das Spray nicht?« Caroline schüttelte den Kopf, sie war nicht fähig zu sprechen. Der süße, Geruch der Medizin stieg ihr in die Nase und ließ Übelkeit in ihr aufsteigen. Als seine Arme sich um sie schlossen, nahm sie seinen Aftershave-Duft wahr. Ihr Körper entspannte sich und machte der Lust Platz, die sie in ihrem Inneren aufsteigen spürte. Der Schmerz war vergessen. Feuchtigkeit drang in ihr Höschen und ihr Körper schmiegte sich an seinen. Auch ihn schien es nicht kalt zu lassen, denn sie bemerkte seine Erregung. Ihre Hand fuhr in seinen Nacken. Doch er hielt sie von sich weg, sah sie an.

Caroline öffnete die Augen. Jetzt würde er ihr sagen, sie solle das lassen und an ihren Posten gehen. Doch er sah ihr nur schweigend in die Augen, jedoch war ihr nicht möglich, seinen Blick zu deuten. War es unterdrückte Wut oder eher Lust?

Sekunden später wusste sie es. Er presste seine Lippen auf ihre, bahnte sich einen Weg in ihren Mund, genau, wie sie es sich vorgestellt hatte. Seine Zunge war heiß und fordernd. Mit den Händen umschloss er ihre Brüste und liebkoste zärtlich ihre Nippel. Eine Welle der Erregung durchflutete Carolines Körper. Vergessen war ihre Wunde, vergessen war alles um sie herum. Es existierte nur Sam. Sie wollte sich treiben lassen, sich die Klamotten vom Leib reißen, alles für ihn öffnen.

»Ich will, dass du dich noch mal berührst ... so wie vorhin«, flüsterte er in ihr Ohr.

»Ist das eine Arbeitsanweisung?«, fragte Caroline verschmitzt.

»Ja«, brachte Sam heiser hervor. Sie fasste an ihre Kochjacke, um sie von den Knöpfen zu ziehen, gebannt beobachtete er sie dabei. Caroline konnte seine Lust spüren und sehen. Wieder presste er seine Lippen auf ihren Mund, verschlang sie förmlich.

»Sam!« Eine fremde Stimme.

Abrupt löste er sich von ihr, atmete tief ein, zog seine Kochjacke gerade und versuchte, nachdem er sich geräuspert hatte, einen möglichst normalen Ton anzuschlagen. »Ich bin hier ... beim Wasseranschluss.«

Was für ein blendender Schauspieler, dachte Caroline. Gut, dass er seinen Vorstecker noch nicht um hatte, sonst wäre seine ausgebeulte Hose aufgefallen.

Er ging dem Rufenden entgegen, der mit ein paar Zetteln um die Ecke bog. Caroline beobachtete die beiden eine Weile, dann griff sie nach dem Pflaster.

»Halt ... Das war doch meine Aufgabe, oder nicht?« Er nahm ihr das Pflaster aus der Hand und klebte es vorsichtig auf die Wunde. Sie blickte sich nach dem anderen Koch um, aber der war schon wieder verschwunden.

»Ich glaube, wir sollten das lieber vertagen, meinst du nicht auch?«, sagte er sachlich.

Vertagen? Was meinte er? Caroline tat sich schwer, der Schmerz schien ihr den letzen Funken Verstand geraubt zu haben.

Sam sah Carolines Verwirrung und küsste sie leicht. »Das meine ich.«

Sie nickte, unfähig, etwas zu sagen.

»Geh am besten wieder auf deinen Posten. Tut es noch weh?«

Sie schüttelte den Kopf. »Danke«, sagte sie leise.

Er lächelte und ging los, ohne sich noch einmal umzusehen.

***

Als Caroline zu ihrem Posten zurückkehrte, sah sie jemanden den Boden wischen. Die roten Haare verrieten ihr sofort, dass es Chris war.

»Tut mir leid, mir ist das beim Käsehobeln passiert«, entschuldigte Caroline sich.

Chris blickte hoch. »Ach, alles halb so wild. Der zweite Posten hat uns einiges zur Verfügung gestellt ... dank Ray.«

Ray lehnte, die Arme verschränkt, grinsend am Buffettisch.

Caroline bekam eine Gänsehaut. »Soll ich beim Käse weitermachen?«, versuchte sie abzulenken.

»Nein, das brauchst du nicht, das macht Ray. Es ist vielleicht doch ein bisschen zu schwer. Du könntest die Melonen in Schiffchen schneiden und später den Schinken darüberlegen.«

Caroline machte sich an die Arbeit. Chris half ihr mit geröteten Wangen. »Geht es deinem Handgelenk wieder etwas besser?«, fragte er leise.

»Ja, danke.«

»Na, Chris, ist ein geiles Gefühl, diese Melonen anzufassen und dann noch neben einer so hübschen Köchin zu stehen. Da möchte man doch glatt ihre Melonen anfassen, was?!«

Chris' Gesichtsfarbe verdunkelte sich.

»Ray, was soll das?«, zischte Caroline ihn an.

»Wie niedlich, da ergreift jemand Partei für den armen Chris.«

»Wieso ärgerst du ihn immer? Lass ihn in Ruhe!«

»Das wird ja immer rührender. Chris, sei froh, dass sich

mal jemand für dich interessiert.«

Caroline legte das Messer zur Seite und sah ihn mit blitzenden Augen an. »Du bist nicht im Bilde, mein Lieber. Ich habe das gute Recht dazu, denn Chris und ich waren zwei Jahre lang ein Paar«, phantasierte sie, um Chris zu helfen.

Dieser zuckte zusammen. Aus seinen Wangen wich das erste Mal, seit Caroline ihn kannte, die Farbe.

Ray blieb der Mund offen stehen, dann brach er in Gelächter aus. »Das kann doch nicht war sein! Du und ... dieses Würstchen? Das kann ich mir beim besten Willen nicht vorstellen!« Er stützte sich vor Lachen am Buffettisch ab. »Das muss ich sehen!« Sein Gesicht heftete sich auf Caroline.

Sie blickte auf die Melonen und glitt mit der Schneide durch die Hälfte. Chris entkernte sie wortlos mit einem Löffel.

»Das muss ich echt sehen. Da hinten gibt es einen Stall. Das wäre echt scharf!«

»Wie bitte?«

Ray legte eine Hand an sein Kinn, einen Finger über seine Lippen und hielt den Kopf schräg. »Du schuldest mir noch einen Gefallen, Caroline. Ich hoffe, du hast das nicht vergessen?«

»Was hat das damit zu tun?«

»Was ist hier eigentlich los?«, fragte Chris.

»Ich möchte sehen, wie ihr beiden vögelt«, stieß Ray hervor.

»Was?« riefen Caroline und Chris zeitgleich.

Caroline traute ihren Ohren nicht. Chris blickte zu ihr, wurde feuerrot und wendete sich rasch seiner Melonenhälfte zu. Ray sah auf die Uhr.

»Na, los, wir haben noch Zeit. Die Gäste sind erst um neunzehn Uhr hier und bekommen ihr Essen eine Stunde später. Die Spare Ribs werden also frühestens um halb acht geschoben. Jetzt ist es halb sechs. Viel haben wir nicht mehr zu tun. Und ein kleines Päuschen steht jedem guten Koch zu.« Herausfordernd sah Ray sie an.

»Du spinnst!« Sie schnitt weiter die Melonen auf. Er trat näher an sie heran, sodass sie seinen männlichen Duft riechen konnte.

»Ich glaube, du hast mich nicht verstanden. Es geht hier um die kleine Dienstleistung, die du mir noch schuldest, sonst geht etwas für dich ganz Entscheidendes zu Neely, Süße.« Seine dunklen Augen wirkten fast schwarz.

»Was erwartest du?«

»Dass wir drei eine kleine Pause machen und uns zum Stall begeben, wo du und Chris mir zeigt, wie ihr es früher immer getrieben habt.«

»Ich bin mit ihm schon lange auseinander. Er ist mein Ex-Freund. Das geht nicht mal eben so.«

»Doch, gerade mit Ex-Beziehungen. Los, ich sag es nicht noch einmal. Messer weg und mitkommen! Chris!«

»Was habe *ich* damit zu tun?«, versuchte er einzuwenden.

»Hör schon auf, du freust dich doch darauf, nach so langer Zeit deinen Schwanz mal wieder in Caroline zu schieben.«

»Hör auf, Ray! Ein für alle Mal!«, rief sie erbost. »Und wenn du noch einmal mit dieser Sache anfängst, dann jage ich dir den Hobel ins Handgelenk!«

Beide blickten Caroline sprachlos an.

»Ich meine es verdammt ernst!«, zischte sie ungehalten.

Ray fand als erster die Sprache wieder. »Also schön, schon gut, schon gut! Beruhige dich, Caroline, sonst bekommst du womöglich noch einen Herzinfarkt!«

Caroline spürte, wie sehr sie in Rage gekommen war und ihr Herzschlag pochte. Und auch in ihrem Handgelenk fühlte sie den Schmerz noch pochen, doch sie versuchte, nicht daran zu denken.

Chris war schnell im Arbeiten, schneller, als sie gedachte hatte. Auch Ray legte sich ins Zeug. Er verteilte den Wildlachs auf die Anrichteplatten, während Caroline den Bohnen-Mais-Salat durchmischte. Schweigend wuchtete sie das Alusekko, in dem sich der Salat befand, vom Tisch und verteilte ihn in vier Schüsseln.

»Caroline-Schätzchen, pass auf, dass ...«, setzte Ray an, wurde aber jäh unterbrochen.

»Wer ist denn ›Caroline-Schätzchen‹?«

Carolines Nackenhaare stellten sich auf, als sie Sams weiche, ruhige Stimme erkannte.

»Unsere Posten-Queen. Kommt sich jedenfalls so vor.«

»Wieso, lässt sie dich nicht ran, Ray?«

Caroline stockte der Atem. Was würde Ray sagen? Sie befürchtete Schlimmes, und ihre Befürchtungen wurden bestätigt.

»Wird sie schon noch, Sam. Da bin ich mir ganz sicher!«

Sam räusperte sich und schwieg eine Weile. Ruhig sagte er: »Kann ich mir nicht vorstellen.«

Caroline hörte, dass er es in ihre Richtung sagte. Sie hielt es für angebracht, wieder aus ihrer Salatschale aufzutauchen.

»Ray redet Unsinn«, bestätigte sie.

Sam nickte zufrieden. »Dachte ich mir. Der Junge hat eine blühende Fantasie. Schön, Köche brauchen das. Ist wirklich wichtig! Caroline, alles okay? Wie geht es deinem Handgelenk?«

Ray wollte sich nicht so schnell geschlagen geben und sagte: »Sie schuldet mir noch einen Gefallen, denn sie hat die Kürbissuppe umgeworfen und der Kürbis fiel auf ...«

»Ray!«, rief Caroline. »Was redest du denn da?«

Doch er ignorierte Carolines Bremsversuch und sprach aus, wie es war. »... fiel auf die Nachos und dann auf die Guacomole.«

Sam blickte erst Ray, dann Caroline an. Sie schluckte und hatte ein ungutes Gefühl. Sam blickte an ihr vorbei auf den Boden, wo der Kürbis stand. »Und warum befindet sich alles an Ort und Stelle, was wir für nachher brauchen?«

Ray wurde vor Wut weiß im Gesicht. Er hatte anscheinend das ungute Gefühl, dass Sam ihm nicht glaubte. »Weil ich alles von Posten zwei organisiert habe, verdammt noch mal!«

»Aha, und warum schuldete Caroline dir einen Gefallen?« Sam sah ernst aus, doch Caroline bemerkte ein belustigtes Zucken um seinen Mundwinkel.

»Weil ich ihr gesagt habe, dass ich es niemandem erzählen werde.«

»So? Jetzt hast du es aber *doch* erzählt. Nun schuldet Caroline dir keinen Gefallen mehr.«

Chris fing an zu kichern.

Rays Gesicht war wutverzerrt. Er beugte sich nach vorn, als wäre Sam schwerhörig, als er sagte: »Ich habe es ja auch nicht dem Küchenchef oder Souschef erzählt, sondern einem Koch, der den ganzen Tag herumläuft und wohl nichts Besseres zu tun hat, als sich die ganze Zeit die Eier zu schaukeln.«

Sams Gesichtszüge gefroren. »Wenn wir dich heute Abend nicht brauchen würden, dann wärst du längst weg vom Fenster, Freundchen.« Sam wandte sich ab und ging.

***

Die Gäste kamen pünktlich. Mit einem Hochzeitsmarsch und von den Kellnern bereitgehaltenen Sekttabletts wurde das Brautpaar begrüßt. Überrascht, wie schön alles geschmückt und arrangiert war, klatschten sie in die Hände und freuten sich darauf, hier den glücklichsten Tag ihres Lebens zu feiern zu können.

***

Caroline schreckte hoch. Fast hätte sie sich mit ihrem Messer geschnitten, so in Gedanken war sie. Sam war der Grund. Sie stand hinter einem dicken Holzbrett, auf dem angeschnittene Spare Ribs lagen, neben ihr ein kleines Silberblech mit noch dampfenden Rippchen darauf.

»Oh, Schatz, sieh mal, es gibt marinierte Spare Ribs. Das sieht ja lecker aus!« Und zu Caroline gewandt: »Davon möchte ich bitte eine Portion.«

»Gern.« Caroline zählte drei Rippenknochen ab und schnitt durchs zarte Fleisch. Sie hob die Portion mit ihrem Messer hoch und legte die Spare Ribs auf den Teller.

»Vielen Dank.«

»Möchten Sie auch, Sir?«, fragte Caroline den Mann.

»Ja, gern, vielleicht schneiden Sie mir eine Rippe mehr ab, ja?«

»Kein Problem.« Caroline sah den beiden hinterher. Sie waren das gute Beispiel für alle anwesenden Hochzeitsgäste: höflich, begeistert, voller Freude und Ausgelassenheit. Der große Schwung fürs Hauptessen war durch. Sie sah auf die Uhr. Es war zehn. Caroline wartete auf die nächsten Gäste und unterdrückte ein Gähnen.

»Na, Süße, wird Zeit, dass wir beide mal wieder was zu spielen bekommen, oder?«, flüsterte Ray ihr über die Schulter.

Caroline reagierte nicht. Sie blickte den nächsten Gast an. Doch das Gesicht kam ihr nur zu bekannt vor. Grüne Augen sahen sie an. Die Musik spielte laut und Caroline wollte sich schon nach vorn beugen, um besser verstehen zu können, falls er etwas sagte. Sam jedoch schwieg, musterte ihren Arbeitsplatz und dann sie. Unwillkürlich lächelte sie und kam sich albern dabei vor. Er zwinkerte und ging. Sie beobachtete, wie Chris sich mit ihm unterhielt. Sam blickte noch einmal kurz über das Buffet und machte sich auf den Weg.

»Caroline, du kannst deinen Posten zumachen und die Spare Ribs zu Ray stellen. Wir sollen dann schon mal das Dessert holen«, rief Chris ihr zu.

»Okay.« Sie schaltete die Warmhaltelampe aus, unter dem das Fleisch stand und reichte Ray das Blech.

»Hey, was soll das?«, fragte er.

»Chris hat gesagt, das Dessert soll geholt werden und ich soll meine Ribs bei dir hinstellen und ...«

»Mir ist egal, was er sagt. Die Anweisungen kommen bestimmt wieder von diesem Fatzke. Los, stell den Kram auf Chris Posten, *wir* beide holen das Dessert.« Seine Augen blitzten. Sie drehte sich nach Chris um, aber der war verschwunden.

»Wie redest du eigentlich von Sam!«

»Ach, den findest du wohl klasse, was?«

»Das spielt keine Rolle. Aber wir können nicht einfach den Posten allein lassen. Außerdem ist Chris der Postenchef.«

»Postenchef, pah! Dass ich nicht lache. Der Wurm und Postenchef! Los, mach, was ich sage.«

Verärgert verzog Caroline das Gesicht. Was konnte sie anderes tun, als ihm zu folgen. Sie hatte im Gegensatz zu ihm noch weniger zu sagen. Widerstrebend brachte sie das Blech auf Chris' Seite.

Ray kam ihr entgegen und brachte ihr Messer mit. »Komm, Schätzchen, jetzt holen wir das Dessert. Hast du deine Knospen schon mal in Sahne getaucht?«

»Untersteh dich, ich kratze dir die Augen aus.«

»Rrr ... eine richtige Wildkatze. Ich glaube auf deinen Titten schmeckt die Sahne besonders süß.«

Caroline stieß scharf die Luft aus und stapfte voraus. Ray überholte nicht, als sie sich durch die feiernden, lachenden und tanzenden Hochzeitsgäste schob. Sie spürte seinen Blick auf ihrem Rücken, besser gesagt, auf ihrem Hintern. Stolz warf sie ihren langen Zopf auf den Rücken und drückte das Kreuz durch.

Chris kam gerade aus dem Kühlwagen, verwundert sah er beide an. »Was macht ihr denn hier? Ihr solltet doch beim Posten bleiben!«

»Tut mir leid, ich ...« weiter kam Caroline nicht.

Ray schnitt ihr das Wort ab. »Unsinn. Bleib mal ganz cool, Kollege! Wir helfen, dann geht es schneller.« Damit verschwand Ray im Wagen und zog Caroline mit sich. Sie warf noch einen schnellen Blick zum Kochzelt, konnte Sam allerdings nirgends sehen. Die Tür des Wagens knallte zu, Caroline zuckte im schummrigen Licht zusammen. Ihr Instinkt sagte, schleunigst aus diesem Transporter zu verschwinden. Doch sie musste ihre Arbeit tun, denn Ray hatte alle Trümpfe in der Hand, sie anzuschwärzen. Sie schlängelte sich zwischen den Stiegen mit duftenden Brownies und Appel Pies hindurch und wollte gerade nach einer großen Schale mit frisch geschnittenem Obstsalat greifen, als Ray ihr zuvorkam. Er packte Caroline, drückte sie, an den Handgelenken festhaltend, gegen die Wand und presste seine Lippen auf ihren Mund. Caroline versuchte, sich zu wehren. Undefinierbare Laute entschlüpften ihren Lippen.

»Halt still, Puppe. Es wird dir gefallen. Hör auf zu zappeln ...«

»Lass mich los, Ray!«

Er lachte. »Das meinst du doch wohl nicht erst, oder?! Komm, Baby, du stehst auf mich, das spüre ich. Wahrscheinlich hat dich bisher noch kein man so gefickt wie ich, oder es ist verdammt lange her. Komm her, Luder.«

Caroline schaffte es nicht, etwas zu sagen, er hatte seine Lippen wieder auf ihre gepresst und hielt mit einer Hand ihre Handgelenke fest. Schmerz durchzuckte sie, als er ihr verletztes Gelenk zu sehr drückte. Mit einem einzigen Ruck riss er die Kochjacke von den Knöpfen und holte eine Brust aus ihrem BH. Obwohl sie sich wehrte, gingen seine Berührungen ihr durch und durch. Sie stieß einen leisen Seufzer aus. Ray hatte geübte Ohren, die ihm signalisierten, das, was er mit den Fingern begonnen hatte, sofort mit dem Mund weiterzumachen zu können.

Caroline konnte sich nicht verstehen. Sie stand da im Kühlwagen und ließ einen Jungen an ihren Warzen saugen, den sie verabscheute und gleichzeitig wollte, weil er sie so scharf machte. Er schaffte es, sie schwach werden zu lassen. Seine Zunge kreiste um den Nippel, der immer größer wurde und eine wachsende Erregung bei ihr verursachte.

Seine Hand glitt in ihren Slip.

Da stieß sie ihn von sich ...

»Hey ... was soll das?«, protestierte Ray. »Gerade jetzt, wo es spannend wird!« Er blickte Caroline gierig an.

Sie versuchte, ihre Blöße zu verdecken. Er machte ihr Angst. Während sie noch überlegte, wie sie ihm entkommen konnte, wurde die Tür aufgerissen. »Was ist denn hier los?«

Ihr gefror das pochende Blut in den Adern. Ein älterer Koch stand vor ihnen und blickte auf die für sich sprechende Szene. Er war gerade im richtigen Moment gekommen, um ihr einen Ausweg zu geben. Mit zitternden Fingern knöpfte sie ihre Jacke zu.

Die Tür wurde weiter aufgezogen und ein zweites Gesicht erschien. Es war Sam. Ray stieß einen Fluch aus, Caroline senkte den Blick, als er jetzt auf beide zutrat.

»Ray, verschwinde an deinen Posten und vergiss nicht, wofür du hier bezahlt wirst«, sagte Sam bedrohlich langsam.

»Du hast mir überhaupt nichts zu sagen! Ich habe das Gefühl, du spionierst mir den ganzen Tag hinterher. Wer bist du eigentlich, dass du so mit mir umspringen kannst?!« Ray war außer sich.

Sams Miene war hart und undurchdringlich. »Raus jetzt!«

Ray setzte zu einer Antwort an, doch er schluckte sie runter und verließ den Wagen.

Weitere Köche hatten sich inzwischen angesammelt, um den Nachtisch für ihre Posten zu holen, und verfolgten gespannt das Geschehen.

Caroline flüsterte Sam zu: »Ich wollte das nicht.«

»Wirklich ...« Das war alles, was er darauf sagte. Er ging an ihr vorbei zu den Brownies und rief die anderen Köche heran.

***

Um halb eins war das komplette Buffet abgebaut. Caroline konnte sich kaum noch auf den Beinen halten. Sie hatte gerade den langen Buffettisch und den Convectomaten abgewischt und betrachtete den aufgeräumten Posten, als ihr Sam wieder in den Sinn kam. Was mochte er jetzt von ihr denken? Hielt er sie vielleicht für ein leichtes Mädchen? Sie ärgerte sich noch immer, dass sie mit Ray erwischt worden war, und dieser würde ganz bestimmt nicht aufgeben.

Und tatsächlich, Ray gab ihr einen Klaps auf den Hintern.

»Spinnst du?!«, war ihre erste Reaktion.

Er grinste sie an. »Gleich haben wir Schluss, Baby, und diese Nacht könnte uns gehören.«

»Nein! Lass mich einfach in Ruhe, okay?!« Caroline wischte schweigend weiter, wo es nichts mehr zu wischen gab.

»Caroline ... Ray, wir sollen zum Zelt kommen. Große Versammlung ist angesagt«, rief Chris herüber.

Erleichtert, der unangenehmen Situation entfliehen zu können, ließ Caroline den Lappen sofort fallen und folgte

Chris quer durch die Festscheune. Ray schlenderte hinterher.

Der Küchenchef, Mr Neely, stand vor dem Zelt und hielt diverse Zettel in der Hand. Er wartete noch kurz, bis alle anwesend waren. »So, meine Lieben. Das war eine erfolgreiche, gute Veranstaltung. Das Essen war exzellent, jeder Posten hat konzentriert gearbeitet und es gab ein gutes Mise en Place. Ich werde euch nun in euren wohl verdienten Feierabend schicken. Allerdings habe ich noch eine Bitte: Ich brauche ein paar Leute für die nächste Veranstaltung am Donnerstag in einer Woche. Ich habe mir diverse Leute rausgesucht und nun ist nur noch die Frage an euch, ob ihr Zeit und Lust habt. Also: Jack. Du warst um sechs hier und nun ist es ein Uhr, das heißt, du hast sechs Stunden gearbeitet. Ist das korrekt?«

Jack nickte.

»Gut, dann Alan, du warst um eins hier und hast zwölf Stunden gearbeitet. Auch korrekt?«

»Ja, Sir.«

»Gut, Alan, dich hätte ich gerne am Donnerstag dabei. Wie sieht es aus?«

»Kein Problem, Sir.«

»Sehr schön. So, dann haben wir hier Chris. Cris, du hast zehn Stunden gearbeitet und dich hätte ich auch gerne dabei. Geht das?«

»Zehn Stunden sind richtig, Sir. Aber leider kann ich am Donnerstag nicht. Ich muss anderweitig arbeiten.«

»Kein Problem. Dann Caroline. Bei dir waren es neun Stunden. Möchtest du am Donnerstag auch dabei sein?«

Für einen Moment war sie sprachlos. Er wollte sie tatsächlich dabei haben, obwohl sie sich so tollpatschig angestellt hatte und mit Ray im Transporter erwischt worden war?

»Caroline? Du bist doch Caroline, oder?«

»Äh, ja. Ich musste nur kurz überlegen, ob ich kann.«

»Das musst du nicht sofort entscheiden. Kannst mich morgen anrufen. Neun Stunden waren richtig?«

»Ja, Sir. Danke.«

»Gut, dann haben wir noch Vince. Sieben Stunden?«

»Ja, Sir.«

»Dann Ray. Neun Stunden?«

»Ja, Sir.«

»Dich hätte ich auch gerne dabei.«

Ray grinste. »Sehr gern, Sir.« Sofort warf er Caroline einen Blick zu, als hätte er einen Sieg davongetragen.

Aus dem Hintergrund trat Sam hervor und flüsterte Mr Neely etwas zu. Der Küchenchef sah ihn an, schüttelte ungläubig den Kopf, blickte wieder zu Ray, dann auf seine Zettel und schüttelte wieder den Kopf.

»Glück gehabt, Junge«, sagte Sam trocken.

Caroline zuckte zusammen.

Zornig blickte Ray ihn an. »Mr Neely, ich möchte mich beschweren. Ich bin noch nie so von oben herab behandelt worden, wie von Sam Andrews. Ich verstehe einfach nicht, wie ein einfacher Koch sich so viel rausnehmen kann ...«

Mr Neely blickte Ray eine Weile an und sah dann zu Sam herüber. Man hörte aus der Scheune die Musik spielen, die Leute lachen, Geschirr klapperte, eine Frau schrie kurz auf, ein Glas zersprang. Die Luft knisterte, niemand von den Köchen sprach, alle blickten gebannt auf Neely, Ray und Sam.

»Sam?«, fragte Mr Neely. »Wollen Sie dazu etwas sagen?«

Sam nickte. »Ja, Sir. Das werde ich. Ray, es steht dir nicht zu, in diesem Ton mit mir zu reden, wie ich ihn schon den ganzen Tag von dir ertragen musste. Ich bin es leid, mir von einem drittklassigen Koch merkwürdige Dinge nachsagen zu lassen.

Du überschreitest Grenzen, die du nicht überschreiten darfst.«

Rays Gesicht überzog sich mit einer tiefen Röte, die seine Wut spiegelte. »Mr Neely, ich habe noch nie gesehen, dass ein Koch bei so einer großen Veranstaltung nur herumläuft und nichts tut, außer ...«

»Außer ... dich im Kühlwagen zu erwischen?«

»Das geht dich nichts an!«, schrie Ray.

»Und ob mich das etwas angeht!«, gab Sam in der gleichen Lautstärke zurück.

»Bitte, meine Herren! Allerdings muss ich Mr Andrews recht geben, Ray, obwohl ich jetzt nicht weiß, was er mit dem Kühlwagen meint. Aber Sam Andrews ist mein neuer Souschef. Er macht seine Sache sehr gut und ich bitte dich, das zu respektieren.«

Es herrschte Stille. Caroline war sprachlos, Ray klappte der Mund auf und Chris schnappte nach Luft. Nach dem ewigen Moment der Stille entstand leises Gemurmel.

Ray stieß einen Fluch aus, drehte sich um und stapfte davon.

***

»Caroline?«

Sie erschrak und blickte sich um.

Sam stand vor ihr. »Tut mir leid, ich wollte mich nicht von hinten anschleichen.«

»Schon gut.«

»Hast du noch Lust, ein bisschen zu tanzen?«

»Tanzen? Wo denn?«

»Na, hier, auf der Hochzeitsfeier.«

Caroline schüttelte den Kopf. »Nein, danke, ich muss jetzt nach Hause. Ich bin müde und erschöpft. Ich bin das lange Stehen und Herumlaufen einfach nicht gewohnt. Gute Nacht, Sam. Bis nächste Woche.«

Er hielt sie am Arm zurück. »Caroline ... Sag mal, weichst du mir aus?«

Sie sah auf den Boden. Ja, das tat sie und der Souschef flößte ihr Respekt ein. »Nein, warum?«, log sie.

»Ich dachte, wir beide haben noch eine Kleinigkeit vor.«

»Ich denke, heute nicht mehr.«

Eine Weile blickte er sie an, ehe er entgegnete: »So, so, vielleicht muss ich ja auch Ray heißen und dir meinen Willen aufzwingen.«

Erschrocken sah sie ihn an. »Was? Was meinst du damit?«

»Gut, versuche ich es anders. Wie hat es dir denn im Kühlwagen gefallen? War er gut? Leugne es nicht. Selbst, wenn du jetzt daran denkst, schlägt dir das Herz bis zum Hals. Warum gibst du es nicht zu?«

»Was willst du von mir hören? Ich bin dir keine Rechenschaft schuldig!«

»Wahrscheinlich ist dir der übliche Weg zu langweilig.«

»Welcher übliche Weg?«

»Wie Mann und Frau sich näher kommen.«

Caroline zuckte mit den Schultern.

Er packte sie. »Ray scheint es dir ja wirklich angetan zu haben, was?«

»Was hast du bloß immer mit Ray? Ich hasse den Typen. Außerdem bin ich eine freie Frau und kann machen, was ich will.« Caroline machte sich von ihm los und blickte trotzig zu ihm auf.

Er verschränkte die Arme vor der Brust. Die Laternen tauchten sein kantiges Gesicht in ein dunkles Blau.

Caroline betrachtete ihn fasziniert und ein lustvolles Ziehen sagte ihr, dass sie ihn begehrte. Wenn er sich jetzt umdrehte und ging, dann wäre alles verloren. Sie musste handeln und die Minuten nutzen. »Nimm mich!«, hauchte sie plötzlich in die Stille.

Sam verengte die Augen zu Schlitzen. »Was? Hier?«, flüsterte er.

»Ja!«, antwortete sie genauso leise.

Eine endlose halbe Minute verging, dann nahm er ihre Hand und zog sie zu den Ställen, wo er ihr vor einigen Stunden am Wasserhahn die Wunde ausgewaschen hatte. Kaum waren sie dort angekommen, drehte er sie mit einem Ruck zu sich um und presste seinen Mund auf ihre Lippen. Seine Zunge war nicht vorsichtig tastend, sondern forsch und stürmisch. Sein Mund änderte ständig seine Position, suchte sich immer wieder neue Winkel, sie zu kosten, sie zu erkunden. Er hielt ihre Unterarme umfangen und drückte sie an die Stallwand. Seine Lippen glitten über ihre Wange zum Hals und hinterließen eine heiße Spur auf ihrer Haut. Caroline hatte die Augen geschlossen. Zart biss er sie in den Hals und saugte vorsichtig, dann ließ er ihre Arme los.

»Zieh dich aus!« befahl er.

»Aber ...«

»Na, mach schon ...«

Einen kleinen Augenblick war Caroline mulmig zu mute, doch sein Befehlston erregte sie. Sie öffnete die Schleife des Vorsteckers und zog die Jacke mit den Knöpfen auf, ließ Hose und Slip fallen und dann ihren BH. Fast schämte sie sich ihrer Nacktheit wegen. Sam betrachtete sie ruhig mit glasigen Augen. Dann zog auch er seine Sachen aus, behielt allerdings die Kochjacke lose über. Steif ragte sein Schwanz hervor. Caroline konnte den Blick kaum abwenden. Sie blickte sich nervös um, da sie Angst hatte, jemand könnte sie hier entdecken. Vielleicht ein verliebtes Pärchen, das aus der Scheune kam und sich ein ruhiges, romantisches Plätzchen suchte.

»Leg dich hin!«

»Auf den kalten Boden?« Caroline bekam schon bei dem Gedanken eine Gänsehaut. Sam ging in die Hocke und strich über das Gras.

»Der Boden ist noch von der Sonne aufgewärmt. Er wird dich so mit Wärme einhüllen, dass du dich nach einer kalten Dusche sehnen wirst.«

Anmutig ließ Caroline sich im Gras nieder. Sam hatte recht mit seiner Behauptung. »Bin gleich wieder da«, flüsterte er.

Caroline schreckte hoch. »Wo willst du hin?«

»Keine Angst, nur kurz um die Ecke. Du sollst die heutige Nacht nicht vergessen.«

Nervös und splitternackt wartete sie zusammengekauert auf dem Boden. Keine halbe Minute später war Sam zurück, mit einem Holzeimer in der Hand.

»Was hast du vor?«

»Psst ... gedulde dich. Los, leg dich hin, Honey.«

Caroline tat es.

»Schließ jetzt die Augen.«

»Das kann ich nicht. Sag mir erst, was du vorhast.«

»Vertrau mir, Kleines.«

Caroline versuchte, sich fallenzulassen und schloss die Augen. Sie spürte seine Hand auf ihrem Bauch, sie strich sachte über ihre Haut bis zum Bein. Die andere Hand gesellte sich dazu, nun glitten beide über ihren Oberschenkel. Caroline hatte sich gerade an seine beruhigenden Hände gewöhnt, die ihre Atmung beschleunigten ... als sie kaltes Wasser auf ihrer Muschi spürte.

Caroline schrie kurz auf.

»Ganz ruhig, Kleines ... es ist nur Wasser. Leg dich wieder zurück. Ich tue nichts, was dir weh tun könnte.« Langsam gewann sie wieder Vertrauen. Sam schöpfte Wasser, diesmal hörte sie es. Das kalte Nass benetzte ihre Haut. Vorsichtig suchte es sich einen Weg durch ihre gestutzten Schamhaare und floss durch ihre Spalte. Als das Wasser an ihrem heißen Loch vorbeilief, kamen Caroline Lava und Sommerregen in den Sinn. Die kühle Feuchtigkeit steigerte ihre Lust. Ein paar Mal wiederholte Sam diese Prozedur. Gänsehaut legte sich auf ihren Körper. Dann griff er ohne Vorwarnung an ihren Busen. Caroline stieß laut die Luft aus. Seine Lippen machten sich gierig über ihre Warzen her. Er saugte und knabberte an ihnen, und sie wurden genauso hart, wie sein pumpender Schwanz, der sich seitlich an sie presste und ihre Erregung steigerte. Caroline drückte ihm ihre Brüste entgegen und wünschte sich, er würde schneller rangehen. Diese Ruhe, mit der er vorging und ihren Körper auskostete, trieb sie beinahe in den Wahnsinn.

Doch kaum hatte sie diesen Gedanken zu Ende gedacht, löste er sich von ihr und ließ zwei steil aufgerichtete Nippel stehen, die ganz offensichtlich nach wesentlich mehr verlangten. Caroline stöhnte leise und bewegte ihr Becken, um zu zeigen, worauf sie jetzt Lust hatte. Dann spürte sie ihn. Seine Zuge, die in ihre Spalte eintauchte, entrang ihr ein lautes Stöhnen. Gekonnt glitt er zwischen den Lippen hin und her, ließ ihren Schoß brodeln. Caroline krallte sich in den Rasen und versuchte vergeblich, sich zurückzuhalten und ihr Becken nicht allzu sehr zu bewegen. Sam griff unter ihren Schenkeln durch und drückte ihre Hüften nach unten. Caroline kam sich vor wie in einem Schraubstock. Wie zur Strafe für ihre unkontrollierten Bewegungen wurde seine Zunge ganz sanft.

»Nein ... nein!«, ächzte Caroline.

Seine Zungenspitze leckte den Saft auf und verteilte ihn in ihrem Schlitz. Caroline schwitzte, so hielt sie es nicht lange aus.

Die Qual war zu groß. Dann kam sein Druck wieder. Er nahm ihre kleine Perle in den Mund, die schon mächtig geschwollen war, und saugte an ihr, wie an einem kleinen Phallus.

»Oh, Gott!«, stöhnte Caroline. Sie warf Sam ihr Becken entgegen, doch er war stärker. Auf einmal ließ er sie los. Caroline blinzelte ins schwache Laternenlicht, das sie dennoch blendete. Sam hatte sich auf sie gehockt und hielt ihr seinen harten Schwanz entgegen.

»So ... jetzt bist du dran. Mal sehen, ob dir der Blow-Job liegt.« Sein Schwanz drängte an ihren Mund. Sie öffnete ihn und nahm den heißen Penis zwischen ihre Lippen. Anfänglich war Caroline vorsichtig, doch nach und nach wurde sie immer mutiger. Ihre Lippen schlossen sich fest um den Schaft und Caroline stieß ihn sich bis zum Anschlag in den Rachen. Sie fühlte seine Behaarung und seine samtenen Hoden. Er roch männlich und gut. Der Duft erregte sie, wie auch sein leises Stöhnen. Ihre Zunge glitt über seine pralle Eichel und schob sich sanft in den kleinen Schlitz, der sich gierig vor ihren Augen öffnete. Sam stöhnte laut auf, dann entzog er sich ihr.

Er rutschte nach unten und legte sich vorsichtig auf sie. Die Schwere seines Körpers löste in ihr das Gefühl der Schwäche aus. Sie war bereit für ihn, gleich würde es passieren und gab sich ihm hin ...

Seine Spitze tastete sich zum Eingang ihrer Möse. Langsam schob er sich in sie. Caroline schnappte nach Luft, das Gefühl schien sie zu überwältigen. Sofort schlang sie ihre Arme um Sam und nahm seinen Schwanz ganz in sich auf. Eine Weile verharrte er so, ehe er sich kraftvoll in ihr zu bewegen begann. Sein Schaft füllte sie voll aus, und sie hatte das Gefühl, als wenn er noch mehr an Größe zunähme. Seine Stöße wurden fester und schneller. Er berührte immer wieder einen Punkt in ihr, der sie vor Lust fast zum Weinen und Schreien brachte. Sie spürte, wie sein stetiger Rhythmus sie unaufhörlich dem Gipfel entgegentrieb.

»Oh, ja!«, schrie sie ... Dann war sie da. Die Welle hatte sie so schnell erwischt, dass sie selber überrascht davon war. Sie bäumte sich unter ihm auf, während er sich mit ein paar weiteren gezielten Stößen ebenfalls zum Orgasmus katapultierte.

Eng umschlungen, nach Luft ringend und glücklich lagen sie erschöpft im warmen Gras.

***

Eine Viertelstunde später saßen sie, mit dem Notdürftigsten bekleidet, nebeneinander an die Stallwand gelehnt. Sam hielt zwischen den Fingern eine Zigarette und blies kleine graue Wölkchen und Kringel in den sternenklaren Nachthimmel.

»Sam.«

»Hm?«

»Du bist besser als Ray je sein könnte.«

Sam blickte Caroline an. »Wie kommst du denn darauf?«

»Sag bloß nicht, dass du nicht ständig darüber nachdenkst.«

»Nein, ganz und gar nicht.«

»Männer sagen in dieser Hinsicht selten die Wahrheit.«

»Das ist ein Klischee.«

»Nicht ohne Grund ist es eins. An jedem Klischee ist etwas Wahres dran. So auch an diesem.«

Sam schwieg eine Weile, dann legte sich ein zufriedener Zug auf sein Gesicht. »Ray? Wer um Himmels Willen ist Ray?«

»SALSA«
DIE INTERNET-STORY

MIT DEM GUTSCHEIN-CODE
TT1TBHKMX
ERHALTEN SIE AUF
WWW.BLUE-PANTHER-BOOKS.DE
DIESE EXKLUSIVE ZUSATZGESCHICHTE ALS PDF.
REGISTRIEREN SIE SICH EINFACH ONLINE ODER
SCHICKEN SIE UNS DIE BEILIEGENDE
POSTKARTE AUSGEFÜLLT ZURÜCK!

Seitensprung

»Möchtest du ein Eis, Manda?«

»Nein danke, Jeff«, sagte seine Frau und zeigte auf ein Schaufenster in der Shopping Mall, »aber sieh mal, da hängen richtig schöne Shorts für dich.«

»Ach, Darling, ich brauche doch keine. Wie oft soll ich dir das noch sagen? Ich hole mir jetzt ein Eis und setze ich mich einen Augenblick auf die Bank dort vorn.«

»Ist gut. Hast du etwas dagegen, wenn ich noch kurz zu ›Blueberrys‹ reinschaue?«

»Mach ruhig. Ich bin froh, wenn ich ein wenig sitzen kann.«

Amanda ging auf ›Blueberrys‹ zu. Sie liebte diesen Laden, da er über ausgefallene Anziehsachen, Schuhe und Assesoires verfügte.

Gerade, als Amanda das Geschäft betreten wollte, kam ihr ein Mann entgegen. Er flanierte allein durch die Shopping Mall. In der einen Hand hielt er eine Tragetüte, in der anderen ein Eis. *Aßen denn alle ansehnlichen Männer diesen Sommer Eis,* fragte Amanda sich.

Für den Bruchteil einer Sekunde suchte sie in ihrem Gedächtnis nach der Verbindung zu diesem Mann, den sie von irgendwoher kannte. Dann schoss ihr der Name und alles, was mit ihm zusammenhing, durch den Kopf.

Mit Herzklopfen erwartete sie sein Herankommen. Als er auf ihrer Höhe war, blickte er sie kurz an, wie er wohl jede xbelibige Frau ansah, und ging schlendernden Schrittes vorüber.

Amanda konnte nicht glauben, dass er sie nicht erkannt hatte. Es war Roger. Der erotische Roger. Und sie war die Frau mit der er heimlich eine Nacht geteilt hatte. Es war ein Seitensprung. Amandas erster und bislang einziger Seitensprung.

Amanda erinnerte sich an den großen Streit mit ihrem Mann Jeff. Fluchtartig hatte sie damals die Wohnung verlassen und war mit Tränen auf den Wangen ziellos durch die Stadt gelaufen. Ihr Zufluchtsort war eine Bar, die sie nie zuvor besucht hatte. Bars und Kneipen waren ihr normalerweise zuwider. Doch an dem damaligen Abend schien es ihr die einzig richtige Lösung zu sein.

Kaum hatte sie die verrauchte Kneipe betreten, war sie ihr sympathisch und ein großer Trost. Nach drei »Bloody Mary« und zwei »Tequila Sunrise« setzte sich Rodger zu ihr.

Die Kennenlernprozedur war schnell vollzogen. Seine erotische Ausstrahlung zog Amanda in den Bann. Sie war fasziniert von ihm, wobei sie heute nicht mehr sagen konnte, ob es nur an seiner erotischen Ausstrahlung gelegen hatte oder ob der Alkohol sein Übriges dazu getan hatte. Mit dem Alkohol im Blut fiel es Amanda schwer, ihm geistig zu folgen. Sie hing an seinen Lippen und malte sich aus, wie es wäre, mit ihm Sex zu haben.

Entweder hatte ihr Gegenüber gespürt, was sie dachte oder ihre Mimik verriet sie, denn schon nach den ersten Sätzen lenkte er das Gespräch in eine eher frivole Richtung, auf die Amanda mit halb geschlossenen Augenlidern einging. Nach weiteren anrüchigen Sätzen legte er ihr die Hand aufs Knie.

Hätte er Amanda beim Verlassen der Kneipe nicht gestützt, wäre sie wahrscheinlich gestürzt, so schwankte sie. Lachend und glucksend fühlte sie sich in seinen Armen geborgen. Der

Gedanke an die noch bevorstehende Nacht mit dem erotischen Prickeln des Fremden und Verbotenen machte sie scharf und ungeduldig. Für diese Nacht wollte Amanda ihren Mann Jeff vergessen. Noch vor zwei Stunden hatte er sie so sehr mit Worten verletzt, dass es ihm jetzt recht geschah, wenn sie sich mit einem anderen Mann vergnügte.

»Haben Sie eine Frau?«, fragte Amanda ihren Begleiter.

»Lassen Sie uns über so etwas nicht reden. Genießen wir doch einfach den Augenblick, okay?«

»Aber warum ...«

Er verschloss ihren nicht schweigen wollenden Mund mit einem tiefen Zungenkuss. Seine Zunge schlängelte sich elegant und geschickt in das erste Zentrum ihrer Lust. So forsch, wie er vorging, hoffte Amanda, auch die Vorhergehensweise auf ihr zweites Lust-Zentrum ableiten zu können.

Als sie im Fahrstuhl des kleinen Hotels in den zweiten Stock fuhren, berührte er sie. Seine Hände legten sich um ihre festen Brüste und seine Finger suchten die Warzen.

»Wissen Sie eigentlich, dass ich einen Mann habe?«, setzte Amanda an. »Ich bin mir nicht sicher, ob ich es vorhin am Tisch erwähnt habe. Aber mir es wichtig, dass Sie es wissen. Das soll nicht heißen, dass ich es nicht will, was Sie vorhaben ...«

Sofort ließ er von ihr ab. »Ich sagte bereits: Schweigen und genießen!«

Er kam nicht auf ihren Körper zurück.

Verlegen blickte Amanda ihn an. »Tut mir leid, wenn ich den Moment kaputtgemacht habe.«

»Amanda, wollen Sie das hier überhaupt?« Er wurde vorsichtig und zurückhaltend.

Die Fahrstuhltür öffnete sich und Amanda trat heraus. Sie hatte auf einmal das Gefühl, wieder klar denken zu können.

»Natürlich will ich. Wie ich schon sagte: Es tut mir leid, den Moment zerstört zu haben. Ich habe zu viel geredet, aber ich weiß genau, was ich will. Allerdings habe ich das Gefühl, dass Sie sich nicht sicher sind, ob Sie es mit einer verheirateten Frau tun wollen.«

Mit diesen Worten ging sie zum Fahrstuhl zurück und drückte auf den Knopf, während sie vor der geschlossenen Tür wartete.

Roger kam ihr hinterher und hielt sie am Arm zurück, drehte sie zu sich um und gab ihr einen heftigen Kuss. Dann nahm er sie in den Arm und führte sie zur anderen Gangseite. 217 stand an der Tür. Dieses Zimmer würde für heute Nacht also ihr Liebesnest sein.

Amanda kam kaum zum Bett. Roger war schnell und stürmisch. Er zog sie in Windeseile aus, saugte an ihren Nippeln, umkreiste die Knospen mit der Zungenspitze und griff ihr ohne Umschweife in den Schritt. Kurz quiekte sie auf.

Diese Schnelligkeit war sie nicht gewohnt. Ihr Mann Jeff nahm sich Zeit, zu viel Zeit, wie sie oft fand. Außerdem kam Sex bei ihnen alle zwei Wochen einmal vor. Aber sie wollte jetzt nicht an Jeff denken. Auch nicht, dass sie seit sieben Jahren recht glücklich verheiratet waren.

Roger packte Amanda und trug sie zum französischen Bett. Nackt lag sie vor ihm. Er betrachtete sie. Mit einer provokativen Geste spreizte Amanda die Beine und er hatte vollen Einblick auf ihre rosige Scham. Als er sich mit flinken Händen die Hose auszog, konnte er seinen Blick von der braunhaarigen Schönheit nicht abwenden. Sein Schwanz presste sich an den knappen Slip und wollte in die Freiheit, um bei ihr einzutauchen. Sein Hemd fiel hinter ihm auf den Boden. Weit öffnete Amanda die Beine, während sie sich auf der Überdecke rekelte. Sie präsentierte sich lustvoll diesem fremden Mann. Seit neun Jahren hatte kein anderer Mann sie mehr gesehen. Sie war nun älter und reifer. Jetzt wollte sie die Erfahrung mit einem Mann, der jünger war als sie: mit Roger.

Mit einem Ruck zog er seinen Slip aus und der Schwanz sprang hervor. Sofort kniete er sich zwischen ihre Beine. Ehe Amanda fragen konnte, was er vorhatte, schnellte seine Zunge heraus und verschwand zwischen ihren Schamlippen.

»Oh, wie wunderbar!« Sie hatte ihren Oberkörper vorgebeugt und sackte sogleich auf die Kissen zurück. Jeff leckte sie selten. Erneut zwang sie sich, nicht an ihn zu denken, eher das zu genießen, was sich so unglaublich zwischen ihren Schenkeln anfühlte. Sie hielt die Augen geschlossen und hatte sich in den vielen Kissen verkrallt.

Roger war geschickt und er schien geübt. Er leckte eine Frau heute nicht zum ersten Mal. Sanft glitt er über die Klitoris, saugte sie wie einen kleinen Phallus in den Mund, drückte seine Zunge dagegen und saugte wieder. Das brachte Amanda fast um den Verstand. Als sie ihren Orgasmus kommen spürte, hörte er auf, ganz abrupt.

»Oh, Roger, bitte mach weiter«, flehte sie.

Diesen Ton kannte sie an sich nicht. Jeff war es sonst, der bettelte. Als sie zu Roger aufblickte, bemerkte sie ihn neben sich. Sein Schwanz war dicht bei ihrem Gesicht.

»Nun bist du erst mal dran!« Er fasste ihr mit der einen Hand in den Nacken und hielt ihr mit der anderen seinen Schwanz hin. Amanda richtete sich auf und nahm seinen Penis der Länge nach in den Mund. Er war voll und glatt. Kein einziges Haar bekam sie zu fassen. Er war rasiert und roch gut. Es war eine Wonne ihn zu kosten, ihn mit der Zunge zu umrunden, zu probieren. Noch mehr Freude bereitete es ihr, als Roger leise anfing zu stöhnen. Es beflügelte ihr Werk und sie wurde forscher. Noch immer hatte er die Hand ihn ihren dunklen Haaren, doch die Führung hatte er aufgegeben. Sie machte es wunderbar allein, wusste genau, wann sie wie viel Druck ausüben musste, um ihm das höchste Maß an Lust zu schenken. Als ihr Mund routiniert über seinen hoch erigierten Schwanz sauste, kam es ihm. Sein Körper verkrampfte sich, während er in vollen Zügen seine Befreiung genoss.

Amanda schenkte ihm ein paar Minuten der Besinnung. Dann machte er sich über ihre steifen Nippel her. Saugte, zupfte, tupfte, dass die Gefühle nur so durch ihren Körper flogen. Seine Hand fuhr auf ihren Unterleib zu und testete ihre Feuchtigkeit. Als ein Finger in sie eintauchte, seufzte Amanda leise. Sie war mehr als nass. Schnell drehte er sie, und seine Zunge kehrte zu dem zurück, was er zuvor so gern erforscht hatte. Ihr Seufzer verwandelte sich in ein lang gezogenes Stöhnen. Amanda griff nach ihm, suchte einen Körperteil, egal welchen, irgendeinen zum Festhalten. Sie bekam seine Hüfte samt Hintern zu fassen und krallte sich hinein.

»Au!«, rief Roger und blickte sich nach ihr um.

Amanda blinzelte erschrocken. Dann lachten beide spontan. Roger tauchte augenblicklich wieder in ihr Geschlecht, was ihr das Lachen nahm und ihre Augen schließen ließ. Nie gekannte Punkte wurden von ihm berührt, die sie fast um den Verstand brachten. Amanda konnte nicht mehr sagen, wie lange die süße Qual dauerte, sie spürte nur noch die Welle des Höhepunktes auf sich zurasen, als er seine Zunge immer wieder in sie stieß. Als sie kam, saugte er an der geschwollenen Klitoris. Nach Luft schnappend, die Brustwarzen kirschrot, genoss sie das einzigartige Gefühl. Ihre Hoffnung war, dass er zu ihr aufs Bett käme und sie in den Arm zöge. Genau das tat er, und so wurde diese Nacht bei dem fremden, Atem beraubenden Mann unvergesslich.

***

»Amanda, was ist mit dir?«

Wie ein gehetztes Tier blickte sie sich um.

Jeff stand mit einem halb aufgegessenen Eis vor ihr. »Schatz, du stehst schon seit etwa zehn Minuten so vor dem Geschäft. Wolltest du nicht hineingehen?«

»Jeff, oh, ich, ich habe ...«

»Ja?«

»Ich weiß auch nicht mehr so genau, was ich habe. Auf jeden Fall möchte ich nicht mehr hinein.«

»Ist mit dir alles in Ordnung, Liebling? Das ist doch sonst nicht deine Art.«

»Kann sein, aber ich habe es mir eben anders überlegt. Komm, lass uns nach Hause fahren.«

Jeff blickte seine Frau irritiert an. Diese wandte sich um und ging los.

***

Die Erinnerung an Roger ließ Amanda die ganze Woche nicht mehr in Ruhe. Obwohl seit dem Seitensprung drei Jahre vergangen waren, so blieb er ihr doch bildlich vor Augen. Seitdem hatte sie sich nie wieder an einem anderen Mann vergangen. Jeff und sie sprachen sich damals über den Streit aus und alles war wieder beim Alten. Fast alles!

»Manda, alles okay? Du wirkst verträumt.«

Amanda blickte zu Jeff. Dieser schob sich gerade eine volle Gabel Truthahnschnitzel mit grünen Bohnen in den Mund.

Sie stocherte in ihrem Essen. »Ja, Darling, alles bestens. Ich dachte nur gerade über etwas nach.«

»Worüber?«

Über Roger, schoss ihr durch den Kopf.

»Über den Garten«, kam ihre Antwort.

»Wieso, was ist mit ihm?«

»Er ist völlig verwildert.«

»Dann sollten wir uns einen Gärtner zulegen. Warum hast du mir das noch nie gesagt?«

»Ich hatte gehofft, dass es dir auffällt.«

Jeff blickte sie ratlos an, dann schob er sich eine weitere volle Gabel in den Mund. »Nein, Liebling. Du weißt doch, dass mir so etwas nie auffällt. Ruf morgen gleich einen Gärtner an, das Geld muss drin sein.«

Amanda seufzte. Es wäre auch ein Wunder gewesen, wenn Jeff ihr den Wunsch nicht erfüllt hätte. Er war so unglaublich aufmerksam und großzügig. Sie sah ihn von der Seite an und streichelte über seine Wange. Oft dachte sie, dass er einfach *zu* nett zu ihr war und der Wunsch nach einem von sich mehr als überzeugten Macho drängte sich auf. Das wäre genau die Mischung Mann, die sie haben wollte, die ihr vielleicht guttun würde. So ein Mann wie Roger! Amanda konnte nicht begreifen, dass sie sich nach so einem Typ Mann sehnte, wo sie doch den Engel in Person hier am Tisch hatte, sogar geheiratet hatte. *Aber wahrscheinlich wünscht man sich immer das, was man nicht hat,* dachte Amanda.

»Liebes, du bist heute so still. Ist wirklich alles in Ordnung? Liegt dir vielleicht etwas anderes auf der Seele?«

»Nein, Jeff, wirklich nicht. Tut mir leid, wenn ich heute schweigsamer bin als sonst.«

»Schon gut, kommt ja mal vor.«

Amanda ärgerte sich im Stillen, dass Jeff für alles, was sie tat, eine Entschuldigung hatte. Wobei es jede andere Frau auf diesem Erdball mit Sicherheit gefreut hätte.

Amanda seufzte. »Ach, Jeff, du bist mir das Liebste, was mir je untergekommen ist.«

»Danke. Ich glaube, ich kann dir noch eine kleine Freude machen.« Er lächelte geheimnisvoll.

Verwundert, aber interessiert blickte Amanda ihn an. »Was ist es denn?«

»Wahrscheinlich hast du das Gefühl, ein wenig einsam zu sein, da die meisten unserer Freunde verreist sind und niemand zum Reden da ist. Deswegen wird es dich bestimmt freuen, wenn ich dir sage, dass wir am Sonntag zu einem Brunch eingeladen sind.«

»Oh, wirklich? Von wem denn?«

»Du kennst ihn nicht, einem gewissen Roger Forbes.«

Amandas Herz machte einen Satz. Sie wusste nicht, wie ›ihr‹ Roger mit Nachnamen hieß, aber vielleicht konnte er es sein. Begegnete man sich bekanntlich nicht immer zwei Mal im Leben?

»Wer ist das?«, fragte sie eine Spur zu schnell.

»Er ist der Freund eines Arbeitskollegen und Geschäftsführer einer Firma, die Lebensmittelfarben herstellt. Wir sind vorgestern das dritte Mal zusammen beim Lunch gewesen. Und da ich Roger das Mittagessen ausgegeben habe, hat er mich gestern als Wiedergutmachung gefragt, ob ich mit meiner Frau nicht zum Brunch am Sonntag kommen würde.«

»Ich habe auf jeden Fall Lust.«

»Wunderbar.«

***

Diese Woche konnte Amanda an nichts anderes mehr denken, als an den Sonntag. Sie war innerlich nervös und nach außen hin fahrig. Jeff war morgens zum Glück so sehr auf seine Arbeit konzentriert und abends auf gemütliche Fernsehstunden aus, dass er die Anspannung seiner Frau nicht bemerkte.

Immer wieder versuchte Amanda sich mit dem Gedanken zu beruhigen, dass sie am Sonntag nicht den Roger treffen würde, mit dem sie fremdgegangen war. Auch versuchte Amanda, sich auf den Boden der Tatsachen zurückzuholen, indem sie sich sagte, dass es hunderte, ja vielleicht sogar tausende von Rogers hier in der Umgebung gab.

Trotzdem malte sie sich aus, wie er reagieren würde, wenn er es wäre und sie sich beide gegenüberstünden. Automatisch setzte ihr Herzklopfen ein. Würde er nervös werden? Wo war Jeff zu dem Zeitpunkt? Würde er anhand der Reaktion Rogers erkennen, dass etwas zwischen Roger und seiner Frau gelaufen war? Wie würde dann Jeff reagieren?

Bald war Amanda soweit, dass sie gar keine Lust mehr hatte, zum Brunch zu gehen. »Jeff, würdest du es mir sehr übel nehmen, wenn ich am Sonntag nicht mitkomme?«

Amandas Mann ließ die Zeitung sinken. »Was? Aber wieso das denn?«

Amanda zuckte mit den Schultern. »Ich weiß nicht, ich kenne diese Leute doch gar nicht und außerdem ...«

»Manda, Darling, wir können da nicht einfach absagen. Beruflich hängt einiges davon ab.«

»Wir wollen ja auch gar nicht absagen. Es geht um mich. *Ich* möchte nur nicht mitkommen. Du kannst ja gerne fahren.«

»Aber, Liebling, wenn, dann kreuzen wir doch beide gemeinsam auf, ich möchte nicht ohne dich fahren. Wo ist denn das Problem? Nur, weil du die Leute nicht kennst? Ich bitte dich!«

»Tut mir leid, Jeff.«

»Aber, Schätzchen, woher kommt denn dieser plötzliche Sinneswandel? Du kannst nicht einfach wegbleiben. Es ist mir wichtig, dass er uns beide zusammen sieht. Du musst ja nicht mit ihm reden. Das Brunch findet übrigens im Hotel

›Sheraton‹ statt. Da werden wir kaum auffallen. Aber ich werde auffallen, wenn ich meine Frau nicht dabeihabe.«

Amanda schaute auf eine Topfpflanze, die Wasser brauchte. »Na schön, dann komme ich eben mit.«

»Wunderbar!« Strahlend stand Jeff auf und nahm seine Frau in den Arm.

»Jeff, ich möchte dir nur noch mal sagen, wie lieb ich dich habe und wie glücklich du mich in den vergangenen Jahren gemacht hast. Ich werde dich immer lieben, egal, was ist.«

Jeff schob Amanda ein Stückchen von sich ab und blickte ihr prüfend in die Augen. »Manda, was ist das jetzt wieder? Ist etwas vorgefallen?«

»Nein, ich wollte dir zwischendurch einfach sagen, dass ich dich liebe. Findest du das nicht richtig?«

»Doch, schon, aber es hat allerhöchsten Seltenheitswert und das macht mich ein wenig stutzig.«

»Soll ich es nicht mehr sagen?«

»Doch, doch, behalte es bei, es ist schön. So, nun möchte ich mir die News ansehen.«

»Ich gucke mit, man muss schließlich wissen, was um einen herum los ist.« Jeff blickte sie kurz von der Seite an und nahm dann langsamer als sonst die Fernbedienung in die Hand.

***

Das typische, alte Frauenproblem beschäftigte auch Amanda heute Morgen: Was sollte sie nur anziehen? Am Vorabend hatte sie versucht, ein paar Sachen herauszusuchen, doch sie war zu keiner Entscheidung gekommen, und hatte sie somit auf den heutigen Morgen vertagt. Sollte Roger es wirklich sein und sollten beide die Möglichkeit haben, aufeinanderzutreffen, dann wäre es angebracht, ihre schönste Unterwäsche aus dem Schrank zu holen. Oder sollte sie keine tragen?

Vor dem großen Spiegel im Schlafzimmer betrachtete Amanda lange ihren nackten Körper. Dann nahm sie die weiße Spitzenunterwäsche und zog sie an. Sie hob ihre Brüste in die Körbchen und ließ ihre Finger ein wenig länger als nötig auf den Knospen. Langsam, als wenn sie aus dem Schlaf erwachten, richteten sie sich auf und versuchten, sich durch die Spitze zu pressen. Von außen rieb Amanda ihre empfindlichen Warzen und stellte sich vor, es wäre Roger, während sie die Augen schloss. Ein verlangendes Gefühl nach Nähe, Berührung, Genommenwerden und Befreiung setzte ein.

Ihr Herzklopfen ließ nach und sie öffnete die Augen. Auf einmal wusste sie, was sie anziehen sollte. Den langen schwarzen Rock, darüber eine weiße Bluse, die der einer Piratenbraut glich. Ihre langen, braunen Haare ließ sie offen und locker darüber fallen. Die passenden hohen Riemchenschuhe durften nicht fehlen. Zufrieden betrachtete Amanda sich abermals. Ihre Wangen waren durchblutet und schimmerten rosig.

Sie ging ins Bad, um sich zu schminken, wo Jeff gerade aus der Dusche stieg. »Wow, Manda, du siehst ja toll aus!«

»Danke, Darling. Sag mal, wieso hat das Duschen heute so lange gedauert?«

Ihr Mann machte ein Gesicht, als fühlte er sich ertappt. Die schwarzen Haare im Abflusssieb sagten ihr, dass er sich rasiert hatte.

»Weil ich …«

»Hab ich schon bemerkt.« Mit einem verführerischen Lächeln ging sie auf ihn zu. Sie mochte es, wenn ihr Mann sich für sie rasierte und es nicht zugeben wollte. Auch liebte sie das Gefühl, seinen seidigen Schwanz zu berühren. Mit einem Ruck zog sie ihm das weiße Handtuch von den Lenden.

»Manda, was hast du vor?«

»Wirst du gleich sehen!«, lächelte sie.

***

Nervös stieg Amanda neben ihrem Mann aus dem Auto. Dieses Hotel kam ihr sehr bekannt vor. Hier hatte sie es in Zimmer 217 mit Roger getrieben. Ihrem Mann gegenüber hatte sie ein sehr schlechtes Gewissen und kam sich wie eine Betrügerin vor.

»Alles in Ordnung mit dir, Darling?«, fragte Jeff mit besorgtem Blick.

»Ja, sicher. Ob wir die Ersten sind?«, fragte sie schnell, um von sich abzulenken.

»Das glaube ich weniger, denn wir haben uns um fünfzehn Minuten verspätet. Wahrscheinlich sind wir die Letzten.«

Seite an Seite betrat das Ehepaar die Eingangshalle. Suchend blickte Amanda sich um. Sie gingen an die Rezeption und fragten nach dem Restaurant, wo der Brunch stattfinden sollte. Ein Page wies ihnen per Handzeichen den Weg.

Warme Atmosphäre, leise Musik und ein angenehmer Duft nach gebratenem Frühstücksspeck schlug ihnen entgegen.

Eine Gruppe von gepflegten, gut gekleideten Leuten im mittleren Alter stand beisammen, redete und ließ ab und an einen Lacher hören. Eine Dame begutachtete Jeff. Ein Mann der Gruppe folgte ihrem Blick. War es Eifersucht? Er war ein schlanker, großer, gut aussehender Mann, der Amanda und Jeff zulächelte, und es war Roger – *ihr* Roger!

Für einen kurzen Augenblick setzte bei Amanda die Atmung aus, sie glaubte, ohnmächtig zu werden und hielt sich an Jeff fest. Dieser tätschelte ihr beruhigend den Arm. Mit ausgestreckter Hand kam Roger ihnen entgegen. »Mein lieber Jeff!«

Als er dicht genug heran war, um Amanda erkennen zu können, stutzte er. Verwundert blickte Jeff ihn an, dann Amanda und wieder zurück. »Was ist? Kennt ihr euch schon?«

»Aber ja! Ja, wir kennen uns«, nickte Roger langsam.

»Ach, wirklich? Woher?«, hakte Jeff nach.

Nachdenklich schüttelte Roger der schweigsamen und geschockten Amanda die Hand. »Tja, wenn ich das nur wüsste, wo wir uns schon mal begegnet sind ...«

Dieser Satz enttäuschte Amanda oder war er nur ein guter Schauspieler? Aber warum hatte er nicht gleich gesagt, dass er sie nicht kennen würde?

»Amanda, kannst *du* dich denn nicht an Roger erinnern?«

»Doch, dass kann ich, ich wollte bloß mal sehen, wie gut sein Gedächtnis ist.«

Für einen kurzen, kaum sichtbaren Moment wurde Rogers Gesicht aschfahl.

»Nun, woher?«, fragte Jeff.

»Er hat sich beim Bäcker vorgedrängelt. Als mir das Geld herunterfiel, hat er sich nicht einmal gebückt.«

Ein Lächeln legte sich auf Rogers hübsches Gesicht. »Stimmt. Nur darf ich vielleicht zu meiner Verteidigung dazu sagen, dass ich als Erster im Laden ankam, der Dame dann den Vortritt ließ. Außerdem war ich schwer bepackt mit Tüten und Taschen. Es war mir also unmöglich, mich gentlemanlike zu bücken, Madame.« Er knickte ein Bein ein, hielt das andere gestreckt und beugte sich in der Hüfte, um ihr in Mozart-Haltung einen Kuss zu geben.

Jeff lachte und klatschte in die Hände. Amanda war erleichtert, dass ihr Mann es mit Humor nahm und nicht hellhörig wurde.

Roger geleitete beide zu den anderen, wobei die Männer sich sofort in ein Gespräch vertieften. Nach und nach kamen immer mehr Gäste. Amanda zählte an die fünfzig Leute. Als sie ihren Platz eingenommen hatten, und Amanda ihren Tischnachbarn begrüßt hatte, flüsterte sie Jeff zu: »Wie kann dieser Mann nur so viele Leute einladen, läuft seine Firma denn so gut?«

»Anscheinend. Als Geschäftsführer sollte man schon über ein gewisses Budget verfügen. Außerdem kann er dieses Essen ja absetzen.«

Amanda bewunderte Roger. Sie hätte nicht gedacht, mit so einem erfolgreichen Mann im Bett gewesen zu sein. Das Buffet wurde eröffnet und die ersten Leute gingen los.

»Komm, Manda, geh du schon mal, ich passe so lange auf deine Handtasche auf.«

»Aber, Liebling, hier kommt doch nichts weg in solch einem feinen Etablissement.«

Jeff lachte über ihren Ausdruck und auch, weil sie bei dem Wort Etablissement einen Knicks machte. Sie zwinkerte ihm zu und ging zum Buffet.

Es war reichhaltig und versprach einige Tage Diät danach. Amanda nahm sich einen Teller und fing klein an. Später lief sie ein paar Mal zum Buffet, bis ihr Magen kapitulierte.

Ihr Nachbar ergriff die Gelegenheit beim Schopf, während Jeff beim Buffet stand. Er war ein älterer Mann mit angegrauten Schläfen, aber keines Falles unattraktiv. Er legte seine Hand auf Amandas Oberschenkel und ließ sie dort eine Zeit lang ruhen. Geschickt zog er langsam den Stoff ihres Rockes nach oben und lag bald mit seiner Hand auf ihrem Straps. Kundig verfolgte er sein Ziel und glitt mit den Fingern auf ihrer nackten Haut, bis sie ihren Höschenrand erwischten. Amandas Brustwarzen stellten sich auf und drängten gegen den Stoff, genau, wie die ungeduldigen Finger gegen ihr Höschen. Sie blickte sich gespielt gelangweilt in der Runde um, doch niemand schien Notiz von ihr oder ihrem Tischnachbarn zu nehmen. Er schaffte es auch, mit der linken Hand von seinem Lachsbrötchen abzubeißen.

Vorsichtig drehte Amanda den Kopf nach Jeff um, aber er war mit Roger im Gespräch.

Inzwischen war ihr forscher Nachbar weiter vorgedrungen, hatte den Rand des Höschens zur Seite geschoben und massierte gekonnt ihre Schamlippen. Ein verlangendes Gefühl stieg in Amanda auf. Sie wollte sich in seine Arme stürzen und die Brüste an ihrem Peiniger reiben, wollte, dass er tiefer in sie eindrang. Auch er schien bemerkt zu haben, dass Jeff für eine Weile abgelenkt war und nutzte das aus, um sich Zeit für Amanda zu lassen. Er musste ihre Feuchtigkeit gespürt haben, denn er holte sie vom Eingang ihres heißen Loches und verteilte sie in der Länge der Spalte. Gleichmäßig glitt er zwischen ihren Lippen hin und her und die Wellen der Lust durchzuckten Amandas ganzen Unterleib. Sie gab sich Mühe, sich nichts anmerken zu lassen, biss die Zähne aufeinander und legte ihre Melonenscheibe auf den Teller zurück. Ihr Tischnachbar hörte mit seiner Tätigkeit auf und nahm sein Sektglas.

»Prost, Madame!« Er hielt es hoch und blickte Amanda in die Augen. Sie nahm gezwungenermaßen auch ihr Glas und tat es ihm nach. Kaum hatte sie das Glas an die Lippen gesetzt, fuhr er mit seinem Rotieren in ihrer Scham fort. Sanft schob er einen Finger in ihr williges Loch, wobei Amanda die Beine weiter spreizte und ihn hineinließ. Fast hätte sie sich am Sekt verschluckt. Sie hustete kurz. Besorgt drehte er sich zu ihr um und legte ihr ohne Umschweife die Hand auf den Busen. Sie spürte den Druck auf ihren Warzen und die nicht aufhören wollende Hand in ihrem Geschlecht. Er hatte sie in der Hand. Sie spürte, wie sie von ihm abhängig war und presste sich seiner gleichmäßig kreisenden Hand entgegen. Er beschleunigte sein Tempo, als er sich seinem zweiten Lachsbrötchen zuwandte. Amanda schnappte nach Luft, als die Welle kam. Dieser fremde

Tischnachbar, der eine Frau zu seiner Linken hatte, von der sie nicht einmal wusste, ob es die Ehefrau war, brachte sie vor etwa fünfzig Leuten zum Orgasmus. Amanda pumpte mit ihrem Becken den wissenden Fingern entgegen, nahm rasch ihre Serviette und presste sie sich gegen den Mund, um ihr schnelles, unterdrücktes Atmen zu vertuschen.

Jeff kam mit einem vollen Teller an den Tisch zurück.

»Na, Liebling, möchtest du noch einen Nachtisch?«

»Ich glaube, ihre Gattin hatte schon einen«, mischte sich der Nachbar ein.

»Wirklich? Ach, komm, hol dir doch noch einen. So ein leckeres Essen bekommt man nicht alle Tage geboten.«

»Du hast recht, Jeff, ich besorge mir noch etwas.«

Mit wackeligen Beinen stand sie auf, hatte sich aber schnell im Griff. Amanda hatte zwar soeben einen gewagten Höhepunkt erlebt, doch befriedigt war sie noch nicht. Sie sehnte sich nach mehr Erfüllung. Ihr Körper war bereit, einen zweiten und dritten Höhepunkt zu empfangen.

Mit glühenden Wangen ging sie zum Buffet. Roger stand auf und folgte ihr, was sie aus den Augenwinkeln bemerkte. Erst lief sie zur Begutachtung der Desserts um den Tisch herum und blieb dann vor einer Zitronencreme stehen. Auf der anderen Buffetseite stand Roger und blickte ihr fest in die Augen. »Was machen Sie hier?«, wollte er wissen.

»Ich hole mir einen Dessert.«

»Ich meine, warum Sie bei diesem Brunch sind!«

»Warum? Sie haben doch meinen Mann und mich eingeladen.«

»Ich wusste ja nicht, dass Sie es sind.«

»Oh, danke, Roger. Ich konnte auch nicht ahnen, dass *Sie* es sind und vor allem, dass Sie so unfreundlich sind!«

Er blickte sich schnell um. »Verzeihung. Amanda.«

»Außerdem bin ich seit etwa einer Stunde hier und nun fangen Sie mit mir einen kindischen Streit an?«

»Amanda, hören Sie, Sie dürfen Jeff auf gar keinen Fall ...«

Mit funkelnden Augen blickte sie ihn über eine Kirschtorte an und fiel ihm ins Wort: »Wer wohl von uns den Mund nicht halten konnte! Sie konnten es sich doch nicht verkneifen, unbedingt zu sagen, dass Sie mich kennen würden.«

»Das lag daran, dass ich Sie anfänglich wirklich nicht einordnen konnte.«

»Hätten Sie bloß geschwiegen!«

»Geschwiegen? Stellen Sie sich mal vor, Sie wären eine wichtige Person und ich hätte mich nicht an Sie erinnern können ...«

»Aha, ich bin also keine wichtige Person in Ihren Augen. Was bin ich denn bitte? Das Flittchen, das für eine Nacht gut ist?«

»Amanda! Seinen Sie doch um Himmels Willen leiser!«

Wieder blickte er sich rasch um. »Ach, kommen Sie, Roger. Sie verzehren sich doch schon wieder nach mir. In ihrer Hose ist die Hölle los. Sie können Ihre Lust und Gier doch kaum noch zügeln.«

»Hören Sie auf, Amanda!«

»Womit? Ihnen die Wahrheit zu sagen? Vielleicht haben Sie ja auch ganz genau gewusst, dass ich die Frau von Jeff bin, dass ich dementsprechend heute hier sein würde.«

»Nein, das habe ich nicht gewusst.«

»Und wenn doch, hätten Sie mich eingeladen, um mich zu vernaschen?«

»Nein!«

»Sie wollen mir also sagen, dass ich Sie nicht mehr interessiere?«

»Amanda, die Zeiten ändern sich eben.«

»Sie sind tatsächlich der Meinung, dass Sie ganz cool und relaxt in meiner Gegenwart sind?«

»Es ist zwar nicht das, was ich meine, aber das ist auch durchaus richtig.«

»Verstehe.« Amanda tat sich von der Zitronencreme auf, nahm noch eine hausgemachte Waffel und einen Schlag angedickter Kirschen. Mit einem eleganten Hüftschwung drehte sie sich um und ging zum Tisch.

***

Als die Teller abgeräumt, die Kaffees und Espressi serviert wurden, verabschiedete sich Amanda von ihrem Mann.

»Du möchtest nach Hause fahren?« Entgeistert blickte er sie an.

»Ja, Jeff, ich habe solche Kopfschmerzen. Ich werde vorher noch zu Mum fahren und mir Tabletten holen. Vielleicht sagt sie ja auch, dass ich eine Weile bei ihr bleiben soll. Also, sorge dich nicht, Darling.«

»Ich werde selbstverständlich mitkommen. Ich lasse dich doch nicht allein nach Hause fahren.«

»Nein, Jeff, das brauchst du nicht. Ich nehme mir ein Taxi. Bitte, genieße den Abend. Ich komme gut alleine klar, glaub mir.«

»Also, Amanda, ich weiß nicht ...«

»Doch, Darling, wirklich! Du kennst mich. Wenn ich etwas sage, dann meine ich es auch so.« Sie streichelte ihm liebevoll über die Schulter.

»Na gut, wenn du meinst.«

»Auf jeden Fall! Mach dir keine Gedanken.« Amanda gab ihrem Mann einen kurzen Kuss auf den Mund und winkte ihm. Um sich zu verabschieden, ging sie zu Roger, tippte ihm leicht auf die Schulter.

Sofort drehte er sich um. »Amanda! Wollen Sie schon gehen?«

»So ist es. Aber ich wollte Ihnen noch etwas sagen und zwar ...« Sie flüsterte ihm den Rest ins Ohr. Er sah sie verdutzt an, wurde sich der eventuellen Blicke bewusst und flüsterte etwas zurück. Amanda nickte.

Roger schüttelte den Kopf und sagte leise: »Das tut mir sehr leid. Dann wünsche ich Ihnen eine gute Heimfahrt. Soll ich Ihnen ein Taxi rufen?«

»Nein, danke, nicht nötig, das mache ich schon selbst. Vielen Dank für das leckere Essen. Auf Wiedersehen.«

»Auf Wiedersehen.«

Amanda verließ den edlen Speisesaal des Hotels ohne sich umzusehen und ging zur Rezeption.

»Zimmer 217, bitte.«

Der Portier reichte ihr den Schlüssel.

***

Amanda stieg aus der Wanne, als es an der Tür klopfte. »Wer ist da?«

»Ich bin es, Roger.«

Sie blickte auf die Nachttischuhr. Zwei Stunden waren inzwischen vergangen. Amanda warf sich einen Hotelbademantel über, ging schnellen Schrittes auf die Tür zu und öffnete.

Mit halb geschlossenen Augen blickte Roger verwegen, lüstern und hatte so gar keine Ähnlichkeit mehr mit dem Mann, den sie noch vor einigen Stunden beim Dessertbuffet gegenübergestanden hatte. Ohne hinzusehen schloss er die Tür hinter sich und behielt Amanda im Auge. Fast schroff wirkten seine Gesichtszüge, als er auf sie zuging. Sie wich vor ihm zurück.

»Was fällt dir ein, mich da unten so zu kompromittieren.«

»Es ist keinem aufgefallen.«

»So! Glaubst du? Dem einen oder anderen ist es aber doch

aufgefallen. Da sitzen Arbeitskollegen, besser gesagt, Angestellte meiner Firma, und du spazierst da einfach durch und redest mit mir, als sei ich dein Zuhälter.« Er war jetzt dicht bei ihr.

Amanda stieß ans Bett und kam nicht weiter. Ihr Herz klopfte laut. Entweder lieferte er wieder eine gute Show oder er meinte es ernst. Sie konnte nicht ersehen, welches der echte Roger war. Doch es reizte sie. Egal, ob es ein Spiel war oder nicht. Sie hatte im Gefühl, dass Roger ihr nichts tun würde, obwohl eine starke Bedrohung von ihm ausging.

»Hast du dazu nichts zu sagen?«, flüsterte er leise.

Schließlich schubste er sie aufs Bett, sodass ihr Bademantel aufklaffte. Mit einem Ruck zog er ihn unter ihr fort. Ausgiebig betrachtete Roger sie und nahm ihre vollen, reifen Brüste in sich auf. Sein Blick wanderte weiter zu ihrer rasierten Muschi, die fast kindlich wirkte. Sie, sechs Jahre älter als er, präsentierte etwas jung Mädchenhaftes, etwas schüchternd Weibliches. Sie, die sonst immer den Ton angab, die alles so in die Bahnen lenkte, dass sie einen Vorteil daraus zog. Er, der Jüngere, trotzdem oder gerade deshalb, der Stärkere, drehte den Spieß um.

Roger stellte sich zwischen ihre leicht gespreizten Schenkel und verbreiterte seinen Stand, sodass sie gezwungen war, ihre Beine noch mehr für ihn zu öffnen. In aller Ruhe zog er sein Sakko aus, knöpfte Hemd und Hose auf. Alles fiel auf den Boden. Er benutzte seine Füße, um die Schuhe abzustreifen. Gekonnt zog er seinen Slip aus, als wenn er als Stripper arbeiten würde. Sein Schwanz prangte über ihr, er strahlte Macht und Stärke aus. Schnell war Roger bei Amanda und drückte ihre Arme auf die Überdecke. Ihre Brustwarzen reagierten auf seine Männlichkeit. Sein Schwanz, presste sich an sie. Amanda schloss die Augen, um sie sofort wieder aufzureißen, denn an der Tür klopfte es laut. Erschrocken blickte auch Roger hoch: »Wer ist das?«

»Ich habe keine Ahnung«, flüsterte Amanda.

»Einen Augenblick, bitte.« Roger stieg vom Bett und schnappte sich den Hotelbademantel, den Amanda getragen hatte. Augenblicklich war die Härte aus seinem Gesicht gewichen. Egal, wer es an der Tür sein mochte, sie war demjenigen dankbar, denn sie wusste jetzt, dass ihr Seitensprung nur ein guter Darsteller war. Amanda zog die Überdecke weg und verkroch sich darunter. Leichtfüßig ging er zur Zimmertür und schloss auf. Amanda beobachtete ihn und bemerkte, wie seine Gesichtszüge gefroren. »Was machst du denn hier?!«

An der Tür wurde geantwortet.

»Nein, das geht jetzt nicht«, wimmelte Roger denjenigen ab.

Amanda versuchte, sich eine Dame an der Tür vorzustellen. War sie blond, brünett, rothaarig, durchschnittlich, hübsch, jung oder alt? War sie eine Freundin von ihm oder auch nur ein Betthupferl, so wie sie?

Roger kämpfte. »Nein, verdammt, es geht jetzt einfach nicht. Wie? Nein, natürlich ist sie nicht da.«

Wieder lautstarkes Flüstern aus dem Flur.

»Hör auf damit!«

Jemand drückte sich an Roger vorbei. Amanda warf sich die Decke über den Kopf. Warum, wusste sie nicht. Schritte waren im Zimmer zu hören, dann eine ihr nur allzu vertraute Stimme, die ihr das Blut in den Adern gefrieren ließ.

»Du verdammter Schweinehund. Sie ist doch hier oben!«, sagte Jeff.

Roger schwieg.

»Täubchen, ich sehe dich, brauchst dich nicht zu verstecken. Ich wusste nicht, dass ihr beiden es auch ohne mich treibt. Bisher waren wir zu dritt doch immer ganz gut bedient, oder?«

»Jeff, bitte. Es ist nicht so, wie es aussieht«, versuchte Roger es.

Amanda sortierte die Worte in ihrem Gehirn und starrte ungläubig auf das Patchworkmuster der Überdecke durch die das Tageslicht schien. Sie war nicht in der Lage, sich zu bewegen, geschweige denn, die Decke vom Kopf zu nehmen. Das erledigte ihr Mann für sie.

»Amanda!« Seine Augen wirkten doppelt so groß, wie im Normalzustand. Er stand wie eine Statue und rührte sich nicht. Amanda hatte sich inzwischen etwas gefangen und ließ sich zu einem rauen: »Hi«, hinreißen.

Roger stöhnte. »So, ihr beiden, jetzt ist es raus. Endlich!«

Beide blickten Roger an.

Dieser sah von einem zum anderen. »Ja, was guckt ihr denn so! Ich habe es vor etwa drei Jahren ein Mal mit Amanda getrieben und heute wäre es das zweite Mal. Und mit Jeff und Ellen treibe ich es seit etwa vier Monaten, ein Mal die Woche. So, jetzt ist es raus! Nun gibt es keine Komplikationen mehr. Ich finde, es lässt sich mit der Wahrheit viel besser umgehen, als irgendwelche schnöden Vermutungen und Beschuldigungen, die keinem etwas nutzen. Wir müssen jetzt lediglich klären, wie es weitergehen soll.«

Das Ehepaar schwieg und verdaute die Neuigkeiten.

Deshalb setzte Roger wieder an. »Also ich für meinen Teil möchte jetzt Sex haben und das am liebsten mit Amanda.«

Jeffs Kopf ruckte zu ihm herum. »Was?«

Roger blickte ihn ausdruckslos an. »Was, was? Bist du nicht damit einverstanden, weil ich es jetzt mit deiner Frau machen will oder weil du nicht eingeladen bist?«

»Du spinnst!«, stieß Jeff hervor.

»Nein, warum? Es ist so wie immer. Ich habe nur für euch beiden die Karten offen auf den Tisch gelegt. Und das Schöne daran ist, dass keiner dem anderen einen Vorwurf machen kann.«

»Ich habe meinen Mann erst ein Mal betrogen, er mich schon zigfach«, zischte Amanda.

»Amanda, Süße! Das spielt leider gar keine Rolle. Entweder du betrügst oder du betrügst nicht. Wenn du es ein Mal getan hast, dann sind die folgenden hundert auch egal.«

Es klopfte erneut an der Tür.

»Ich geh schon«, sagte Roger lahm.

Kaum hatte er die Tür geöffnet, stieß er sie noch weiter auf, um ein etwa sechsundzwanzig jähriges Mädchen hereinzulassen.

Frisch und fröhlich trat sie auf Jeff zu und gab ihm einen Kuss. »Hi, Jeff!«

»Hallo, Ellen!«

»Was ist mit dir, alles okay? Warum stehst du hier so herum?«

Jeff blickte zu seiner Frau aufs Bett.

Ellens freudiger Gesichtsausdruck verschwand. »Wer sind *Sie* denn?«

»Ich bin Amanda, die neue Spielgefährtin, damit es auf die Dauer nicht so eintönig wird.« Ein Lächeln trat auf Amandas Lippen, das Ellen sofort auffing und an sie weitergab.

»Das ist super. Und ich hatte schon gedacht, wir würden für immer nur zu dritt bleiben. Ich finde vier Leute viel schöner. Man hat sehr viel mehr Auswahlmöglichkeiten und ich mag es, eine Frau zu verwöhnen.«

Ellen war so offen und ehrlich, dass Amanda nicht sauer auf sie sein konnte. Der Gedanke, von einer Frau gestreichelt, vielleicht sogar zum Orgasmus gebracht zu werden, löste in Amanda ein zügelloses Verlangen aus. Sie stellte sich vor, wie es wäre, mit Roger zu schlafen und von der jungen Frau geleckt zu werden. Augenblicklich stellten sich ihre Brustwarzen auf.

»Das ist keine gute Idee, Ellen. Ich denke, wir gehen. Heute ist kein guter Tag, um damit anzufangen«, sagte Jeff und nahm sie beim Arm.

Amanda blickte zu Roger, der nicht einverstanden war, aber die Entscheidung so hinnahm.

»Jeff, ich denke, Ellen muss nicht gehen«, sagte Amanda.

»Aber, das verstehe ich nicht. Bist du nicht sauer?«

»Nein, worauf denn, dass wir beide beim gleichen Mann fremdgehen? Ich habe es eben ernst gemeint, als ich sagte, dass ich die neue Spielgefährtin sei. Du glaubst wohl, nur du könntest dein Leben abwechslungsreich gestalten, was?«

Jeff blickte sie skeptisch an, dann schüttelte er den Kopf. »Manda, das glaube ich gerade nicht. Du akzeptierst, dass ich ... dass wir ... ich meine ...«

»Jeff, als ich es eben erfuhr, war es ein Schock für mich«, fuhr Amanda fort. »Aber wenn ich weiterdenke, so haben wir doch alle unseren Spaß. Was kann es denn Schöneres geben, als einen Mann und einen Geliebten, die für einander genau das Gleiche empfinden.«

»*Sie* sind Jeffs Frau?«, platzte Ellen heraus.

»Ja, so ist es. Schlimm?«

»Ganz und gar nicht, ich hätte bloß nicht gedacht, dass er so ehrlich zu Ihnen sein würde.«

»Danke, Ellen!«, sagte Jeff.

»War er auch nicht. Roger hat es mir erzählt.«

»Danke, Manda.«

Roger lachte. »Ich liebe deine Ehrlichkeit, Ellen. Aber es ist so, Amanda, dass Jeffs schlechtes Gewissen ihn schon eine ganze Weile plagt. Nun ist es endlich raus. Er hatte vor, es dir zu sagen, aber ehrlich gesagt, hat niemand dran geglaubt. Auch er nicht. Stimmt's, Jeff?«

Dieser winkte ab. »Ach, keine Ahnung. Nun sind wir ja einen Schritt weiter. Und jetzt weiß ich auch, warum ich dich geheiratet habe, Manda.«

»Soll das ein Kompliment sein, Jeff?«, fragte Roger.

»Ja«, antwortete Amanda, »obwohl ich weiß, dass er das sonst besser kann. Komm her, Darling. Ich hab dich lieb.«

Jeff ging zu seiner Frau und setzte sich auf die Bettkante. Sie umarmten sich und gaben sich einen langen Zungenkuss.

»Das Bad ist deins, wenn du möchtest, Ellen. Ich denke, wir haben alle vier in dieser schönen Sonntagnacht nichts Besseres vor, als uns so zu nehmen, wie Gott uns schuf«, sagte Roger und kam auf das Bett zu.

Jeff blickte zwischen seiner Frau und seinem Freund hin und her. Schließlich machte er eine Geste zu Roger, die ihm bedeutete, sich zu Amanda zu gesellen.

»Bist du dir sicher, Jeff?«, frage Roger.

»Ja, mach schon. Ich bin mit Ellen gleich bei euch.«

Amanda lächelte ihren Mann an und widmete ihre Aufmerksamkeit Roger. Dieser kam ohne Umschweife zu ihr, zog die Bettdecke zur Seite und betrachtete den nackten, schönen Körper. Der Blick Jeffs gesellte sich dazu. Amanda genoss diese Art des Mittelpunktes. In ihrem Schoß zuckte es. Vorsichtig beugte Roger sich zu ihr hinunter und fuhr mit seinen Lippen über ihren Hals, wobei eine Hand ihre Brust umfasste und die aufgerichtete Brustwarze zwirbelte. Amanda seufzte leise. Kurz blickte sie zu ihrem Mann, der sie nicht eine Sekunde aus den Augen ließ. Seine Hose verriet, dass er Gefallen daran fand, dass seine Frau sich einem anderen Mann hingab.

Die Badezimmertür wurde aufgestoßen und Ellen trat mit einem Handtuch um den Kopf heraus. Alle drei blickten sie an, denn das Handtuch war das einzige Kleidungsstück, was sie trug. Hoch erhobenen Hauptes schritt sie aufs Bett zu. Ihre Brustwarzen waren tiefrot von der heißen Dusche und hatten sich aufgestellt. Ihre Scham war rasiert und wirkte weich und rein. Ellen ließ die beiden Männer stehen und steuerte auf Amanda zu. Mit einer anmutigen Geste beugte Ellen sich zu den Brüsten hinunter, die sich ihr reif und voll präsentierten und saugte ohne Umschweife eine in den Mund. Amanda stöhnte und ließ ihren Kopf aufs Kissen sinken. Ein Rascheln sagte ihr, dass die Männer sich auszogen. Sanft und bestimmt spielte Ellen mit Amandas Brustwarzen, nahm sich erst der einen, dann der anderen an. Ein Kribbeln durchlief Amandas Körper und steuerte auf ihren Unterleib zu. Als hätte Ellen es gespürt, ließ sie von den Brüsten ab und fuhr mit der Zungenspitze auf Amandas Bauch zu.

Ja, ja, dachte Amanda und sehnte sich nach dem Gefühl, das Ellens Zuge in ihrem Geschlecht an Lust erzeugen würde. Doch Amanda wollte alles. Sie wollte überall jemanden spüren, wollte ihren Köper willenlos allem und jedem hingeben. Kaum war sie in diese Gedanken und Lustvorstellungen vertieft, als sie eine Zunge an ihrer linken Brust spürte. Sie machte die Augen kurz auf und erkannte Roger, der sich ungestüm an ihr zu schaffen machte. Sie nahm gerade noch Jeff wahr, der sich ebenfalls zu ihr hinunterbeugte und sich der zweiten Warze bemächtigte. Amanda stöhnte. Die drei kreisenden Zungen auf ihrem Körper machten sie wahnsinnig. Ellen war inzwischen weiter nach unten gewandert und hatte sich, um sich die Sache zu erleichtern, zwischen Amandas Beine gehockt.

Nun hatte sie alle Macht, ihre Zunge in Amandas heißem, ausgehungertem Geschlecht hin- und hergleiten zu lassen. Dabei fuhr sie leicht über die Schamlippen, berührte wie zufällig den Kitzler und tauchte zwischen die Lippen. Amanda rekelte sich stöhnend, was Ellen anspornte, ihr Opfer noch ein wenig mehr zu quälen. Sie beschleunigte ihre Zungenfertigkeit und tauchte dann tief in Amandas Spalte. Amanda schrie auf und kam mit einem gewaltigen Orgasmus. Ellen stieß ihre Zunge rhythmisch immer wieder hin sie hinein, während die Männer die empfindlichen Brustwarzen leckten, saugten und an ihnen zogen.

Schwer atmend kam Amanda zur Ruhe. Sie hörte, wie Ellen aufquiekte. Da sie Amanda in der Hocke geleckt hatte, kam Jeff diese Position gerade recht. Er war zu ihr gegangen und hatte seinen Schwanz von hinten in sie hineingeschoben. Mit regelmäßigen Stößen spornte er seine Lust an. Amanda hatte sich nach vorn gebeugt und schaute ihrem Mann zu, der ein junges Mädchen zum Stöhnen brachte, wobei er seine Frau voll im Blick hatte und ihr zwischen die Beine und auf die Brüste sah.

Roger blieb nicht untätig, auch er wollte noch zum Zug kommen und schwang sich mit einem Mal auf Amanda. Sein Penis war steif und rot. Durch die Feuchtigkeit zwischen Amandas Beinen wurde ihm sein Eindringen sehr erleichtert. Schnell konnte er mit seinen Stößen beginnen. Amanda schnappte nach Luft. Hinter Roger hörte sie Ellen seufzen und Laute ausstoßen. Das spornte Amanda zusätzlich an. Und schon spürte sie, wie die nächste Orgasmuswelle heranwuchs. Ellen schrie und Jeff stöhnte verhalten in ihre Haare, es klang gedämpft. Roger japste vor sich hin und zog das Tempo an. Sein Schwanz schien noch mehr angewachsen zu sein, Amanda spürte die intensive Reibung und den damit erscheinenden Orgasmus. Sie ließ ihrer Lust freien Lauf und juchzte sie heraus. Roger war mit ihr da und stöhnte tief, ließ sich dann auf Amanda fallen.

***

Als die vier sich von einander verabschiedeten, brauchten sie sich nicht zu verabreden. Allen war klar, dass diese Viererkombination sich am darauf folgenden Sonntag wieder im Hotel im Zimmer 217 treffen würde.

Die Brücke

Kälte kroch in mir hoch. Wieder fing es an zu regnen. Meine Haare waren nass und Wassertropfen lösten sich aus den Spitzen. Einen Moment lang sah ich den Wassertropfen zu. Dann wandte sich meine Aufmerksamkeit wieder dem größeren Gewässer zu. Erneut spürte ich die Kälte. Ich fragte mich, ob ich wirklich springen wollte, und trat einen Schritt nach vorn, um es besser abschätzen zu können. Nun ging es nicht weiter. Die nächste Hürde war das Geländer der Brücke. Es war hoch. Ich hob mein Knie und stützte mich auf das Gestänge. Ein Auto rauschte in dieser dunklen Nacht an mir vorüber. Ich hoffte, dass der Fahrer mich nicht gesehen hatte. Allerdings war es bei dem Regen und der gut ausgesuchten dunklen Ecke eher unwahrscheinlich. Ich zog vorsichtig das andere Bein nach. Noch ein Auto raste vorbei. Nun saß ich mit den Beinen baumelnd auf dem Geländer der Brücke. Es trennte mich nur noch eine letzte Überwindung von der Erlösung.

»Ich würde es nicht tun.«

Fast wäre ich ungewollt von der Brücke gestürzt, denn ich war innerlich noch nicht so weit.

»Ich würde es nicht tun«, wiederholte die fremde Stimme. Sie klang aus näherer Entfernung als zuvor.

»Gehen Sie weg«, rief ich.

»Ich würde es trotzdem nicht tun.«

Meine Hände zitterten und ein Krampf im linken Oberschenkel kündigte sich an.

»Gehen Sie weg, sonst springe ich.«

»Das tun Sie sowie so. Aber warum? Was macht Springen für einen Sinn?«

»Das geht Sie nichts an. Mein Leben geht Sie nichts an.«

»Doch, das tut es.«

»Gehen Sie weg.«

»Wollen Sie wissen, warum?«

»Nein.«

»Weil Sie ein Teil meines Lebensinhaltes sind.«

»Was soll das? Wovon reden Sie?«

»Ich beobachte Sie schon sehr lange. Von meinem Arbeitszimmer aus. Sie ziehen sich jeden Abend um halb acht aus, sorgfältig und behutsam. Dann legen Sie sich ins Bett und schauen Fern. Manchmal beobachte ich, wie Sie sich unter der Bettdecke streicheln. Das macht mich an. Ich werde verrückt, wenn ich Ihnen zusehe.«

Mein Herz klopfte laut. Der Fremde war dicht herangekommen, hatte seine Zeit des Erzählens geschickt genutzt. Ich drehte mich kurz zu ihm um. Im weit entfernten, schwachen Laternenlicht konnte ich gleichmäßige, sympathische Gesichtszüge erkennen. Schnell drehte ich mich zurück, wollte mich auf gar keinen Fall von meinem Vorhaben abbringen lassen. Dieser Mann wollte mich davor bewahren, zu springen und erzählte mir irgendwelche Geschichten. Doch es stimmte, dass ich mich jeden Tag um besagte Uhrzeit auszog und ins Bett ging, um Fern zu sehen. Es war die einzige Flucht vor meinem grauen, tristen Leben. Eintönig, langweilig und ausweglos.

»Gehen Sie weg!«, rief ich nochmals.

Ich hatte nicht aufgepasst, denn schon hatte mich der Fremde gepackt und zog mich mit Leichtigkeit vom Geländer. Ich zappelte, schrie und boxte um mich. Er schlug mir hart ins Gesicht. Sofort hörte ich auf, hielt verblüfft eine Hand auf die brennende Stelle.

»Kommen Sie zur Vernunft!«, fuhr er mich an, indem er mich rechts und links meiner Oberarme schüttelte.

Ich fühlte mich leer und ausgelaugt. Ich fand keinen Platz für Emotionen, nicht einmal für eine einzige Träne.

»Warum haben Sie das getan?«, fragte ich tonlos.

»Nur um meiner Selbst Willen.«

»Egoist.«

»Ich konnte nicht anders. Jeden Abend werde ich magisch von deinen Brüsten in den Bann gezogen. Wenn ich dein süßes Schamdreieck sehe, werde ich hart.«

»Sie können nicht einfach über mein Leben bestimmen, nur weil Sie sich dadurch besser einen runterholen können.«

Der Fremde lachte.

Ich blickte zu ihm auf, denn er war gut einen Kopf größer als ich.

Er nahm meine Hand. »Komm«, sagte er schlicht.

»Wohin?«

»Komm.«

Als wäre es das selbstverständlichste der Welt folgte ich ihm. Warum tat er das? Warum tat *ich* das? Warum riss ich mich nicht von ihm los und sprang über die Brücke? Sollte mein Leben so trostlos weitergehen? Doch hier war ein Mann, der mich an der Hand hielt, etwas von mir wollte. Wahrscheinlich wollte er es nur mit mir treiben, seinen Gelüsten freien Lauf lassen ... Aber dann könnte ich ja immer noch springen.

Wir gingen quer durch die Straßen. Ich ließ mich mitschleifen, wie ein unwilliges Hündchen an der Leine. Wir kamen in meine Straße, worüber ich sehr verblüfft war.

»Ich will nicht zurück«, sagte ich stur.

»Ich weiß, deswegen gehen wir auch zu mir«, erklärte er ruhig.

Ich dachte daran, wie er über mich herfallen, mir die Kleider vom Leib reißen und hart in mich eindringen würde. Es war mir egal. Es war mir alles egal. Später würde ich zur Brücke zurückkehren und springen. Dann hatte mein Leben eben noch mal einen Schlenker gemacht.

Die Wohnung des Fremden, L. Delsey, so stand es jedenfalls auf dem Klingelschild, war eine Altbauwohnung. Sie war geschmackvoll eingerichtet. Sehr männlich, etwas spartanisch, alles in schwarz, weiß, rot und silber gehalten. Ich erschrak über meine Auffassung der Wohnung, wollte ich doch nicht mehr über solche Details nachdenken.

»Hier ist das Bad. Willst du dich frisch machen?«, fragte er.

»Nein.«

»Mal auf Toilette gehen?«

»Na schön.«

»Ach, einen Moment!« Er drückte sich schnell an mir vorbei und nahm sein Rasiermesser und die Nagelschere an sich.

»So, nun ist es für dich sicher.«

Ich verzog das Gesicht. Er lächelte selbstzufrieden.

***

Als ich aus dem Badezimmer kam, ich hatte absichtlich nicht in den Spiegel geschaut, sah der Fremde mich eine Weile an, wandte dann schnell den Blick ab und reichte mir einen Becher Kakao.

»Hier, der wird dir guttun.«

»Warum tun Sie das?«, fragte ich, als ich das dampfende Getränk in Empfang nahm.

»Ich sagte es doch bereits: Ich lasse mir ungern mein Abendprogramm nur aus einer Laune heraus ruinieren.«

»Woher wollen Sie wissen, ob es eine Laune von mir war.«

Er zuckte mit den Schultern und antwortete: »Ich kann mir einfach nicht vorstellen, dass es einen so triftigen Grund gibt, sein Leben zu beenden, wenn ich mir Sie so ansehe.«

Ich schüttelte den Kopf und setzte die Lippen an das heiße Getränk. Der Kakao tat wirklich gut und wärmte mich von innen. Doch ein Schütteln meines Körpers sagte mir, dass es nicht reichen würde. Der Fremde nahm mir den Becher aus der Hand.

»Los, komm!«, sagte er fast schroff.

»Wohin?«

»Ins Bad.«

»Warum?«

Er zog mich an der Hand hinter sich her.

»Zieh dich aus«, befahl er schlicht.

Da war es. Ich sollte die Hure für ihn spielen. »Nein!«

»Los, mach schon, sonst holst du dir noch eine Lungenentzündung. Wäre ja der Hammer, wenn ich dich vor dem Springen bewahre und du trotzdem ins Gras beißt.«

»Das spielt keine Rolle, ich werde mich nicht nackt vor Ihnen ausziehen.«

»Ich weiß, wie du aussiehst. Na schön. Ich gehe. Aber wenn ich bei zehn hereinkomme, stehst du unter der Dusche.«

Er verließ das Bad und schloss die Tür. Es gab keinen Schlüssel, das hatte ich vorhin schon festgestellt.

Nach etwa zwanzig Sekunden kam er herein und äußerte sich zufrieden, als er den Wasserstrahl und den dazugehörigen zugezogenen Duschvorhang wahrnahm. Ich hielt den Atem an. Mit einem Ruck zog er den Duschvorhang zur Seite und riss mich aus der Dusche.

»Hey, was soll das?«, rief ich.

»Dummes Mädchen!«

Er hatte recht. Ich wollte ihn täuschen und stand in voller Montur neben dem Duschstrahl. Er war viel zu gleichmäßig geflossen, was seine Aufmerksamkeit mit Sicherheit erregt hatte.

Mit Kraft öffnete er meine Jacke und die viel zu dünne Bluse. Er starrte auf meinen weißen Spitzen-BH, der meine vor Kälte aufgestellten Brustwarzen bestimmt durchschimmern ließ.

»Zieh die Hose aus und den Rest, dann ab unter die Dusche. Ich will es sehen.«

»Voyeur!«, knallte ich ihm an den Kopf.

Er lachte nur: »Wohl eher: Lebensretter!«

Ich zog mir langsam die Jeans aus und meinen zum BH passenden Spitzen-Slip. Ich hakte den BH auf und der Fremde hatte Sicht auf meine Nacktheit. Ich blickte ihn an, und für einen kurzen Augenblick kam der Spiegel hinter ihm in mein Sichtfeld. Ich sah schlimm aus. Die verlaufene Wimperntusche verlieh meinem Gesicht den Anschein eines Zombies. Schnell drehte ich mich zur Dusche und stellte am Wärmeregler, denn das Wasser war eiskalt. Nach und nach wurde es angenehm. Ich stellte mich mit dem Rücken zum Fremden darunter und kleine Schauer der Wonne ließen mich zittern, wobei sich eine Gänsehaut über meinen Körper legte. Gerade, als ich den Mut gefasst hatte, mich umzudrehen, wurde die Dusche kalt. Ich schrie auf und sprang zur Seite.

»So ein Mist«, fluchte der Fremde. »Das passiert immer, wenn jemand im Haus im Bad ist und ebenfalls Wasser laufen lässt.«

Im Nu war er bei mir und fingerte am Regler. Sein Hemd und die Jeans berührten mich. Ich bemerkte eine große Beule in seiner Hose. Ohne Umschweife fasste ich hin.

Mein Gegenüber schnappte nach Luft und stöhnte dann laut auf. »Was machst du denn da?«

Ich erschrak selber über meinen Mut. War ich sonst eher zurückhaltend und schüchtern. Doch ich hatte schon lange keinen Kontakt mehr zu Männern gehabt. Ein seltsames Verlangen ergriff von mir Besitz. Vergessen war der Sprung in den Tod, wichtig war nur noch dieser geile, gut aussehende Mann, der sich zurückhielt und meine Lust noch mehr zum Kochen brachte.

Er hob die Hände in die Höhe und schüttelte den Kopf: »Oh nein, so sollte das nicht aussehen. Ich wollte dich lediglich davor bewahren, dass du, dem Tod gerade von der Schippe gesprungen, nun dem Tod in die Arme läufst, indem du deine nassen Sachen anbehältst.«

Das Wasser war wieder warm und rieselte meinen Rücken hinab. Ich stellte mich ganz unter den Duschstrahl und hob meine Haare an. Ich nahm das Duschgel vom Boden und seifte langsam meinen Körper damit ein. Der Fremde hatte sich wieder hingesetzt und folgte mit leicht geöffnetem Mund und etwas schnellerer Atmung meinem Schauspiel.

Meine Hände glitten über die Brüste mit den steifen Brustwarzen. Ich blickte an mir hinunter. Kirschrot ragten sie aus dem Schaum. Ich massierte meinen Bauch und fuhr auf mein Schamdreieck zu. Ein leiser Seufzer meines Zuschauers erreichte mich. Sachte verschwand meine Hand zwischen den Schenkeln, wo ich mich sehr präzise einschäumte. Ich wurde selber scharf davon und wünschte mir nichts sehnlicher in dem Augenblick, als dass der Fremde zu mir käme und die Arbeit mit dem Mund beendete, die ich mit der Hand angefangen hatte. Auch glitt ich zwischen meine Pobacken und bot ihm dafür meine Rückfront. Wieder hörte ich ein tiefes

Seufzen. Ich nahm die Duschbrause und richtete den Strahl auf meinen Körper. Das Wasser sprudelte und spritzte. Als der Strahl meine Scham erreichte, seufzte ich wohlig, worauf ich sein Stöhnen vernahm.

Schließlich stellte ich das Wasser ab. Der Fremde sprang auf, lief fort und kam sogleich mit einem großen Badetuch wieder, in das er mich einwickelte. Ich presste mich gegen ihn und spürte durch Handtuch und Jeans seine pralle Erregung. Er ließ von mir ab, wahrscheinlich um sich selber in Sicherheit zu bringen.

»Ich hole dir ein paar Sachen von mir.«

Mit einem Kleiderberg kam er wieder. »Ich denke, sie sind dir alle viel zu groß, aber ...«

Ich hatte das Handtuch fallen gelassen und zeigte ihm meinen nackten, heißen und gut gebauten Körper.

»Nimm mich!«, flüsterte ich.

Er streckte die Hand aus und legte sie auf eine Brust. Ich zuckte kurz zusammen.

Sofort nahm er sie weg und schüttelte den Kopf. »Ich denke, du solltest jetzt gehen. Wenn du bleiben willst, kannst du das natürlich auch gern tun. Aber ich denke, es ist für den Anfang erst mal genug.«

Eine Weile blickten wir uns stumm an.

Dann sagte ich: »Glaubst du nicht, dass ich jetzt zur Brücke zurückgehe?«

»Glauben tue ich es nicht, aber wissen kann ich es auch nicht. Ich denke, dass dich das Gefühl davon zurückhalten wird, zu wissen, dass es hier in dieser Wohnung jemanden gibt, der dich sehr begehrt. Jemanden, den es sehr viel Überwindung kostet, dich nicht an sich zu reißen und mit seiner Lust zu bestürmen. Du solltest diese Überwindung auch aufbringen und in deine Wohnung zurückkehren. Ich werde dich dort von meinem Arbeitszimmer aus erwarten.«

Es war das erste Mal seit langem, dass ein Lächeln über meine Lippen kam. »Wie heißt du?«, fragte ich ihn.

»Lewis.«

»Ich bin Mona.«

»Ich weiß.«

Aus den vier Kleidungsstücken, die er noch immer auf dem Arm hielt, suchte ich mir eine Jeans und ein dunkelblaues Leinenhemd heraus. Er kniete sich vor mich und krempelte mir die Hosenaufschläge um, während ich mir die Ärmel vornahm.

Wir gingen zur Wohnungstür.

»Danke«, sagte ich und gab ihm einen Kuss auf den Mund. Als ich ihn anblickte, öffnete er gerade seine Augen.

»Mach keine Dummheiten, hörst du?«, gab er mir mit auf den Weg.

Ich nickte und ging die Treppe hinunter. Ich konnte es nicht glauben, innerhalb von wenigen Stunden war mein Leben total auf den Kopf gestellt und komplett verändert. Es gab keine Gedanken mehr an den Tod, nur noch an Zuneigung, Wärme und Sehnsucht.

Ich fragte mich, ob ich wirklich so weit hatte gehen müssen, um auf so einen liebevollen, begehrenswertern Menschen zu stoßen. Anscheinend ja. Denn er hätte sich mit Sicherheit nicht getraut, mich anzusprechen. War er mir zur Brücke gefolgt oder war es reiner Zufall gewesen, dass er dort auftauchte und einen Anfang machte, wo ich mein Ende sah?

Als ich das Licht im Schlafzimmer anschaltete, spürte ich seinen voyeuristischen Blick. Ich sah hinüber und in diesem Augenblick ging im gegenüberliegenden Haus das Licht in einer Wohnung an. Lewis stand am Fenster und winkte zu mir herüber. Ohne zu zögern erwiderte ich den Gruß.

***

Als ich am nächsten Morgen erwachte, fiel mir der Abend mit Lewis ein und er zauberte sofort ein Lächeln auf mein Gesicht. Summend ging ich ins Badezimmer und stellte mich unter die Dusche. Ich versuchte mir vorzustellen, wie der Tag wohl verlaufen würde. Ob er zu mir käme, ob wir uns küssten und es miteinander treiben würden. Mein Herz klopfte vor Vorfreude. Schnell war ich angezogen, räumte meine Wohnung auf, kochte Kaffee. Ich hatte heute Urlaub und würde ihn mit keiner Zeitnot und Ruhe empfangen.

Als mein Kaffee getrunken und meine beiden Scheiben Toast mit Marmelade gegessen waren, war Lewis immer noch nicht da. Ich blickte auf die Uhr. Es war gleich halb zwölf mittags. Ich tröstete mich mit dem Gedanken, dass er arbeiten musste und erst abends nach Hause kam. Es war also wichtig, mir für den heutigen Tag etwas Schönes vorzunehmen. Das war allerdings leichter gesagt als getan, denn ich hatte innerlich schon mit meinem Leben abgeschlossen. Nun etwas Neues auf die Beine zu stellen, fiel mir schwer.

Abends saß ich vor dem halb aufgegessenem Nudelauflauf und spielte mit dem Löffel, den ich für den Jogurt gedeckt hatte. Eigentlich fehlte nur noch ein Mann an diesem Tisch, der sich mit mir unterhielt, der den restlichen Nudelauflauf aß, der uns die Jogurts aus dem Kühlschrank holte. Doch meine Wohnung war nach wie vor leer. Lewis war nicht gekommen. Sollte ich zu ihm gehen? Aber ich war doch die Frau. Vielleicht wollte er mir auch nur zusehen, wollte gar keinen Sex, kein Leben mit mir teilen, kein Lachen von mir hören. Ich stützte die Hände in den Kopf und meine Augen füllten sich mit Tränen. Das Herumsitzen und Warten machte mich mürbe. Ich beschloss, zu ihm zu gehen. Ich duschte mich noch einmal und zog mir feine, weiche Spitzenunterwäsche an, dazu Strapse. Ein luftiger Rock, der meine Knöchel flüssig umspielte und eine helle Bluse, die meinen BH sehen ließ, rundeten das Bild ab.

Als ich jedoch vor seiner Haustür stand, starrte ich auf das Klingelschild L. Delsey. Ich versuchte, mein Herzklopfen zu unterdrücken und merkte, wie ich es nicht schaffte, über meinen Schatten zu springen. Langsam ging ich ein paar Schritte rückwärts. Obwohl eine innere Stimme mir riet zu klingeln, so war eine andere Stimme meines Innersten lauter, es nicht zu tun. So, wie auch mein Leben bisher immer verlaufen war. Ich war einfach zu feige, gewisse Schritte zu tun, Mut zu beweisen. Ich war schwach und feige. Eine Träne löste sich aus meinem Augenwinkel. Unschlüssig stand ich auf der Straße. In meine Wohnung wollte ich jetzt erst mal nicht zurück. Schließlich folgte ich meinem Gefühl und landete, in viele Gedanken versunken, wieder auf der Brücke. Die Brücke von der ich mir das Leben nehmen wollte und vor dem Sprung mich Lewis bewahrt hatte. Ich hatte nicht vor, heute die gleiche Dummheit zu begehen. Es war wohl eher ein bekannter Weg, denn hiergewesen, war ich oft, ehe ich mich durchgerungen hatte, das Knie zu heben.

Je näher ich an die Stelle kam, an der mein Leben gestern fast zu Ende gewesen wäre, desto deutlicher zeichnete sich im schwachen Laternenlicht eine Figur ab. Interessiert ging ich dichter heran und bekam einen regelrechten Schreck, als ich Lewis erkannte.

»Um Gottes Willen, Lewis, was machst du denn da?«

Er zuckte kurz zusammen, hatte sich dann aber wieder in der Gewalt und sagte, ohne sich umzudrehen: »Geh weg, Mona.«

»Was tust du denn da?«

»Kannst du nicht hören? Ich habe gesagt, du sollst verschwinden.«

»Es kann doch wohl nicht mit rechten Dingen zugehen, dass du heute die gleiche Dummheit begehen willst, die ich gestern vorgehabt habe.«

»Geh weg, Mona, das verstehst du nicht.«

»Stimmt, das verstehe ich nicht. Aber, bitte, erkläre es mir.«

»Ich bin dir keine Rechenschaft schuldig.«

»Lewis ... diese Art ist nicht die richtige. Es ist auch zu früh für dich.«

Er antwortete nicht.

»Lewis, ich brauche dich. Ich muss gestehen, dass ich seit gestern nur noch an dich gedacht habe. Du hast mein Leben bereichert.«

Er lachte hart auf.

»Was soll das, glaubst du nicht, was ich sage?«

Er schüttelte den Kopf. »Nein.«

»Warum nicht.«

Er schwieg.

»Warum bist du so hart?«

»Wenn du mich so sehr brauchst und magst, wie du sagst, warum bist du dann nicht gekommen?« Er drehte sich das erste Mal zu mir um.

»Weil ... weil ... ich dachte, es wäre wichtig, dass du zu *mir* kommst«, sagte ich zaghaft.

»Dass *ich* zu dir komme?«

»Ich habe auf dich gewartet, Lewis.«

»Ich bin ein Mann. Wenn ich zu dir gekommen wäre, hättest du mit Sicherheit gedacht, ich wäre notgeil, will dich mit allen Mitteln ins Bett kriegen. Ich habe als Mann schlechte Karten und vor allem meine schlechten Erfahrungen.«

»Aber ich *wollte*, dass du klingelst.«

»Und ich wollte, dass *du* klingelst.«

Beide schwiegen wir.

Schließlich ergriff ich das Wort: »Lewis, ich bitte dich, da herunter zu kommen und diese Nacht mit mir zu verbringen. Ich brauche und denke an dich. Ich hätte dich schon gestern unter der Dusche in deiner Wohnung gewollt.«

Mit Herzklopfen erwartete ich, wie er sich entscheiden würde. Langsam drehte er sich zu mir um und blickte mir ins Gesicht. Lange sahen wir uns so an. Endlich stieg er vom Geländer herunter und trat zu mir.

»Na, Gott sei Dank«, flüsterte ich.

Er lächelte und strich mir eine Haarsträhne aus dem Gesicht. »Dann komm, wir wollen keine Zeit verlieren, das aufzuholen, was wir all die Jahre versäumt haben.«

Hand in Hand gingen wir von der Brücke.

Wir steuerten auf Lewis' Wohnung zu. Es war selbstverständlich, dass wir es uns dort gemütlich machten. Als er die Wohnungstür aufschloss, drehte er sich zu mir um und fragte: »Bist du dir sicher, dass es das ist, was du möchtest?«

Ich nickte. Im Stillen dachte ich, dass ich nichts sehnlicher wollte, als ihn.

»Möchtest du einen Kakao«, versuchte er es noch mal.

»Wo ist dein Schlafzimmer?«, wollte ich wissen, ohne auf seine Frage einzugehen.

Er lächelte mich an und ich deutete eine gewisse Erleichterung. Er nahm mich bei der Hand und öffnete zwei weiße Flügeltüren. Sein Schlafzimmer war hell und freundlich. In der Mitte prangte ein riesiges Bett mit weiß, grau gestreifter Bettwäsche. Es war aufgeschüttelt und nicht zerknittert.

»Hast du die Betten noch bezogen?«, fragte ich.

»Ich dachte, ich käme nicht wieder«, antwortete er trocken.

Vorsichtig schob er mich in Richtung Bett. Ich gehorchte und war aufgeregt. Als mein Mantel über die Schultern glitt, fiel meine Nervosität noch nicht weiter auf, doch als ich mir die Bluse aufknöpfte, zitterten meine Hände.

»Komm, lass mich das machen«, bat er.

Knopf für Knopf näherte er sich meiner Haut. Meine Brustwarzen stellten sich auf, als er sie wie zufällig berührte. Eine Gänsehaut legte sich über meinen Körper.

»Ist dir kalt?«, fragte er.

Ich schüttelte den Kopf.

Kaum hatte er mit die Bluse über die Schulter gestreift, beugte er sich auch schon zu meiner Halsmulde und atmete hinein. Dann leckte er sanft über die Haut, wanderte weiter zum Hals hoch. Er hörte beim Kinn auf und blickte mich an. Schließlich senkte er seinen heißen Mund auf meinen. Seine Lippen waren weich und seine Zunge, die sofort zwischen meine Lippen drang, gierig. Ich erwiderte den intensiven Kuss, den Versuch von beiden Seiten, nicht zu schnell vorgehen zu wollen. Noch während der Kuss andauerte und unsere Zungen sich verschlangen, hakte Lewis mir meinen BH auf. Er war geschickt und bekam es schnell hin. Als der BH auf dem Boden landete, widmete er sich meinen Brüsten. Einen kurzen Augenblick besah er sie sich noch mal, ehe er eine der harten Warzen probierte. Er seufzte begehrlich und ich schloss die Augen. Dieser Augenblick gehörte uns und ich genoss ihn. Auch die andere Seite wollte von Lewis probiert werden.

Noch während er vor sich hin seufzte, fasste ich ihm wieder in den Schritt. Lewis stöhnte auf und ließ sofort von meinen steifen Nippel ab. »Oh, Baby, das hast du auch schon gestern gemacht, und du glaubst gar nicht, wie sehr du mir den Vorsatz, nicht über dich herzufallen, erschwert hast. Am liebsten hätte ich dich gestern schon genommen.«

»Hättest du es bloß getan, ich war so scharf auf dich.«

Schnell verschloss er meinen Mund mit seinem Kuss, der noch stürmischer war als zuvor. Sanft knetete ich sein Geschlecht, das schon sehr hart in der Hose war. Ich wagte mich vor und zog den Reißverschluss auf. Ich kam mit dem weichen Stoff des Slips in Berührung und war dichter an ihm dran. Sofort stöhnte Lewis unter meiner Fingerfertigkeit, was mich zu immer forscheren Handlungen ermunterte. Schließlich hockte ich mich vor ihn, öffnete den Knopf und zog die Jeans hinunter. Ich zögerte nicht einen Augenblick, seinen Slip folgen zu lassen. Sein roter williger Schwanz ragte vor mir auf. Im Stillen bewunderte ich ihn, hatte ihn mir nicht so groß und stark vorgestellt. Sein männlicher Duft entströmte ihm und animierte mich, meine Lippen um den strammen Schaft zu schließen. Abermals seufzte Lewis auf und hielt sich an meinem Kopf fest. »Oh, Mona, du bist so gut. Das hat schon so lange keine Frau mehr mit mir gemacht.«

Ich hatte keine Zeit darüber nachzudenken, ob das nun ein Kompliment war. Mit Geschick und Lust massierte ich seine Männlichkeit mit meinen Lippen, wobei ich die Zunge um den Schaft gleiten ließ, mit ihr weit nach vorn kam und dann an seiner Nille spielte. Ich merkte, wie seine Beine zu zittern anfingen. Plötzlich stieß er mich weg. Fast hatte ich den Eindruck, es wäre etwas zu grob. Doch Lewis entschuldigte sich sofort und keuchte, er würde sonst gleich kommen, und er wollte noch nicht kommen. Erst sollte ich ein unvergessliches Erlebnis bekommen.

Sanft schob er mich zum Bett und drückte mich hinunter. Er drehte mich auf den Bauch, öffnete den Reißverschluss meines Rockes und zog ihn mir mit einem Ruck aus. Bewundern strich Lewis mit der flachen Hand über meine Strapse bis hin zum Strumpfband, wo meine Haut zum Vorschein kam. Seine Fingerkuppen berührten behutsam das weiße Fleisch und fuhren weiter nach oben. Als er über meinen Slip glitt, gab ich einen leisen Laut von mir. Prüfend blickte er mich an und wiederholte seine Handlung. Wieder seufzte ich leise. Er lächelte und schob einen Finger geschickt unter den Slip, wo er meinen Kitzler sofort massierte. Ich stöhnte laut auf, hatte mit dieser plötzlichen Schnelligkeit nicht gerechnet. Dann ließ er davon ab, schenkte meinem Po die Aufmerksamkeit und knetete ihn, obwohl ich darauf lag.

Schließlich zog er mir den Slip aus und hockte sich zwischen meine Beine. Ich wurde unsicher, denn das hatte bisher noch kein Mann bei mir gemacht.

»Lewis, ich weiß nicht, ob ich das so möchte.«

»Keine Angst, süße Mona, es ist fantastisch. Hab Vertrauen. Du wist sehen, es wird wunderschön.«

Mit Herzklopfen schloss ich die Augen und krallte mich an einer Bettdecke fest. Ich spürte seinen warmen Atem und mein Puls raste. Ganz sanft berührte seine Zunge mein Geschlecht. Vorsichtig glitt er auf dem äußeren Rand meiner Schamlippen entlang und wagte sich dann immer weiter vor. Er fing an, mit der Lustperle zu spielen, was mir einen Seufzer entrang. Es war ein wunderschönes Gefühl, Lewis hatte wirklich nicht zu viel versprochen. Ich war ganz in das Liebesspiel versunken und nichts spielte mehr eine Rolle. Nur noch wir beide zählten. Lewis und ich. Er traute sich nach unten vor meine Spalte und tauche, anfänglich nur ganz leicht, dann ein wenig mehr mit Druck, hinein. Ich stöhnte auf und drückte ihm mein Becken entgegen. Sofort nahm er das aktive Geschenk an und presste seine Zunge tief in mein Geschlecht. »Oh Gott, Lewis! Das ist fantastisch! Bitte, hör nicht auf. Mein Gott, ist das schön!«

Schon nach wenigen Vorstößen kam ich. Der Orgasmus war schnell da, sodass ich keine Zeit mehr fand, Lewis von weiteren Vorstößen abzuhalten. Ich bäumte mich unter seiner Zunge auf, die mich nun schnell leckte und unter seinem Mund, der mich so lange saugte, wie der Orgasmus dauerte. Mein Körper wand und rekelte sich, meine Brustwarzen waren steil aufgestellt.

Lewis zögerte nicht. Er war schnell mit seinem Körper über mir. Sein Mund presste sich auf meinen. Er küsste mich wild und knetete meine Brüste. »Oh, du hübsches, geiles Weib!«, raunte er mir ins Ohr. »Ich begehre dich, ich will dich, ich könnte mich vergessen.«

Mit einem einzigen Schwung drückte er seinen erregten, stark erigierten Schwanz in mich hinein. Wir stöhnten beide zur gleichen Zeit auf. Lewis ließ dieses Gefühl erst einmal wirken. Dann begann er, seinen Körper zu bewegen. Anfänglich vorsichtig und leicht, dann stark und kraftvoll. Ich hielt mich an seinen Schultern fest. Sie waren muskulös. Einen Augenblick wunderte ich mich darüber, hatte ich ihn so nicht in Erinnerung. Oder wenigstens machte er keinen solchen Eindruck, wenn er sein Hemd locker und lässig trug.

Ich war schnell zurück. Die Gefühle, die mein Gehirn berauschten, hatten Vorrang. Ich konnte und wollte sie nicht unterdrücken. Ich öffnete die Augen und blickte Lewis an. Er schien mich schon die ganze Zeit zu beobachten. Er lächelte kurz, setzte dann aber wieder eine Miene der Konzentration und Beherrschung auf. Zwischendurch stoppte er in seinen Bewegungen und atmete schnell und stoßweise. Dann fuhr er mit dem Ausleben seiner Lust fort. Bald merkte ich, wie sich bei mir der zweite Orgasmus ankündigte. »Oh mein Gott, ich hatte bisher noch nie zwei Orgasmen hintereinander«, hauchte ich in sein Ohr.

»Dann wird's aber mal Zeit, meine Süße.«

Lewis zog das Tempo an und da war es mir unmöglich, den Orgasmus weiter hinauszuzögern, ich wollte es auch gar nicht. Mit einem Aufschrei kam ich und kurz darauf wurde Lewis von seiner Orgasmuswelle überrollt.

Er ließ den Kopf auf meine Schulter sinken. So blieben wir eine schier endlose Zeit liegen. Ich kann nicht einmal mehr sagen, ob wir zwischendurch eingeschlafen waren oder nicht. Schließlich regte Lewis sich und zog sich vorsichtig aus mir zurück. Ich suchte das Bad auf und als ich zurückkam stand auf beiden Nachtischen dampfender Kakao.

»Oh, Lewis, du liebst wohl heißen Kakao, was?«

»Ja, auch, aber in erster Linie liebe ich dich!«

Glamour Party

»Klar, kann ich die Karten holen, das ist überhaupt kein Problem«, nickte Amy ins Telefon.

»Du bist klasse, Baby, dann kann ich noch an meinem Modellflugzeug weiterbauen. Du weißt ja, dass der Wettbewerb vor der Tür steht und das Flugzeug bis dahin fertig werden muss.«

»Ja, ich weiß. Wenn ich die Karten besorgt habe, komme ich gleich danach zu dir. Dann können wir es uns so richtig gut gehen lassen.«

»Nein, Amy, das geht nicht. Wir sehen uns doch sowieso heute Abend. Du weißt, dass ich mich nicht konzentrieren kann, wenn du hier bist.«

»Du *sollst* dich ja auch nur auf mich konzentrieren«, sagte Amy mit tiefer Stimme.

»Nein, verdammt noch mal! Mir ist das mit dem Flugzeug wirklich wichtig!«, wurde ihr Freund Joey laut.

»Na schön, dann eben erst heute Abend.«

»Braves Mädchen, ich sehe dich dann später. Bye.«

»Bye.« Amy legte auf.

Sie war sauer und enttäuscht. In letzter Zeit ging es nur noch um Joeys Modellflugzeug. Sie fragte sich, wie das wohl aussehen mochte, sollten sie erst mal ein paar Jahre verheiratet sein. Allerdings kam dieses Thema bei ihnen nie zur Sprache.

Amy seufzte. Sie war schon den ganzen Morgen scharf.

Wenn beide nebeneinander aufgewacht wären, hätte Amy sich sofort auf seine stramme Morgenlatte geschwungen.

Sie nahm ihre Tasche samt Schlüsseln und zog hinter sich die Tür ins Schloss. Es blieb ihr nichts anderes übrig, als die Mariah Carey – Karten zu besorgen und sich bis abends zu gedulden.

***

Amy blickte auf die Uhr. Sie hatte nicht damit gerechnet, am Samstag eine so lange Schlange beim Kartenvorverkauf anzutreffen. Ganz davon abgesehen, dass das Pärchen, was jetzt seit etwa zehn Minuten an der Reihe war, sich nicht entscheiden konnte, welchen Sitzplatz sie im Theater haben wollten.

Genervt warf Amy ihre roten Locken auf den Rücken. Hinter ihr stöhnte ein junger Mann, und sie stellte sich vor, wie er wohl im Bett stöhnen würde. Wäre es der gleiche Seufzer? Sie drehte sich nach ihm um, damit sie ein Gesicht zu ihrer Vorstellung bekam. Als ihre Augen sich trafen, lächelte er. Amy wurde rot und drehte sich schnell wieder zurück.

»So, der Nächste.«

Amy gab sich einen Ruck. Sie war dran. »Hallo, ich hätte gern zwei Karten für Mariah Carey.«

Der Verkäufer suchte und sagte gereizt: »Gibt es nicht mehr.«

Amy blickte ihn verdutzt an. »Was? Aber wieso? Das Konzert ist doch erst in einem Monat.«

»Gibt trotzdem keine Karten mehr«, wiederholte er mürrisch.

»Das kann doch nicht sein, ich ...«

»Wenn ich es Ihnen sage, Lady. Die Karten sind alle verkauft. Versuchen Sie es übers Internet. So, der Nächste.«

»Halt! Aber ich kann doch nicht ohne Karten nach Hause gehen.«

»Das kann ich auch nicht ändern. Wollen Sie sonst Cher-Karten?«

»Nein, mein Freund mag Cher nicht. Was haben Sie noch?« Amy merkte, dass sie jetzt diejenige war, die den ganzen Betrieb aufhielt. Diesmal stöhnte der Verkäufer. »Also, wir haben: Pink, Nora Jones, Christina Aguilera, außerdem Dido ...«

»Tut mir leid, ich kann das nicht allein entscheiden und schon gar nicht so schnell.« Sie wandte sich um. »Wollen Sie erst mal Ihre Karten holen?«

»Danke, das ist nett.« Der junge Mann stellte sich neben sie, sodass Amy ihn von der Seite betrachten konnte. Er sah gut aus. Kurze blonde Haare, eine dezente Kette um den Hals, ein weißes T-Shirt, das am Hals zum Schnüren war und offen stand. Sein Hintern steckte in einer hellblauen, verwaschenen Jeans und seine Füße in Turnschuhen.

»Zwei Karten für die ›Costume Glamour Party‹, bitte.«

»Das macht 46 Dollar.«

»Danke, Wiedersehen.«

In Amys Kopf raste es. »Was sind denn das für Karten?«, fragte sie neugierig und biss sich sofort auf die Lippe.

Der junge Mann drehte sich zu ihr. »Es sind Karten für ein Kostümfest.«

»Ach, so, ja klar, wie dumm von mir.« Amy blickte auf den Boden und hoffte, dass er bald verschwinden würde. Als jemand anderes seinen Kartenwunsch beim Verkäufer äußerte, blickte sie hoch.

Der junge Mann beobachtete sie, dann lächelte er. »Anstatt Mariah Carey sollten Sie sich lieber für diese Karten entscheiden. Erstens macht der Abend wesentlich mehr Spaß und zweitens ist er günstiger. Also: mehr Fun für weniger Geld!«

»Das ist nicht mein Ding. Ich habe auch gar kein Kostüm.«

»Sie haben noch drei Wochen Zeit, sich eins zu besorgen. Der Spaß kommt ganz von allein. Wenn Sie erst mal da sind, dann wissen Sie, was ich meine. Außerdem ist das keine kleine Faschingsfete mit zehn Leuten, sondern mit hunderten.«

»Was? Aber wie ist das möglich? Ich habe davon noch nie etwas gehört.«

»Diese ›Glamour Party‹ findet jedes Jahr in der alten Burgruine statt. Einen besseren Ort gibt es dafür nicht.«

»Sie meinen, draußen, mitten in der Walachei, dieses alte Ding, von dem man jede Sekunde glaubt, dass es einstürzt?«

»Nichts stürzt da ein, es ist grandios! Das muss man wirklich mal gesehen haben. Wie gesagt: Es lohnt sich! Abgesehen davon würde ich mich sehr freuen, Sie dort zu treffen.« Er zwinkerte ihr zu und ging.

Amy wollte ihm hinterherrufen, hatte schon einen Schritt vorgesetzt, um ihm nachzulaufen, besann sich aber. Inzwischen war der Vorverkaufstresen leer.

Der Verkäufer blickte sie prüfend an. »Und, haben Sie sich entschieden?«

»Haben Sie schon mal die ›Costume Glamour Party‹ besucht?«

Er lachte und ließ eine Reihe gelber Zähne sehen. »Bin ich verrückt? Da kriegen mich keine zehn Pferde hin. Reicht, wenn ich so einen Mist verkaufen muss.«

»Gut, dann hätte ich gerne zwei Karten für die ›Costume Glamour Party‹.«

***

Pfeifend lief Amy durchs Treppenhaus zu Joeys Wohnung. Sie konnte mit solch einer Neuigkeit nicht bis heute Abend warten. Er musste es unbedingt jetzt wissen, besser gesagt, Amy musste es unbedingt jetzt loswerden! Sie lachte still vor sich hin und freute sich auf sein überraschtes und dann hoffentlich freudiges Gesicht. Denn sie war sich nicht ganz so sicher, ob er die Glamour Party als guten Tausch gegen seine geliebte Mariah Carey ansah.

Sie blickte auf die Uhr. Es war eins, Mittagszeit. Amy schloss die Haustür auf. Nach den vier Monaten, die sie zusammen waren, hatte er ihr letzte Woche den Schlüssel seiner Wohnung gegeben.

»Hier, Baby, für dich. Damit du siehst, wie viel Vertrauen ich in dich setze, und das solltest du auch in mich haben«, hatte er gönnerhaft gesagt. Amy war sehr überrascht, war es doch das letzte, was sie von ihm erwartet hatte.

»Joey? Joey!«, rief sie in die Wohnung.

Er antwortete nicht. Sie erinnerte sich, dass er oft Musik zum Werken anhatte. Sie zog sich die Schuhe aus, denn er hasste es, wenn sein beigefarbener Teppich dreckig wurde. Barfuss lief sie durch den Flur am Wohnzimmer vorbei, dann in sein Arbeitszimmer. Hier war er nicht. Aber sie hörte ihn. Merkwürdige Laute drangen an ihr Ohr.

»Joey?«, fragte sie vorsichtig. Mit Herzklopfen schritt sie auf die Schlafzimmertür zu. Wie mit einer Linse eingefangen wankten die großen, weißen Flügeltüren auf sie zu. Mit Schwung drückte sie diese auf und bekam einen Schock: Auf seinem Bett vergnügte sich eine blonde Frau mit ihm. Sie hielt sich an Joeys Oberschenkeln fest und federte auf seinem in ihr steckenden Stert. Die Augen waren geschlossen, der Mund dafür umso weiter aufgerissen, den Kopf in den Nacken gelegt, unkontrollierte Laute von sich gebend. Joey stöhnte im Takt. Die festen Brüste hüpften bei jeder Bewegung. Joey streckte die Arme aus und seine Hände griffen an die wippenden Brüste, zogen an den kirschroten Warzen und ließen die Reiterin aufquieken, während sein Schwanz sich in ihr wohlzufühlen schien. Die Blonde zog das Tempo an, was ihn laut aufstöhnen ließ. »Oh, ja, Baby, gib's mir. Gib mir alles!«

Im wilden Galopp kam der blonde One-Night-Stand zum Höhepunkt. Oder war es etwas Dauerhaftes? Joey kam kurz nach ihr, drückte ihre Brüste so fest, dass sie aufjaulte. Erschöpft ließ sie sich auf ihren Lover fallen.

Amy verzog das Gesicht, klatschte in die Hände und sagte trocken: »Gute Landung! So sieht es also aus, wenn du an deinem Modell arbeitest!«

***

»Ich kann es nicht glauben, Sarah, er hat es mit einer blonden, fremden Frau getrieben. Sie hat auf seinem Schoß rumgejuchzt, wie eine Apathische. So gut ist er auch wieder nicht im Bett.«

Ihre Freundin legte den Arm um sie. »Ach, komm, Amy, du bist bei ihm auch immer abgehoben.«

Amy hob warnend die Hand. »Stopp, Sarah, sei vorsichtig, was du sagst. Bring bitte keine weiteren Flugzeugbegriffe mehr ins Gespräch, das macht mich echt wütend.«

»Es macht dich nur wütend, weil du noch an ihm hängst. Vergiss ihn, ich fand ihn sowieso nie ideal für dich. Er lässt dich die Karten holen, weil er an seinem Modellflugzeug arbeiten möchte. Pah!«

»Ich fand das jetzt nicht so schlimm.«

»Aber nur, weil dir bei der Kartenvorverkaufsstelle ein sympathischer Typ begegnet ist.« Nach einer Pause fragte Sarah: »Und, was ist jetzt mit den ›Glamour Party‹-Karten?«

Amy zuckte die Schultern. »Keine Ahnung. Ach, mir ist alles egal. Ich schmeiß die Dinger weg.«

»Nein, Amy, warte! Du solltest trotzdem hingehen. Vielleicht triffst du diesen Jeans-Typen wieder.«

»Mir ist nicht nach anderen Typen.«

»Ich glaube schon.«

»Aber ich gehe da nicht allein hin. Oder willst *du* vielleicht mitkommen? Wer geht schon zu einer Kostüm-Party!«

Einen Augenblick überlegte Sarah, dann blickte sie Amy fest in die Augen. »Klar, ich gehe mit.«

»Was?«

»Wir beide werden uns ein schönes sexy Kostüm kaufen und auf die ›Glamour Party‹ gehen.«

»Du spinnst.«

»Nein, warum denn? Es wird bestimmt lustig. Wozu Karten wegwerfen, wenn man sie auch nutzen kann?!« Sarah blickte ihre Freundin verschmitzt an.

»Aber wo können wir denn Kostüme kaufen?«

»Na, bei ›Pearlberrys‹ natürlich. Dort findet man auch Dinge, die man niemals in seinem Leben finden wollte. Was hältst du davon, wenn wir beide sofort losziehen, damit du auf andere Gedanken kommst?«

»Also ich weiß nicht ...«

»Verstehe, du möchtest lieber hier sitzen und noch ein bisschen vor dich hinweinen, klar.«

»Sarah, bitte, ich habe gerade meinen Freund verloren.«

»Freund? Diesen aufgeblasenen, eingebildeten Modellbastler und Blondinenvögler?«

Amy stöhnte. »Vielleicht hast du recht.«

»Ich habe ganz bestimmt recht und vor allem habe ich recht damit, dich abzulenken, indem wir uns um sexy heiße Kostüme kümmern. Los komm!« Sarah war wild entschlossen und zog ihre Freundin hoch.

***

Keine halbe Stunde später kamen die beiden im vierten Stock von ›Pearlberrys‹ an.

»Ich hätte ja nie gedacht, dass die Kostümauswahl so groß ist«, staunte Amy.

Sarah nickte zustimmend. »Ich auch nicht.«

Amy ging auf einen Kleiderständer zu und zog ein hellblaues, mit silbernen Strasssteinen besetztes Kleid hervor. »Wow, sieh mal, Sarah.«

»Oh nein, Amy, das ist ja eine brave, jungfräuliche Fee.«

»Ist das nicht gerade gut?«

»Nein, wir brauchen etwas, was mehr Sexappeal hat.«

»Guck mal hier, eine Biene, wie süß!«

Sarah schüttelte den Kopf. »Amy, stell dir doch mal vor, da ist so ein Kerl, der dir an die Wäsche will. Wie schaffst du es, dieses dickbauchige Kostüm abzubekommen, da brauchst du mindestens vier Helfer.«

»Vier Helfer – vier Männer – warum nicht?«

Sarah lachte. »So gefällst du mir schon viel besser. Was hältst du hiervon?« Sie hielt sich ein schwarzes, hautenges Kleid an.

»Was soll das werden?«

»Na, Draculina, natürlich.«

Amy schüttelte den Kopf. »Das ist nichts für mich. Für dich vielleicht?«

Sarah hängte es weg. »Ich fand's schon nicht schlecht, aber es dürfte noch ein Tick mehr sein. Auf jeden Fall sind wir auf dem richtigen Weg. Was gibt's hier?«

Nacheinander zogen sie diverse Verkleidungen heraus und hielten sie sich gegen. Ob Burgfräulein, Chinesin, Frosch, Piratenbraut oder Arielle, die Meerjungfrau, es war schwieriger, als sie dachten.

»Sarah, komm mal her! Ich glaube, das ist es.«

»Kleinen Moment, ich muss noch schnell mein Kleid zumachen und die Schuhe anziehen.«

Kurz darauf schob Sarah den Vorhang der Umkleidekabine zur Seite. »Wow! Du siehst ja toll aus!«, bewunderte Sarah ihre Freundin. Eine freche Krankenschwester drehte sich in einem kurzen, knappen Kittel vor dem Spiegel. Weiße Netzstrumpfhosen umspannten ihre schlanken Beine.

Amy blickte Sarah durch den Spiegel an. »Du siehst aber sehr sexy aus!«

Sarah hatte sich in ein feuerrotes, enges Lackkleid gezwängt, und die schwarzen Netzstrumpfhosen rundeten das Bild ab. Auf ihrem dunklen, langen Haar steckten zwei rot blinkende Hörner.

»Ich würde mal sagen, wir haben unsere Kostüme gefunden!«, freute Amy sich.

»Du sagst es, Süße. Ich hätte dir die heiße Schwester gar nicht zugetraut.«

»Wenn ich mir deine Teufelei so ansehe, kann ich es auch nicht glauben.«

Als Sarah sich zu ihrer Kabine umwandte, stieß sie mit einem Mann zusammen, der ein Kostüm über dem Arm hielt. Beide entschuldigten sich spontan. Er blickte ihr fasziniert hinterher.

»Ja, guck du nur, du Hengst. Wenn wir uns erst mal auf der ›Costume Glamour Party‹ sehen, dann wirst du noch mehr zu schmachten haben.« Glucksend verschwand Amy in ihrer Kabine und hatte das Gefühl, dass es ein spannender, aufreizender Abend werden würde.

***

In einer Stunde würde Sarah kommen. Amy hatte die Schminksachen parat gestellt und ihr Kleid aufs Bett gelegt. Die Entscheidung, welche Schuhe sie tragen sollte, musste Sarah ihr abnehmen: ob die bequemen, flachen Ballerinas oder doch lieber die hohen, sexy Weißen.

Es klingelte. Verwundert blickte Amy auf die Uhr. Das konnte unmöglich ihre Freundin sein! Sie lief zur Haustür und fragte durch die Sprechanlage, wer da sei.

»Hier ist eine arme Teufeline, die sich ihr Hörnchen verknackst hat. Ich habe gehört, Sie sind Krankenschwester und können das provisorisch wieder hinbiegen.«

Amy lachte und drückte auf den Summer.

»Sarah, was machst du denn schon hier? Wir waren doch erst viel später verabredet.«

»Ich weiß«, keuchte sie vom Hochsteigen der Treppen, »aber ich konnte es einfach nicht abwarten.«

Amy lachte und führte ihre Freundin ins Schlafzimmer. Sie deutete auf die Schuhe. »Sag mal, welche davon soll ich anziehen?«

Für Sarah war das eine klare Sache: »Die Hohen natürlich.«

»Aber auf denen kann ich nicht tanzen.«

»Das ist egal, das brauchst du auch nicht. Hauptsache, du siehst sexy aus und die Männer werden entsprechend scharf auf dich sein. Denk daran, wir brauchen einen neuen Mann für dich.«

»Den finden wir aber bestimmt nicht dort.«

»Wer weiß ...«

»Komm, Sarah, gehen wir lieber ins Badezimmer, bevor dir noch mehr Unsinn einfällt.«

***

Zwei Stunden später waren die Frauen gestylt, in ihre kurzen Kleider geworfen und geschminkt. Nervös verpassten sie sich den letzten Schliff.

»Dein rotes Kreuz auf der Wange ist klasse«, bemerkte Sarah.

»Findest du? Also, gegen dein feuerrotes Lackkleid, den schwarz umränderten Augen und den blutroten Lippen komme ich wohl kaum gegen dich an. Da fällt mir ein, wir könnten noch ...« Amy wurde durch das Klingeln an der Haustür in ihrem Satz unterbrochen. »Wer kann das denn sein?«

»Mach auf, dann weißt du's.«

Amy legte den Kopf schief. »Danke für den Tipp.«

Sarah grinste.

Die Krankenschwester ging zur Haustür und fragte durch die Gegensprechanlage: »Wer ist da?«

»Hallo, Amy, hier ist Joey. Ich ... Ich wollte kurz mal mit dir reden. Ist das okay?«

Amy zögerte einen Augenblick, bevor sie den Summer betätigte. »Klar, kein Problem, komm einfach hoch.«

Sarah starrte sie fassungslos an. »Hast du den Verstand verloren? Du lässt dieses miese Schwein heraufkommen? Also manchmal denke ich, du brauchst einen Psychiater.«

»Beruhige dich, ich habe alles im Griff. Lass ihn nur kommen.« Sarah zog sich mit einem »Na, dann mach mal« ins Wohnzimmer zurück.

»Halt, Sarah, bitte bleib hier! Ich brauche dich noch.«

»Ach, auf einmal! Ich denke, du hast alles so gut im Griff.«

»Bitte!«

»Na schön.« Sarah verschränkte die Arme und blickte mit ins Treppenhaus.

Schnaufend kam Joey nach oben. Er konnte vor Anstrengung kaum sprechen. »Hallo, Amy, tut ... mir leid ... die Sache ... neulich ...«

Er kam näher und blieb mit einem Ruck stehen. »Wie siehst *du* denn aus?«, schaffte er einen ganzen Satz zu sagen.

Unschuldig blickte Amy ihn an. »Wieso? Was meinst du?«

Er heftete seinen Blick auf die Teufelin. »Und wer um Himmels Willen ist *das?*«

»Das ist Sarah, meine Freundin. Komm her, Süße.«

Amy zog Sarah zu sich ran und gab ihr einen tiefen Kuss auf die stechend roten Lippen. Sarah erwiderte ihn.

Mit offenem Mund starrte Joey auf die beiden Frauen. »Das ist ja widerlich! Seit wann bist du denn `ne Lesbe?«

»Ich bin nicht lesbisch, Schatz. Es kommt gleich noch ein Mann und wir treiben es zu dritt. Das ist besser als es mit einer drittklassigen, blonden Schlampe zu treiben.«

»Du bist durchtrieben und abartig!«

Amy ging einen Schritt auf ihn zu. »Ach, ja? Gib es zu, Joey, am liebsten würdest du doch mitvögeln und deinen Schwanz von uns beiden gleichzeitig lutschen lassen. Und zu vorgerückter Stunde würdest du ihn auch liebend gern abwechselnd in uns reinschieben. Ob hinten oder vorn!«

»Du bist abartig!«, stieß er hervor. Doch die Erregung unter seiner Jeans strafte ihn Lügen.

Amy fasste ihm provokativ hin. »Ach, ja, und was ist das, du geiler Stecher?«

Er machte sich rasch von ihr los und rannte die Treppe hinunter.

»So schnell habe ich ihn noch nie meine Wohnung verlassen sehen«, lachte Amy.

Sarah holte sich ein Taschentuch und wischte sich die Lachtränen aus den Augenwinkeln. »Ich habe das Gefühl, ich kann mich gleich noch mal schminken«, brachte sie hervor, als sie sich etwas beruhigt hatte. »Amy! Wo hast du bloß diesen Mut auf einmal hergenommen und diese Worte ... So kenne ich dich ja gar nicht.«

»Ich muss gestehen, dass ich mich so auch noch nicht kannte. Aber du hast irgendetwas in mir freigesetzt, mich von etwas befreit. Ach, Sarah, du tust mir so gut. Sollten wir keine Männer aufreißen, dann haben wir ja immer noch uns.«

»Wie recht du hast!«

***

Eine riesige, alte Schlossruine ragte über ihnen auf. Staunend blickten ein Teufel und eine Krankenschwester zu ihr hoch.

»Sieht klasse aus, nicht wahr?«, wurden sie von einem einäugigen Piraten mit einem Papppapagei auf der Schulter gefragt.

Sarah nickte ihm zu und lachte dann über seinen bunten Papagei. »Kann der auch sprechen?«

Der Pirat musterte sie. »Wenn du mir teuflische Gedanken machen kannst ...«

»Wow, der Papagei kann sprechen!«, rief Sarah begeistert.

Der Pirat grinste, zwinkerte ihr zu und ging zum Eingang. Ein Gespenst schwebte vorbei, während ein dicker Mönch ihnen lallend den Weg versperrte. *Wie soll das bloß werden, wenn wir erst mal unsere Mäntel ausgezogen haben,* dachte Amy.

Am Eingang herrschte reges Gedränge. Ein Indianer beschimpfte einen Plüschelefanten, wobei eine Nonne nach einem Zeitungsständer trat, der sich schnell vor ihr in Sicherheit brachte.

Nachdem die Frauen ihre Mäntel an der Garderobe abgegeben hatten, staunten sie nicht schlecht über die vielen Verkleidungen. Sie ließen den Blick schweifen und bewunderten einen riesigen Raum aus Steinmauern, an dessen Wänden rote Banner hingen und alle zwei Meter ein sechsarmiger Kerzenhalter Licht spendete. Laute Musik dröhnte, künstlicher Nebel wurde auf die tanzenden Figuren gepustet, und zuckendes Licht ließ deren Bewegungen mechanisch aussehen.

»Donnerwetter! Das ist ja grandios!« Sarah starrte mit offenem Mund auf das Spektakel.

»Wartet erst mal die anderen Räume ab«, flüsterte ein Troll ihnen ins Ohr.

Erschrocken wich Sarah zurück. Dieser gluckste.

»Was für Räume?«, fragte Amy.

»Na, zum Beispiel den Waschraum, das Belegschaftszimmer oder die Folterkammer.« Wieder gluckste er.

»Und, was soll das sein?«

Der Troll zog geheimnisvoll den Kopf ein und die wulstigen Augenbrauen hoch. »Das müsst ihr selber herausfinden. Viel Spaß dabei.« Winkend ging er davon.

Die beiden Frauen starrten ihm hinterher.

Ein Mann marschierte an ihnen vorüber. Er trug einen schwarzen Anzug und wirkte nicht sehr verkleidet. Doch seine dunkle Sonnenbrille, sein rabenschwarzer Hut und die starre Leine, an der ein Hund vorweglief, hatten etwas Kurioses. Bei genauerem Hinsehen bemerkte Amy, dass sich gar kein Hund an der Leine befand, es war lediglich das starre Band, das einen Hund daran vermuten ließ. Sarah hatte Amys Blick eingefangen und war ihm gefolgt. Die Frauen kicherten wie Schulmädchen darüber. Mit einem harten Gesichtsausdruck bedachte der imaginäre Hundehalter sie und zog weiter, nicht, ohne kurz mit seinen sonnenbebrillten Augen über ihre Körper zu huschen.

Die Frauen tauchten in der Menge ein, um sich die Leute anzusehen und die Räume zu finden, von denen der Troll gesprochen hatte.

Sarah wandte sich an Amy und rief ihr durch die Musik zu: »Je mehr wir durch diese Massen von Gestalten gehen, um so mehr glaube ich, dass der eine oder andere echt ist.«

Die Frauen erreichten einen langen, schmalen Gang. Kälte, die von den Steinmauern ausging, hüllte sie ein. Die flackernden Kerzen brachten auch keine Wärme. Amy trat näher an die Kerzenhalter heran. »Sarah, sieh mal, das sind ja künstliche Kerzen, nichts von wegen Altertum und so.«

»Tatsächlich! Haben sich ja ganz schön was kosten lassen.«

»Das glaub ich auch.«

Zwei Gestalten liefen an ihnen vorbei. Von oben bis unten wurden Amy und Sarah ausgiebig gemustert. So langsam gewöhnten sie sich daran.

»Verdammt, wo sind denn nun die Zimmer? Hier gibt es weder Schilder noch sonstige Hinweise«, ärgerte sich Amy.

Sarah blickte sich um. Ein Raumfahrer kam ihnen entgegen.

»Entschuldigen Sie! Wissen Sie, wo der nächste interessante Raum ist?«, fragte Sarah.

Fast hätte sie Sir zu ihm gesagt, so einen kompetenten Eindruck machte er auf sie. Sein lüsterner Blick richtete sich auf die Teufelin. »Was geschieht mit mir, wenn ich es nicht sage?«

»Dann gibt es nie wieder schmutzige Gedanken und keinen Sex mit uns.«

»Was? Das wäre furchtbar!« Er lachte. »Okay, dann geht nach da vorne links, da ist auf der rechten Seite eine Tür. Ich werde dich dort suchen, um auf meine Kosten zu kommen, Teufeline.«

»Und ich werde dich dort erwarten«, flüsterte Sarah geheimnisvoll.

Amy schüttelte den Kopf. »Unglaublich, wie du die Männer anmachst!«

»Eifersüchtig?«

»Ein bisschen, aber in erster Linie auf deine Art.«

»Versuch es selber. Es sind genug Männer da, die heute voll darauf abfahren.«

»Meinst du?«

»Na, klar. Trau dich nur. Vorhin habe ich mich gewundert, was du Joey an den Kopf geworfen hast. Du kannst es also.«

Sie kamen an die besagte Tür und drückten sie mit Kraft

auf. Ein milder, seifiger Geruch schlug ihnen entgegen. Dieser Raum war verhältnismäßig flach, aber gewaltig. An den Seiten der Steinmauern standen große Holzzuber mit Riffelbrettern darin. Die Musik hallte von den Wänden wieder, wurde allerdings durch eine gigantische Masse Schaum, die ins Innere des Raumes gepumpt wurde, gedämpft. Darin bewegten sich Gestalten und Kreaturen nach orientalischer Musik und rieben die Körper wie in Trance aneinander. Gebannt beobachteten die Frauen das Schauspiel. Die Körper waren voller Schaum und dort nass, wo jemand den Schaum platt gedrückt hatte. Gelbe und grüne Lichter wechselten sich ab, die Tanzenden zu beleuchten.

»Das ist ja cool hier drin. Das verstehen die also unter einem Waschraum – keine schlechte Idee!«, staunte Amy.

»Stimmt. Sag mal, Amy, wollen wir uns nicht endlich mal etwas zu trinken holen? Ich habe das Gefühl, von innen total ausgetrocknet zu sein.«

»Du hast recht, ich lechze auch nach etwas Frischem.«

Sarah wühlte sich durch die Menschen zum Tresen. Amy folgte ihr.

»Das tut gut«, seufzte Sarah, als sie einen großen Schluck Cola-Whiskey genommen hatte. Amy stellte erst jetzt fest, wie durstig sie gewesen war. Sie hatte in wenigen Zügen ihr halbes Glas leer. Der Bacardi-Cola schlug schnell an. Sie versuchte, sich daran zu erinnern, wie viel und vor allem, was sie zu Abend gegessen hatte. Endlich fiel es ihr wieder ein: nichts! Das war eindeutig zu wenig für ein halbes Glas Bacardi-Cola. Sie blickte sich um und stellte eine leichte Verzögerung fest.

»Alles okay mit dir?«, fragte Sarah besorgt, die Amys krampfhaften Versuch, die Augen weiter zu öffnen, bemerkt haben musste.

»Ja, ja, ist alles bestens, hab wohl ein bisschen schnell getrunken.«

»Du meinst wohl: ein bisschen viel und schnell auf einmal. Allerdings habe ich festgestellt, dass der Barmann es gut mit uns gemeint hat.«

Ein Mann, verkleidet als Baby, kam auf die Frauen zu. Er trug eine riesige, rosa-hellblau gestreifte Babymütze, die er tief ins Gesicht gezogen hatte, dazu Pluderhosen mit einem Rüschenoberteil.

»Mama!«, sagte er zu Amy.

Sie blickte ihn ratlos an. »Äh, wie bitte?«

»Mama!«, wiederholte er und grinste. »Darf ich mal an deinen Titten saugen?«

»Ich glaube, du tickst nicht ganz richtig, Meister.«

»Aber ich bin noch so klein, bitte, ich brauche Titten.«

»Wie viele hattest du heute schon?«, fragte Sarah ihn.

Er lächelte unschuldig: »Vier!«

»Siehst du, das sind vier zu viel.«

»Bitte, eine von euch, bitte.«

Die Frauen blickten sich an. Sarah tippte sich an den Kopf.

Amy, deren Alkoholkonsum sie locker machte, öffnete den ersten Knopf. »Na schön!«

Seine Augen wurden gierig, Sarahs ungläubig. Amy streichelte über ihren Busen. Das Baby kam einen Schritt näher und schob Amys Hand sanft zur Seite.

»Lass mich das machen«, sagte auf einmal seine dunkle Stimme. Mit beiden Händen strich er sanft über ihre Brüste und seine Daumen streichelten an einer Stelle, an der sich sofort die Brustwarzen aufstellten. Als sie schon ziemlich groß waren, kreiste er immer noch auf ihnen. Amy spürte, wie sich das Gefühl auf ihren Schoß verlagerte und nach mehr verlangte.

Er wagte sich vor. Mit beiden Händen holte er ihre Brüste aus dem BH und koste sie weiter, wobei er sich zu einer herunterbeugte und Amy die erregende Zunge fühlte. Sie stöhnte leise auf, was bei der Musik nicht zu hören war. Trotzdem äugte sie kurz zu Sarah, die das Schauspiel genau beobachtete und sie anlächelte.

Die Zunge holte Amy in die Lustwelt zurück. Quälend langsam kreiste sie um die Warze und ließ Amy schwer atmen. In ihrem Höschen verspürte sie die Feuchtigkeit, wie sie sich sekündlich ausbreitete. Behutsam tupfte die Zunge über den inzwischen langen, angestachelten Nippel. Amy konnte nicht glauben, was dieser Mann hier mit ihr machte. Sie wurde unter seinem Mund völlig zügellos. Hitzig zog sie seinen Kopf dichter an sich heran. Dann hatte er endlich Mitleid mit ihr und saugte wild an ihrem harten Nippel. Sie krallte sich in seine gestreiften Plüschärmel und bog ihr Kreuz durch, keuchte und zitterte, wünschte sich, er würde sie noch heftiger saugen, an ihrer Brustwarze ziehen, vielleicht sogar hineinbeißen. Ohne Aufforderung tat er es, biss gierig hinein, lutschte immer wieder an ihr, saugte inzwischen so leidenschaftlich, dass Amy laut aufstöhnte und ihm ihr Becken entgegenwarf. Amy spürte das Zucken im Schoß und kam unter der geübten Zunge, die nicht von ihr abließ. Vergessen war, wo sie sich befand, vergessen, wer ihr gerade alles zusah, vergessen, dass sie von einem fremden Mann zum Höhepunkt gesaugt wurde.

Als er von ihr abließ, keuchte sie noch immer, und ihr Schoß kribbelte. Am liebsten hätte sie ihn in Windeseile ausgezogen und seinen Schwanz in ihre nasse Furche gezerrt.

Ordnungsgemäß schob er ihren noch empfindlichen Busen in den BH zurück und lächelte sie an. »Wow! Das ist mir bisher noch nie passiert. Und damit meine ich nicht den heutigen

Abend. Vielleicht sollten wir uns näher kennenlernen, um zu sehen, wie ›das andere‹ sich bei uns beiden auswirkt.«

»Ich denke, du ziehst erst mal weiter und wenn wir uns später begegnen, dann ist es ein Wink des Schicksals, dass wir uns noch näherkommen sollten.«

Ruhig nickte er und drehte sich um. Amy erkannte eine große Beule, die er trotz seiner weiten Pumphose nicht verstecken konnte. Er nahm den Schnuller in den Mund und rief im Weggehen: »Mama!«

»Hey, Amy, was war denn das da eben?«

Amy wagte kaum, ihre Freundin anzusehen. »Du hältst mich jetzt bestimmt für …«

»Nein, gar nicht, das war unglaublich. Ich habe noch nie eine Frau so abgehen sehen, die nur am Busen bearbeitet wird. Ich muss sagen, ich bin echt beeindruckt!«

»Wirklich?«

»Ja, klar. Und dann noch hier! Du warst so hemmungslos, so echt. Es war einfach klasse. Komm, wir gehen jetzt mal eine Runde im Schaum tanzen, damit du dich etwas abkühlst.«

Amy nahm noch zwei große Schlucke aus ihrem Bacardi-Glas und schwankte ihrer Freundin hinterher, wobei sie nicht sagen konnte, ob es jetzt am Alkohol lag oder am soeben erlebten Sexgenuss.

Amy schob sich an einem Pavianpärchen und einer zierlichen Badenixe vorbei. Die leuchtenden Teufelshörner waren schon in der schaumigen Menge verschwunden. Amy suchte nach ihnen und wurde von einem Schotten angesprochen: »Schwester, Schwester, ich habe unglaublich starke Schmerzen am Oberschenkel. Können Sie mir da helfen?«

Sie fixierte ihn. »Ich habe gehört, dass ihr Schotten nichts unter dem Röckchen tragt, stimmt das?«

Er schmunzelte. »Wenn ich Euch gestatte, das zu prüfen, dann gebt Ihr mir aber dafür eine entsprechend gute Heilmassage, abgemacht?«

Amys Herz klopfte, ihre Gedanken flossen zäh, der Alkohol hatte ihre Vernunft zum Schmelzen gebracht. Sie verzichtete auf eine Antwort und zog stattdessen einfach den Rock hoch. Ein großes Glied ragte aus einem dunklen Busch vor ihr auf. Sie stieß einen erstickten Schrei aus und ließ den Rock sofort fallen. Der Schotte lachte aus vollem Hals. Sie wich einen Schritt zurück.

Er zog sie wieder ran. »Kommt, Schwester, Ihr habt mir Heilung versprochen, wenn Ihr das Geheimnis der Schotten lüften dürft. Es ist also nur mehr als fair, beim Tauschhandel zu bleiben.«

Amy musste sich eingestehen, dass er recht hatte. Zwar hatte sie nichts gesagt, aber durch ihr Handeln sein Angebot bestätigt.

Entschlossen fasste sie an seinen kräftigen Oberschenkel und empfand sofort das sehnende Verlangen nach einem männlichen Sporn, am liebsten nach diesem gewaltigen, der sie eben so erschreckt hatte. Sie blickte sich nach Sarah um. Ihre Hörner blinkten im Nebel, ihr Körper war voller Schaum. Ein Champignon tanzte dicht hinter ihr. Genießerisch schwang ihr Kopf mit geschlossenen Augen nach rechts und nach links. Als Amy sich gerade wieder ihrem Schotten widmen wollte, entdeckte sie ein Paar Hände, das aus dem Schaum auftauchte, an Sarahs knallrotem Kleid hochrutschte und sich auf ihren Brüsten niederließ. Feixend wandte sich Amy ab. Der Schotte tanzte im Takt zur Musik und ließ sie nicht aus den Augen. Er war ihrem Blick gefolgt. »Deine Freundin?«

Amy nickte.

»So, Schwester, nun warte ich aber immer noch ganz ungeduldig auf meine Behandlung.«

Amy wiegte sich inzwischen auch zur Musik. Sie nahm sich ein Herz und griff zu seinem behaarten Schenkel. Ein Schauer lief ihr über den Rücken. Er zog ihre Hand höher nach oben, bis sie unter seinem Rock verschwand. Bei jedem Wiegen seiner Hüfte berührte sein Schwanz ihre Finger. Amy nahm die andere Hand zu Hilfe und massierte den Schenkel, wobei sie ab und an wie zufällig seinen Schaft berührte. Er stöhnte auf, sie hörte es trotz Musik. Sofort nahm er einen Schluck aus seiner Bierflasche und reichte sie ihr. Amy setzte ohne zu überlegen an. Wo seine Lippen kurz zuvor noch auf dem Glas lagen, ruhten jetzt ihre, und sie schaffte drei enorme Züge. Kaum hatte sie ihm die Flasche zurückgegeben, zog er sie ran. Sie fühlte seinen gewaltigen Schwanz. Ihr Blick ging nach oben. Was wollte er? Sie nahm sich Zeit, sein Gesicht zu betrachten. Er kam ihr bekannt vor. Blonde, kurze Haare, total verwuschelt, ebenmäßiges Gesicht, ein leichtes Schmunzeln auf den Lippen, grüne, hübsche Augen, soweit sie das in diesem Licht erkennen konnte. Schlagartig wurde ihr trotz des Alkohols, der sich in ihrem Kopf als wabernde Masse ausbreitete, bewusst, dass er der Typ vom Kartenvorverkauf war.

»Ich kenne dich«, brachte sie hervor.

Er lächelte breit. »Ich weiß, ich kenne dich auch, Süße! Ich hatte gehofft, dass wir uns hier sehen würden!«

Amy wusste nichts zu sagen. Er spürte ihre Unsicherheit, legte beide Hände auf ihren Po und drückte sie an sich. Amy schloss die Augen und lehnte den Kopf an. Er tat ihr gut. Sie ließ sich fallen, ihre Körper bewegten sich fließend zur Musik. Sein harter Schaft zuckte gegen sie. Plötzlich schob er Amy von sich weg, hielt sie rechts und links an den Armen und blickte ihr in die Augen. »Ich würde dich gerne mit einem Doppelkick vögeln.«

»Wie bitte?«

»Ich glaube, du hast schon verstanden. Was sagst du dazu?«

»Du spinnst ja.«

»Na schön, dann nur ein bisschen zärtlich zueinander sein.«

»Was denn, auf der Tanzfläche?«

»Nein. Ich kenne da einen idealen Raum. Er befindet sich hier in der Ruine.«

»Nicht, ohne meine Freundin.«

»Ach, die amüsiert sich doch ganz gut.«

»Nein, ohne sie läuft nichts.«

»Das heißt, du hättest Lust, wenn sie dabei ist?«

Amy blickte in sein hübsches Gesicht und dachte an seinen Schwanz. »Warum nicht?!«

Sofort nahm er sie bei der Hand und ging in die Masse der tanzenden Figuren.

»Wo willst du hin?«

Er zog sie hinter sich her, blieb kurz vor einer sich wie in Trance befindenden Frau stehen, nahm auch sie bei der Hand.

»He, was soll das?«, fauchte sie ihn durch die Musik an.

»Ist sie das?«, fragte der Schotte Amy, ohne sich um die Teufelin zu kümmern. Amy nickte und zwinkerte Sarah zu. Diese schüttelte den Champignon ab.

Die drei kamen in einen Gang.

»Was habt ihr vor?«, fragte Sarah jetzt weniger vorwurfsvoll, eher neugierig.

»Wir suchen uns ein schönes Plätzchen, und ihr beiden Süßen habt das Glück jemanden zu kennen, der weiß, wo es ist.«

Amy kicherte. Sie war froh, dass der Schotte wusste, wo er hinwollte. Sie hätte jetzt sogar Schwierigkeiten gehabt, Sarah zu finden. Eine Krankenschwester rechts, eine Teufelin links, schob sich ein Schotte durch Kürbisse, Hexen, Zauberer, Ameisen und Bilderrahmen. Nach einer Weile erreichter er eine eiserne Tür. Amy konnte unmöglich noch sagen, welche Gänge er genommen hatte, sie hoffte, Sarah würde den Weg zurückfinden.

Quietschend schwang die Tür auf. *Wie im Film,* dachte Amy und blickte sich um. Kerzenleuchter standen herum, Kronleuchter hingen von der Decke. Rote und schwarze Tücher dekorierten die alten Steinmauern und wurden mit roten Scheinwerfern zusätzlich beleuchtet. Die Musik, die Amy eher als sphärische Klänge bezeichnete, wirkte sinnlich und erregend auf sie.

Der Schotte ging zur Bar und fragte die beiden Frauen, was sie trinken wollten. Eine Weile saßen sie dort und blickten sich gegenseitig nur an. Er begutachtete die Teufelin eingehend, während sie seinen Blick erwiderte. Amy genoss ihren Bacardi, als sie eine erneute Musterung des Schotten bemerkte.

»Kommt, gehen wir. Ich möchte euch etwas zeigen.« Er bot beiden Damen den Arm.

Je weiter sie sich von der Bar entfernten, desto leiser wurde die Musik und machte anderen Lauten Platz. Als sie um eine dunkle Gemäuerecke bogen, klammerte Amy sich an den starken Arm. Es war ihr nicht ganz geheuer. Sarah dagegen zog fast vorwärts, sie war neugieriger denn je.

Sie kamen in einen kleinen Raum, eine Art Vorraum, wo ein Pärchen wild knutschte. Der Schotte drückte eine weitere Tür auf. Ausrufe und Seufzer wurden laut. Amy stockte der Atem. Das einzige, was noch an die »Glamour Party« erinnerte, waren die Kostüme. Hier standen Geräte aus dem Mittelalter. Amy wurde schlagartig bewusst, dass sie sich in der Folterkammer befanden.

»Oh, nein, das ist aber nichts für mich«, jammerte Amy.

»Ach, Amy, so etwas muss man mal mitgemacht haben, hier passiert ja auch nichts gegen deinen Willen. Ist alles ganz harmlos, oder?« Fragend blickte Sarah den Schotten an.

»Klar, und wenn wir nur ein bisschen umsehen. Aber ich glaube, es gibt etwas, dass unserer kleinen Schwester gefallen wird.«

»Was denn?«

»Komm, ich zeig's dir.« Mit langen Schritten ging er voraus.

Amy blickte zu einer Streckbank, auf der eine Frau lag und von drei Männern geleckt wurde. Sie war splitternackt und mehr als geil.

Ein Mann stand an einem Pfahl, er war festgebunden. Eine Vogelfrau, die außer einer großen Pfauenmaske nichts trug, kniete vor ihm und hatte seinen Schaft im Mund. Er wimmerte, dass er käme. Daraufhin stoppte sie ihre Zungenfertigkeit und betrachtete ihn von unten durch die Sehschlitze der Pfauenmaske. Er hechelte und lechzte nach einer Befreiung, die seine Peinigerin ihm schon seit geraumer Zeit nicht zu geben schien. Wenn er nicht geschminkt war, so zeugte die tiefe Röte in seinem Gesicht von rasender Lust und der inbrünstigen Hoffnung auf Erlösung.

In einer Ecke trieben es mehrere Gestalten miteinander, wobei Amy nicht erkennen konnte, wer Mann und wer Frau war.

»Ah, sie ist frei!«, frohlockte der Schotte, als sie einen mit dunkelgrünem Licht beleuchteten Raum betraten. Grüne Banner hingen von den Wänden, silberne Kerzenhalter waren auch hier verteilt, allerdings mehr als in den vorigen Räumen. Auf dem Boden lagen, soweit Amy es erkennen konnte, etwa zwanzig Zentimeter dicke Schaumstoffmatten, die mit weinroten Tüchern bedeckt waren. Als sie sich auf einer Matte niederließ, sank sie ein, und die Matte waberte unter ihr. *Ist dort Wasser drin,* fragte Amy sich, *oder liegt es an meinem Alkoholkonsum?*

Die Hauptattraktion des Raumes war eine in die Decke gelassene Schaukel, die in der Mitte hin- und herschwang.

»Das meinte ich, als ich sagte, dass ich dich mit einem Doppelkick vögeln wollte«, sagte der Schotte.

Amy schluckte. Es war zwar niemand hier, doch mitten im Raum, so für alle sichtbar genommen zu werden, das wollte sie nicht. Hilfe suchend blickte sie zu Sarah.

Diese lächelte sie draufgängerisch an. »Amy, das ist der Hammer! Das ist richtig geil und das wird dir auf jeden Fall Spaß machen.«

»Ich weiß nicht ...«

»Komm mal her.« Liebevoll nahm Sarah ihre Freundin in den Arm. Mit einer einfühlsamen Geste strich sie ihr übers Haar, nahm den Kopf in beide Hände und schaute ihr tief in die Augen. Vorsichtig beugte sie sich vor und ihre Lippen berührten die ihrer Freundin. Sofort öffneten sich Amys willig und spielten mit der weiblichen Zunge. Mit einem Seufzer ließ der Schotte sich hinter Amy nieder, schob ihre langen Locken nach vorn und küsste ihren Nacken. Seine Finger glitten über den weißen Schwesternkittel und fanden die Brustwarzen, die sich schon drängend gegen den Stoff pressten.

Der Schotte zog Amy nach hinten auf sich drauf. Sie drehte sich um und schob seinen Rock hoch. Steif ragte sein Glied hervor. Sie massierte erst seine Oberschenkel, ehe sie sich seinen Schwanz tief in den Mund schob. Als sie ihn mit der Zunge umspielte, wobei sie erst den Steg hinauf fuhr bis zu seinem Haaransatz, dann zurück zur Spitze, entspannte sich ihr Körper. Hier kannte sie sich aus. Sie wusste, wie sie ihm das höchste Maß an Lust verschaffen konnte. Amy war so vertieft in ihre

Zungenfertigkeit, dass sie erschrocken zusammenzuckte, als sie den warmen Atem ihrer Freundin am Oberschenkel bemerkte. Eine Hand strich langsam an ihr hoch, wobei es ein neuartiges Gefühl war, die fremde Haut durch die Netzstrumpfhose zu spüren. Amy bekam eine Gänsehaut in Erwartung, was Sarah vorhatte.

Ihr männlicher Gegenpart zuckte hin und her. Amy hatte vor Spannung ganz vergessen, ihn weiter zu bearbeiten. Als sie den Mund wieder tief über das hungrige Glied stülpte, nahm sie die Lust wahr, die durch seinen Körper floss. Sarah hatte inzwischen Amys Höschenrand ergriffen und streifte es ihr samt Strumpfhose ab. Einen Augenblick stutzte Amy und schaffte es tatsächlich, einen klaren Gedanken zu fassen, um sich zu fragen, ob sie das so wollte. Doch die feinen Hände, die ihr sanft den zarten Stoff auszogen, huschten über ihre Haut wie eine Feder.

Amy ließ es geschehen und konzentrierte sich auf ihr im Mund immer größer werdendes Glied. Sachte fuhr sie hoch und runter, nahm die prallen Hoden in eine Hand und ließ sie leicht kreisen. Es entrang ihrem Opfer ein Stöhnen, um daraufhin selber aufzustöhnen. Sarah hatte sich des nassen Geschlechtes bemächtigt. Sie glitt mit einem Finger in Amys Spalte hin und her, streifte ganz behutsam wie zufällig ihre Klitoris. Sarah ließ von ihr ab, um sofort wieder bei ihr zu sein. Etwas Warmes schlängelte zwischen ihren Schamlippen. Es war ein atemberaubendes Gefühl, das Amy noch nasser werden ließ. Leidenschaftlich drängte sie sich dem Mund ihrer Freundin entgegen. Die beherrschte Zunge wusste genau, wo sie lang musste, um ihrer Empfängerin die größten Freuden zu schenken. Zügellos wand Amy sich unter der grausam langsamen Erkundung dieser Zunge. Sarah packte ihre Freundin, drehte sie auf den Rücken und hielt ihre Schenkel fest, sodass sie ungehindert fortfahren konnte, sie zu quälen. Der Schotte reagierte sofort und hockte sich über Amys Kopf, sodass sie seinen Schwanz über sich hatte. Keuchend kam sie ihrer Aufgabe weiter nach, indem sich ihr Mund um seinen strammen Schaft schloss.

Der Schotte wand sich genau wie Amy bei Sarah und hielt Amys Kopf fest. Mit gleichmäßigen Pumpbewegungen saugte sie seinen strammen Schaft immer wieder in sich hinein. Er schien kurz vor dem Bersten zu sein, als Amy stoppte. Qualvoll jaulte er auf und wimmerte, sie sollte weitermachen.

Sarah hatte bei Amy ebenfalls aufgehört. Die Krankenschwester blickte sich nach der Teufelin um. Sarah war am Keuchen und hielt den Kopf gesenkt. Die Hände in die Matte gekrallt, schnaufte sie unter einem fremden Peiniger. Er hatte sich einfach auf die Matte unter Sarah gelegt und seinen Kopf in ihrem Schoß vergraben. Er leckte ihre nasse Möse. Sarah seufzte unter dem Spanner, der zum aktiven Part wurde. Sie vernachlässigte Amy, die vom Schwanz des Schotten abließ und jammerte.

Doch Sarah war so in ihr erotisches Spiel vertieft, dass ihre Zunge zu Amy nicht zurückkam.

Der Schotte stand auf und zog Amy mit sich hoch. »Du weißt, dass du noch wo anders fällig bist, Schwesterchen.« Sie blickte zum Schotten auf, der seinen Rock herunterzog.

»Was meinst du?«

Der Schotte deutete auf die Schaukel.

Amy winkte ab. »Oh, nein!«

»Du hast es mir versprochen.«

»Nein, hab ich nicht. Du wolltest mich dort nehmen. Aber inzwischen haben wir uns anders vergnügt.«

»Du meinst wohl, du hast dich vergnügt, ich bekam nur einen ersten Vorgeschmack. Denn ich habe weder deine Haut angefasst noch sie gerochen. Ganz zu schweigen, von dem Schönsten überhaupt.«

»Was da wäre?«

»Der Doppelkick.«

»Was soll das sein?«

»Das kann man nicht erklären, das kann man nur fühlen.«

Amy blickte skeptisch auf die Schaukel, wobei ihr ein warmer Schauer über den Rücken lief, als sie sich vorstellte, dort vom Schotten verführt zu werden.

»Was soll ich tun?«

Er stand auf und reichte ihr die Hand. Sie ergriff sie und folgte ihm zur Schaukel. Es war ein breiter Stoffstreifen, auf dem locker zwei Personen Platz hatten.

»Es gibt mehrere Möglichkeiten. Die Möglichkeit für die etwas Geübteren ist folgende: Sie sitzt auf der Schaukel und er bleibt hier stehen, um sie bei jedem Schwung, der sie hierher bringt, in sich aufzunehmen.«

Amy blickte ihn ungläubig an. »Das ist möglich? Er braucht eine gute Treffsicherheit, um das hinzubekommen.«

»Deshalb ist es auch nur etwas für Geübte.«

»Und was hast *du* vor?«

»Setz dich erst mal drauf, damit du ein Gefühl dafür bekommst.«

Amys weißer Schwesternkittel rutschte hoch, als er sie auf die Schaukel hob. Seicht schwankte sie hin und her. Er hielt die Schaukel fest, beugte sich hinunter und raunte ihr ins Ohr: »Ich werde dich erst mal ein bisschen feucht machen, Schwester.« Er tauchte mit seinem Kopf ab und berührte sie zart.

Amy seufzte, als seine tupfende Zunge sie erreichte. Er glitt in ihrer Spalte forsch, aber leicht, auf und ab. Schon nach wenigen Sekunden hatte er Amy nass bekommen. Gerade, als sie ihre Beine weiter für ihn öffnen wollte, ließ er von ihr ab.

»Was ist?«

Als Antwort zog er seinen Rock hoch und präsentierte ihr seinen prachtvollen Schwanz, der sich in seiner ganzen Größe zeigte. »Das hast du mit mir gemacht, ohne mich zu berühren!«

Sanft zog er sie von der Schaukel und setzte sich selber hin. Mit Leichtigkeit hob er sie hoch, wobei die Muskeln seiner Oberarme stark hervortraten, und ließ sie behutsam auf seinen Schoß gleiten. Amy dachte mit und hob seinen Rock an. Er senkte sie auf seinen harten Pfahl, der sich langsam in sie bohrte. Amy schnappte nach Luft. Sie konnte sich nicht erinnern, je so intensive Empfindungen gehabt zu haben, wie an diesem Abend. Sie kniete sich rechts und links neben sein Becken und drückte ihres leicht nach oben. Er schloss die Augen und genoss die geschickte Reiterin. Seine Beine blieben nicht untätig, sie holten Schwung und ließen beide durch den Wind sausen. Amys Brustwarzen stellten sich auf und drängten gegen den Stoff. Sie verlangten nach Freiheit. Der Schotte beguckte sich seine sensible Reiterin, die diese Art des Sexspiels offensichtlich sehr genoss. Er holte eine Brust aus ihrem Gefängnis und saugte genüsslich an ihr.

Amys Ritt wurde schärfer, je mehr der Schotte sich um ihre Nippel kümmerte. Er ließ auf einmal von ihr ab und keuchte. Sie wusste, dass er gleich kommen würde.

Inzwischen hatten beide so viel Schwung drauf, dass Amys Haare wild nach hinten flatterten. Sie liebte den feurigen Sporn, der sich bei jedem Schwungholen tief in sie bohrte und den zusätzlichen Kitzel im Bauch, den das Vor- und Zurückschwingen verursachte. Doppelkick – kam ihr in den Sinn. Sie schluchzte laut auf und es verebbte in einem Winseln. Sie wusste, dass sie den nächsten Schwung nicht mehr durchhalten würde. Sie ritt ihn jetzt in einem rasanten Trab, drückte ihr Becken nach vorne und nach oben und ließ es schnell über seinen eisernen Stab sausen.

»Oh, Gott«, stöhnte er an Amys Hals und explodierte zur gleichen Zeit mit ihr. Silberne und rote Lichtblitze durchfluteten ihren Körper und machten sie zum willigen Opfer.

Sie schlang ihre Arme um seinen Hals und sie genossen einander, bis die Schaukel zum Halten kam.

***

»War das eine Party! So etwas Cooles habe ich lange nicht mehr erlebt«, schwärmte Sarah und saugte an ihrem Strohhalm. Amy biss in ihren McChicken und bestätigte dies mit vollem Mund.

Als sie hinuntergeschluckt hatte, sagte sie: »Du bist aber auch ganz schön abgegangen in dem Zimmer der Belegschaft. Der Raumfahrer hatte dich richtig in der Mangel.«

»Oh, ja, das hatte er. Wir haben uns für heute Abend verabredet. Dann kann ich ihn mir mal in Zivil ansehen. Was ist mit deinem Schotten, hat er sich endlich gemeldet?«

Amy schüttelte traurig den Kopf.

»Hey, nur nicht unterkriegen lassen, er wird schon anrufen«, versuchte Sarah sie aufzumuntern.

Amy seufzte. »Ich weiß nicht. Es ist jetzt drei Tage her, und ich muss gestehen, dass ich nicht mehr so recht daran glaube. Leider habe ich keine Nummer von ihm.«

»Es wäre auch nicht gut gewesen, *ihn* anzurufen. Er sollte *dich* anrufen. Warte es ab, er wird es tun.«

»Wie kannst du dir so sicher sein, Sarah?«

»Ihr habt euch doch ›danach‹ noch den ganzen Abend unterhalten, oder?«

»Ja, schon, aber …«

»Siehst du. Glaubst du, das macht ein Typ, der kein Interesse an dir hat? Er hätte dich dann nur gevögelt und wäre dann zur Nächstbesten abgezogen.«

Amy sog die Cola Light durch den Strohhalm und zuckte mit den Schultern. Dann fragte sie: »Wollen wir gehen?«

Sarah blickte sich kurz mit den Augen im Raum um, dann kam ihr Blick zu Amy zurück. »Ich wollte mir noch ein ›Hot Fudge Sunday‹ holen.«

»Was ist denn mit *dir* los? Du holst dir doch sonst kein Eis!«

»Stimmt, aber heute brauche ich einen Nachtisch!« Sarahs Gesicht erhellte sich. »Denn ich denke, da möchten zwei Leute gerne allein sein!« Sie erhob sich und verschwand zum Counter.

»Aber, Sarah …!« Amy drehte sich um und blickte in ein Paar grüner Augen, dazu gesellten sich blonde, kurze Haare und verwaschene Jeans.

»Hi, darf ich mich setzen, Schwester Amy?«, fragte der Schotte sie.

»Was machst du denn hier? Und wie hast du mich gefunden? Und woher weißt du meinen Namen?«

»Ganz schön viele Fragen auf einmal.« Er kratzte sich am Hinterkopf. »Da hat mir wohl jemand nicht die richtige Nummer gegeben.«

»Was? Aber wieso, ich verstehe nicht …« Amy kam sich vor wie im Krimi, wo der Detective alle Lösungen kannte, nur sie als Mordverdächtige hatte keinen Durchblick.

Er setzte sich verkehrt herum auf den Stuhl und nahm ihre Hand. »Ich habe versucht, diese Nummer anzurufen, die du mir gegeben hast. Netter Zahlendreher! Da ich den Typen kannte, der mit deiner Freundin ein wenig Spaß hatte, nämlich der gute Raumfahrer, bat ich ihn nach der Nummer der

Teufelin. So kam ich mit Sarah ins Gespräch und nun sitze ich hier an deinem Tisch.«

Amy hielt die Hand vor den Mund. »Oh, nein, das tut mir leid. Ich gebe entweder keine Nummer oder die Richtige.«

»Ich weiß. Sonst hätte ich dich auch nicht getroffen.«

Sie blickten sich eine Weile an. Amy spürte ein Kribbeln in ihrem Schoß. Der Schotte löste wieder diese Gefühle bei ihr aus. Ihr wurde bewusst, dass sie noch nicht mal seinen Namen kannte.

»Ist vielleicht etwas spät, aber, wie heißt du eigentlich?«, fragte Amy.

»Dafür ist es nie zu spät. Mein Name ist Cailean!«

»Cailean? Ist das nicht schottisch?«

Er lächelte verschmitzt, dann drehte er sich nach Sarah um. Sie hielt ihr Eis in der Hand und fiel ihrem Raumfahrer in den Arm.

»Er ist auch hier?«, verwundert blickte Amy zu ihrer Freundin.

»Es ist alles organisiert. Die beiden werden einen Augenblick beschäftigt sein. Da du ja inzwischen weißt, dass Schotten nichts unter dem Rock tragen, kannst du ja jetzt das Geheimnis lüften, ob sie etwas unter der Jeans tragen.«

»Du bist tatsächlich ein echter Schotte?«

»So ist es! Glaubst du, ich kaufe mir extra ein Kostüm?«

Kopfschüttelnd blickte sie ihn an.

»Na, Schwester, Lust auf `ne kleine Nummer mit einem waschechten Schotten?«

Der Seminarleiter

Es goss in Strömen. Ich blickte nachdenklich aus dem Fenster und versuchte, mich zu konzentrieren.

»Chalet?«

Ich schreckte hoch und ließ den Kugelschreiber fallen. »Ja.«

»Kann ich dich mal kurz sprechen?«

»Klar. Sofort?«

»Ja, bitte.«

Ich stand auf und folgte Olivia Tann, unserer stellvertretenden Chefin. Heute hatte sie sich wieder in einen kurzen, schwarzen Minirock geworfen, darüber das passende Sakko und hohe Schuhe. Die Haare, die ihr über die Schulter bis zur Mitte des Rückens fielen, glänzten wie Lack. Im Stillen bewunderte ich sie, denn Olivia war eine Powerfrau, noch dazu eine, die sehr gut aussah. Was sie allerdings auch wusste und vor allem ausnutzte, denn sie hatte schon so manch einem Mann, und das wahrscheinlich nicht nur in der Firma, den Kopf verdreht.

Wir erreichten das Chefbüro. Für einen kurzen Augenblick wunderte ich mich, dass wir die Unterredung hier führen wollten. Doch es war anscheinend eine Chefentscheidung und Mr Blooming wollte anwesend sein.

»Guten Morgen, Chalet«, begrüßte er mich freundlich.

»Guten Morgen, Mr Blooming«, gab ich nett zurück.

Tief in seinen dunkelbraunen Ledersessel hinter dem schweren Mahagonischreibtisch versunken, schaute er mich, mit einem Füller spielend, hinter seiner Brille an. »Wir, das heißt, Mrs Tann und ich, haben beschlossen, Sie, liebe Chalet, auf ein Seminar zu schicken. Das bedeutet nicht, dass Sie in ihrem Fach so schlecht sind und geschult werden müssen, sondern eher, dass Sie die einzige momentan sind, der ich so einen Sprung ins Neue zutraue.« Er machte eine kurze Pause.

Ich war verwirrt. Schwieg aber, um seine weiteren Informationen zu erfahren.

»Es geht um eine Telefonschulung.«

Nun zog ich die Stirn kraus. Was hatte ich mit dem Telefon zu tun? Eigentlich gar nichts.

»Aha«, sagte ich wenig überzeugt.

»Sie werden sich sicher fragen, was das soll, nicht wahr?«

Ich nickte.

»Das Problem, liebe Chalet, ist, dass unsere Firma mehr Aufträge braucht. Wir haben im Moment einen kleinen Durchhänger, der schon seit ein paar Monaten sichtbar ist. Wir hatten gehofft, dass sich das Unternehmen erholen würde, doch leider ist dem nicht so. Nun greifen wir zu anderen Mitteln, und ich denke, es ist eine gute Lösung, wenn wir uns der ganzen Bandbreite von potentiellen Kunden telefonisch präsentieren, uns in die Köpfe der Leute rufen. Dafür brauche ich Sie, Chalet. Sie wurden von Mrs Tann und im Einvernehmen meinerseits vorgeschlagen. Aber bevor ich Sie an diese Art von Arbeit ransetzte, wollte ich, dass Sie eine Schulung besuchen, in der Ihnen noch ein paar Tipps und Tricks beigebracht werden, wie man sich richtig am Telefon verhält. Nicht, dass ich denke, Sie könnten es nicht, ich denke eher, dass es Ihnen den Einstieg in die neue Tätigkeit erleichtern wird.«

Ich ließ die neue Information sacken.

»Haben Sie Fragen?«

»Ja, wer wird meine Arbeit machen, oder ist das Telefonieren auf einen Zeitraum beschränkt?«

»Vier Monate soll dieses Versuchsprojekt vorerst dauern. Ihre Kollegin Anna-May könnte für die vier Monate Ihre Aufgaben mit erledigen. Außerdem werden wir eine Aushilfe einstellen, die ihr zur Hand geht.«

»Und wie lange dauert das Seminar?«

»Vier Tage inklusive Anreisetag. Das Problem ist, dass es nicht in unserer Stadt stattfinden wird, sondern in einem Hotel im Yosemite-Park. Das ist zwar drei Busstunden von uns entfernt, aber ich denke, es lohnt sich. Mrs Tann hat mir nahegelegt, diesen Seminarleiter zu wählen, da er wohl in seinem Fach sehr gut ist. Ach richtig, bevor ich es vergesse: Diese Reise wird natürlich von uns bezahlt und damit Sie nicht so allein sind, werden Sie von Mrs Tann begleitet.«

Mir brummte der Kopf. Innerhalb von Minuten war ich für die nächsten vier Monate um meinen Arbeitsplatz gebracht. Ich stellte mir das Telefonieren eigentlich nicht so schwer vor, als dass man gleich ein viertägiges Seminar dafür benötigte.

»Wann wird das Seminar stattfinden?«, fragte ich.

»Schon diesen Mittwoch«, antwortete Olivia.

Damit hatte ich nicht gerechnet. Denn heute war Montag. Was würde die Geschäftsleitung tun, sollte ich Nein sagen?

Als hätte Mr Blooming meine Gedanken gelesen, fragte er: »Und, Chalet, wollen Sie diese Aufgabe übernehmen? Es gibt nebenbei bemerkt, einen finanziellen Ausgleich für den Sprung ins kalte Wasser.«

Ich überlegte und fragte mich ehrlich, ob ich das wollte.

»Ja, ich denke, ich mache es«, nickte ich.

Ein Lächeln der Erleichterung legte sich auf Mr Bloomings Gesicht. »Sehr schön, Chalet. Das freut mich, und auch die Firma, der Sie damit einen großen Dienst erweisen, und wovon wir uns viel versprechen.«

Ich blickte zu Olivia. Sie lächelte ebenfalls.

***

Ich kam eine halbe Stunde zu früh zum vereinbarten Treffpunkt. Weder der Bus noch Olivia waren dort. Aber ich machte mir keine Gedanken, denn ich wollte extra zeitlich ein bisschen Luft haben, da ich kein Freund von Hetzereien war. Als es zehn Minuten vor neun war, um neun sollte der Bus kommen, machte ich mir doch ein paar Sorgen.

Pünktlich hielt der Bus und mit ihm kam zeitgleich Olivia angerannt. Die Morgensonne hatte mir rote Wangen gemalt und die Rennerei tat es bei Olivia.

»Sorry. So ein Mist. Ich hatte total verschlafen. Das passiert mir nur ein Mal im Jahr und heute scheint das Jahr rum zu sein.«

Ich lächelte sie an, erleichtert, dass sie da war und erleichtert, dass ich nicht an ihrer statt angerannt kam. Es lockerte die Stimmung sogleich ein wenig auf.

Denn, auch wenn ich es mir anfänglich nicht eingestehen wollte, ich war schon ein wenig gehemmt, mit meiner Vorgesetzten zu einem Seminar zu fahren.

Olivia schwang sich auf den Sitz, wobei ihr kurzer Rock noch ein Stückchen mit hoch rutschte. Bei der Wärme waren keine Strumpfhosen nötig und sie konnte ihre langen, sonnengebräunten Beine zeigen. Der eng geschnittene rote Pulli betonte ihre Weiblichkeit. Ich bemerkte, dass ich Olivia anstarrte und blickte schnell zur anderen Seite.

»Wolltest du am Fenster sitzen?«, fragte sie mich.

»Nein, nein, ich mag es lieber am Gang, da hat man seine Beinfreiheit.«

»Bist du gut hergekommen, Chalet? Alles gleich gefunden?«

»Ja, war kein Problem.« Ich wusste nicht, was ich sonst sagen sollte. Eine Geschichte erfinden, nur damit ich mich interessant machte?

Der Bus fuhr los und ich hatte den Anflug eines Urlaubsgefühls im Bauch. Es war herrlich. Sogar das Wetter spielte mit. Ich freute mich auf ein schönes Hotelzimmer und das vier Tage nur für mich allein.

Die Busfahrt verging schnell. Ich aß mein Sandwich und unterhielt mich mit Olivia über unsere Firma. Es war sehr interessant, da ich nun auch einige Interna erzählt bekam, von denen ich das Gefühl hatte, dass Olivia sie dringend jemandem anvertrauen wollte.

***

Mit einem Ruck erwachte ich. Der Bus fuhr durch große Felsschluchten, die mit Tannen bewachsen waren. Ich suchte mit einem Rundrumblick das Hotel, konnte aber keins entdecken. Dann blickte ich auf die Uhr und fragte mich, ob wir hier nur kurz rasten wollten. Doch es war viertel nach zwölf. Wir mussten da sein. Der Bus hielt. Vor uns waren ein paar Holzhütten zu sehen.

»Sind wir schon da?«, fragte ich Olivia.

»Ja. Schön hier, nicht wahr!«

Ich nickte, unfähig zu sprechen. Die zwölf Leute, die mit uns im Bus gefahren waren, packten ihre Sachen und redeten aufgeregt, stiegen schließlich aus. Olivia und ich bildeten das Schlusslicht. Zielstrebig liefen die Seminarteilnehmer auf eine der Holzhütten zu, auf der groß das Schild »Rezeption« prangte. Lachend kamen uns Leute entgegen. Einige trugen Blöcke und Staffeleien mit sich fort.

Wir gingen in die Dunkelheit der Rezeption. Nach einer Weile waren wir endlich dran und bekamen unsere Hütte zugeteilt. Mit einer Hand deutete die Rezeptzionistin nach links, sagte, dass sich dort die Toiletten befänden, deutete mit der anderen Hand nach rechts und erzählte, dass sich dort die Duschen befänden.

»Bist du sicher, dass wir hier richtig sind?«, fragte ich Olivia nach meiner ersten Sprachlosigkeit.

»Aber ja! Es ist doch traumhaft schön hier, findest du nicht?«

»Doch, schon, aber ... Ich glaube, ich habe etwas anderes erwartet.«

»Ja? Was denn?«

Diese Frage haute mich um. Es lag doch auf der Hand, dass man ein richtiges Hotel erwartete, in dessen Räumen dann auch das Seminar abgehalten wurde. Mit kleinen Wasser- und Cola-Fläschchen auf dem Tisch und Tellern mit leckeren Keksen für Zwischendurch.

»Ich dachte an ein Hotel«, gab ich zu.

»Aber das ist doch ein Hotel.«

»Aber ...«, ich winkte ab, »ist ja auch egal.«

Olivia lachte. »Ja, ich weiß schon, was du meinst, aber das hier wird dir ewig in Erinnerung bleiben. Es ist urig und originell.«

Im Stillen gab ich Olivia recht.

Wir mussten lange laufen, denn ich hatte nicht erwartet, dass sich hier so viele Hütten befinden würden. Zwischen den hohen Bergen, wo unsere Hütten in dieser Talsenke standen, verlief ein Wasserlauf, an dem einige Angler saßen und stumm vor sich hin warteten.

»So, hier ist meine Hütte. Du bist bestimmt nicht weit entfernt davon.«

Olivia hatte recht, schon die nächste Unterkunft war meine. »Horse-Shoe« stand über der Tür. Jede Hütte hatte seinen Namen. Ich schloss auf und war voller Erwartungen, die allerdings nicht sehr hochgesteckt waren. Doch es war ein süßes, kleines Zimmer mit einem Bett in der Ecke, einem Schreibtisch, einem großen Kleiderschrank samt Spiegel und einem Waschtischchen mit fließendem Wasser. Ich öffnete die Holzfensterläden und ließ die Sonne ins Zimmer. Der Blick war wunderschön. Direkt auf den Fluss und ins hohe, saftige Gras. Am Horizont die Bergkette mit den dunkelgrünen Tannen. Auf der linken Seite konnte ich die Hütte Olivias sehen. Sie hielt ihren Kopf aus dem Fenster, hatte die Augen in der Sonne geschlossen und genoss die Wärme. Ich tat es ihr nach.

»Hallo, Chalet! Ist das nicht herrlich hier?«

»Ja, stimmt, es ist wirklich traumhaft schön.«

»Verstehst du jetzt, was ich meine? Das bekommt kein einziges Hotelzimmer hin.«

Ich nickte. »Ja, da hast du völlig recht.«

Summend packte ich meine Sachen aus und wechselte meinen dicken Pullover gegen ein T-Shirt mit einer dünnen grauen Strickjacke darüber. Dann machte ich mich auf den Weg zu Olivias Hütte und nahm sie mit zum Mittagessen.

»Das nenne ich Service. Kaum angekommen, schon gibt's etwas zu essen. Aber ich denke, wir müssen heute noch ran. Ich bin mal gespannt, wie der Seminarleiter ist.« Olivia kicherte wie ein kleines Mädchen. Sie kam mir, seitdem wir aus dem Bus gestiegen waren, sowieso völlig verändert vor. Sie war locker, ungezwungen und fröhlich. Ich hatte das Gefühl, sie hätte ihre Firmenmaske im Bus liegen gelassen.

***

Die Seminarteilnehmer bestanden aus zehn Leuten, fünf Männern und fünf Frauen. Der Kurs fand ebenfalls in einer der kleinen Blockhütten statt. Mit Schwung betrat ein gut aussehender Mann, ich schätzte ihn auf Mitte dreißig, die Hütte.

»Sorry, Leute, sorry. Habe mich ein bisschen festgequatscht. Wie ich sehe, haben Sie es alle gefunden.« Er setzte sich an einen leeren Tisch und blätterte in einigen Zetteln. »Und, soweit mein Auge es überblicken kann, sind alle vollzählig.« Er lächelte und zeigte eine Reihe guter Zähne.

Ich fand ihn sehr attraktiv und bemerkte, wie Olivia auf ihrem Stuhl sichtlich nervös wurde. Aha, sie hatte also den gleichen Geschmack wie ich, wobei man allerdings bei so einer Art von Mann nicht vom gleichen Geschmack reden brauchte. Denn wer den nicht mag, mag auch Brad Pitt, Kevin Costner und Pierce Brosnan nicht, ganz zu schweigen von Mel Gibson …

Ich bemerkte den Blick, den der Seminarleiter schließlich Olivia zuwarf, doch auch bei mir blieb er hängen. Mein Herz klopfte laut.

»So, liebe Leute, mein Name ist Larry Thurman. Ich denke, wir können uns aber auf unsere Vornamen beschränken, oder?!«

Allgemeines Nicken und Raunen.

»Gut. Also, was wir heute machen werden, ist nicht mehr sehr viel. Es wird eine Vorstellrunde geben, denn ich denke, es macht es uns vertrauter und leichter, miteinander umzugehen. Dann habe ich nur noch auf dem Zettel, zu umreißen, was auf euch in den folgenden drei Tagen zukommen wird. Fragen?«

Ich war beeindruckt. Larry Thurman war locker, sympathisch und smart. Wie konnte es sein, dass jemand so viele Komponenten in sich vereinigte?

Ein Seitenblick Olivias ließ mich zu ihr hinschauen. Sie lächelte und zog die Augenbrauen hoch. Ich nickte ihr zu. Ich war froh, dass wir uns anscheinend besser verstanden, als ich zu hoffen gewagt hatte. Noch vor der Reise war ich unsicher, tat es aber unter dem Motto ab, es wäre alles rein geschäftlich. Dass dieses Seminar aus uns so etwas wie Verbündete machte, daran hätte ich nie gedacht. Obwohl es auch zu Komplikationen kommen konnte, indem wir beide den gleichen Mann mochten. Im Stillen beschloss ich, Olivia den Vortritt zu lassen. Letztendlich würde sich jeder Mann doch für das hübschere und beruflich erfolgreichere Modell entscheiden, und das war unumstritten Olivia.

Ich seufzte, hörte nur mit halbem Ohr hin, was die anderen Kursteilnehmer erzählten, denn meine Gedanken hingen an Larry. Er hatte sich inzwischen auf seinen Tisch gesetzt, einen Arm vor der Brust verschränkt, den anderen, die Hand aufs Kinn legend, hochgestellt und den Kopf schief gelegt. Da er nun auf dem Tisch saß, wirkten seine Oberschenkel noch breiter, als sie in Wirklichkeit waren. Ich stellte mir vor, wie sie sich zwischen meine Beine pressen würden. Mein Blick wanderte höher zu seiner versteckten Männlichkeit. Der Stoff der Jeans spannte sich dort ziemlich.

Ich erschrak, als ich Larrys Blick bemerkte, denn meine Augen hatten seinen Körper ziemlich ungeniert abgetastet. Im meinem Herz polterte es los und ich schaute schnellstens auf meinen Karoblock. Hatte er gesehen, wie ich seine Jeans taxiert hatte? Aber ich konnte doch unmöglich die einzige Frau sein, die das tat. Olivia hatte ihn bestimmt schon voll im Visier. Ich versuchte, einen Blick von ihr zu erhaschen. Zu meiner Verwunderung war sie an die sprechenden Teilnehmer gewandt. Ich gab mir einen Ruck und zwang mich, nicht mehr an Larry zu denken, sondern den anderen Leuten zuzuhören. Ich verstand mich nicht, normalerweise war ich eine vorbildliche Seminarteilnehmerin: immer dabei, immer am Unterrichtsstoff interessiert. Doch der gut aussehende Larry lenkte mich einfach zu sehr ab. Erneut blickte ich zu ihm hin und er zu mir zurück, wobei er fragte: »Und wie ist Ihr Name?«

Völlig überrumpelt, dass er mich vor allen so offiziell angesprochen hatte, stotterte ich: »Ich, äh … Chalet Finnes.«

»Aha, dann erzählen Sie doch mal, Chalet, wir Ihr bisheriger Lebensweg aussieht.«

Spontan fiel mir ein, dass ich noch unverheiratet und Single war, und das schon ziemlich lange. Ich wünschte mir Kinder und einen liebevollen Ehemann. Wenn er so gut aussehen würde, wie Larry, wäre das wunderbar.

»Tja, also ich wurde in Minnesota geboren.«

»Ich denke, es ist nur der Berufsweg von Belang«, fuhr Olivia leise dazwischen.

»Ja klar, natürlich.«

»Nein, nein, Olivia, lassen Sie nur, jeder erzählt, was er gerne möchte. Fahren Sie fort, Chalet«, kam Larry mir zu Hilfe, der anscheinend gute Ohren hatte.

»Also gut. Ich äh … arbeite in der gleichen Firma wie Olivia Tann. Sie ist meine Vorgesetzte. Meine Hauptaufgaben bestehen aus …«

Es war eine Qual. Ich kam mir unlocker und wie blockiert vor. Außerdem wirkten meine Sätze ziellos und holperig. Als die nächste Dame dran war, lehnte ich mich erleichtert zurück. Ein Freund von Vorstellungszeremonien war ich noch nie gewesen.

Larry hakte bei der einen oder anderen Person nach und hielt die Gespräche am Leben. So vergingen allein zwei Stunden nur mit dem Vorstellen. Schließlich erzählte Larry von sich noch einiges, wobei er nicht ausließ, auch in Minnesota geboren worden zu sein. Er blickte dabei kurz in meine Richtung und rang mir ein Schmunzeln ab.

Als die Sonne am Nachmittag schon recht tief stand, schien sie in die Hütte und blendete mich. Ich versuchte, ihr auszuweichen, doch vergebens. Umsichtig stand Larry auf und zog eine Gardine zu.

»Vielen Dank«, sagte ich und traute meinen Ohren kaum, als er entgegnete: »Am liebsten hätte ich die Gardine offen gelassen. So kommen Ihre grünen Augen wunderbar zur Geltung.«

Eine leichte Röte überzog mein Gesicht, als ich sein ehrliches Lächeln vorsichtig erwiderte.

Einige Seminarteilnehmer gluckstcn, andere guckten mir in die Augen. Ich wusste plötzlich nicht, wie ich auf die anderen reagieren sollte, von daher schwieg ich und fragte mich im gleichen Atemzug, ob Larry das bei jeder Frau machte. War er der geborene Charmeur?

***

Um halb sechs hatten wir den ersten Tag überstanden. Mir war schwindelig und ich war froh, auf mein Zimmer gehen zu können. Seite an Seite gingen Olivia und ich zu unseren Hütten.

»Na, wie findest du ihn?«, fragte Olivia fast ein bisschen aufgeregt, wobei ich immer dachte, dass niemand diese Frau aus der Fassung bringen konnte.

»Tja, soweit ganz nett.«

»Soweit ganz nett?« Olivia blieb stehen und betrachtete mich ungläubig.

Ich suchte nach Worten: »Er ist schon ein klasse Typ. Würde gut zu dir passen.«

Olivia ging weiter und lächelte vergnügt. »Ja, vielleicht.«

Schließlich kamen wir zu unseren Unterkünften, wo wir uns fürs Abendessen verabredeten.

Als ich meine Hütte betrat, schloss ich ab und ließ mich sofort aufs Bett fallen. Ich seufzte und sah im Geiste Larry vor mir, wie er breitbeinig auf dem Schreibtisch saß und den Kopf schief gelegt hielt. Ich stellte mir vor, wenn er mich so betrachten würde, während ich mich für ihn auszog. Er würde dann auf mich zukommen und seine großen, feingliedrigen Hände auf meinen heißen Körper legen. Ich hätte das Gefühl, an dieser Stelle von ihm gelöscht zu werden und er hätte das Gefühl, sich dort die Handfläche zu verbrennen. Ich rekelte mich auf dem Bett und berührte mich mit beiden Händen, stellte mir seine vor. Schließlich glitt eine Hand zwischen meine Beine und kundig massierten die Finger meine Klitoris. Ich stöhnte auf und wand mich. Meine Hand rotierte immer schneller, bis ich in den Orgasmus fiel, Larrys Gesicht bildlich vor Augen.

***

»Chalet? Chalet!« Es klopfte laut an meiner Tür.

Ich schlug die Augen auf. Sofort kam mir in den Sinn, dass ich beinahe das Abendessen verschlafen hätte. In voller Montur lag ich noch so auf dem Bett, wie ich mich nach den ersten Stunden des Seminars darauf fallengelassen hatte.

»Ich bin gleich soweit«, rief ich Olivia zu und warf einen Blick auf den Wecker. Der Schock saß tief: Es war acht Uhr! Ich hatte das Abendessen verpasst, denn um sieben sollte gegessen werden.

»Oh, nein, tut mir leid, dass ich zu spät bin!«, rief ich entsetzt.

»Zu spät bist du noch nicht, das Frühstück beginnt erst um viertel nach acht und unser Seminar um neun. Aber ich habe dich gestern Abend beim Essen vermisst. War alles okay mit dir?«

Noch ein Schock! Ich hatte die ganze Nacht so angekleidet auf meinem Bett gelegen und hatte die Chance verpasst, Larry beim Abendessen zu treffen. Das hatte dann mit Sicherheit Olivia schon getan.

»Ja, mir geht es gut. Also, mir geht es heute Morgen wieder gut. Gestern Abend war ich sehr erschöpft und müde, hatte auch gar keinen richtigen Hunger.« Mein Bauch knurrte laut, um mich meiner Worte Lüge zu strafen.

»Na, da bin ich ja beruhigt. Soll ich auf dich warten oder dauert es noch bei dir?«

»Du brauchst nicht warten, danke dir, ich muss noch unter die Dusche. Ich bin wirklich spät dran und vor allem bin ich froh, dass du geklopft hast.« Ich ärgerte mich im Stillen, wollte ich Olivia doch nicht das Gefühl geben, die Heldin der Situation zu sein. Für meinen Firmenruf wäre das auch nicht sehr gut.

Doch sie war nett und locker. »Ja, klar, kein Problem. Du hast ja noch ein bisschen Zeit. Und wenn du etwas später zum Frühstück kommst, ist das auch kein Beinbruch. Also bis nachher.«

»Bis nachher«, sagte ich wie in Trance.

Selbst als ich unter der Dusche stand, konnte ich nicht begreifen, warum Olivia so nett zu mir war. In der Firma hat sie mir zwar auch nie etwas getan, doch es war schon ein Unterschied zu dem Aufenthalt hier. In der Firma ließ Olivia gerne heraushängen, dass sie die rechte Hand des Chefs war. Wobei mir einfiel, dass sie sich das vielleicht auch schuldig war, um ihr Image zu bewahren. Auf jeden Fall musste ich auf der Hut sein, mir keine Fauxpas zu leisten, die hier zwar nicht so schlimm sein würden, mir aber dafür in der Firma ewig nachgetragen werden könnten.

Die Dusche tat gut. Leider war sie ziemlich weit weg von meiner Unterkunft, doch ich sah auch das Schöne darin, denn mein Weg führte mich am Flusslauf entlang. Die Morgensonne glitzerte auf dem Wasser und das Plätschern zauberte ein Lächeln auf meine Lippen.

»Na, woran haben Sie gerade gedacht, Chalet?«

Seine Stimme ließ mich abrupt stoppen und rot werden. Larry kam mir entgegen.

»Oh, guten Morgen, ich habe Sie gar nicht erwartet.«

»Das habe ich bemerkt.«

»Ich habe an nichts Besonderes gedacht, ich erfreute mich nur an dem Lichterspiel im Wasser.«

Er lächelte: »Ja, das kann ich mir vorstellen. Es ist wunderschön.« Dabei blickte er mir auf das weiße Top. Meine langen Haare hatte ich in dem Duschvorraum einmal kurz übergerubbelt, doch da ich so in Zeitdruck war, schenkte ich ihnen nicht länger meine Aufmerksamkeit. Nun tropfte das Wasser aus den Haarspitzen und machten mein Top durchsichtig. Kein Wunder, dass Larry seinen Blick nicht abwenden konnte. Das Wissen darum beschleunigte meine Atmung, und somit bot ich ihm wohl ein noch verführerisches Bild.

»Ich muss sagen, jeden Morgen, wenn ich an diesem Bach vorbeigehe, denke ich ähnlich darüber«, sagte Larry locker.

»Was denken Sie?«

»Wie herrlich sich das Licht auf dem Wasser bricht.«

»Sie sagten: jeden Morgen?«

»Ja, meine Hütte ist die letzte in dieser Flucht. Ganz dahinten, sehen Sie?« Er deutete auf den Beginn eines Bergmassives, wo eine Hütte stand, die doppelt, ja fast dreifach so groß war, wie die der anderen. Sie lag im hohen, dichten Gras in der Sonne.

»Wow, nicht schlecht.«

Ich bemerkte seinen erneuten Blick auf meine Brüste. Sofort versuchte ich, ihn abzulenken, denn ich hatte das Gefühl, dass sich unter seiner hellen Stoffhose etwas abzeichnete. »Leiten Sie oft Telefonseminare?«

»Nein, das ist eher selten. Ich beschäftige mich viel mit der Natur. Vögel, Bäume, Blumen, Gewächse, gebe ab und an Ölmalereikurse. Aber es kommt auch viermal im Jahr vor, dass ich einen »Creative Writing« – Kurs anbiete, der über drei Wochen geht.«

»Donnerwetter, das ist sehr umfangreich.«

Er kam einen Schritt näher.

Mein Herz klopfte laut und ich suchte nach einem weiteren Thema. »Und ... wohnen Sie denn immer hier?«

»Meistens ja, es sei denn, ich habe Urlaub. Dann fahre ich zu meiner Familie. Also eigentlich kann ich sagen, dass ich direkt am Berg neben dem Flusslauf wohne.«

Ich war für einen kurzen Moment abgelenkt von der peinlichen Situation, praktisch nackt vor ihm zu stehen und zu bemerken, dass es ihn auch noch anmachte. Ich dachte tatsächlich darüber nach, wie jemand seine Erfüllung finden konnte, hier ganz allein zu leben. Wobei Larry alles hatte, was er sich wünschen konnte: ein großes, schönes Haus, Natur, fast jeden Tag Menschen um sich herum. Er war dadurch gar nicht allein, geschweige denn einsam – konnte es aber sein, wenn er wollte.

»Das ist klasse«, nickte ich.

Er blickte auf die Uhr. »Seien Sie mir nicht böse, Chalet, aber ich muss noch etwas für die heutigen Stunden vorbereiten und vorher noch einen Happen Frühstücken.«

»Ja, klar, kein Problem. Ich muss mir auch schnellstens etwas Richtiges anziehen und wollte ebenfalls ungern mein Frühstück verpassen.«

»Bleiben Sie doch so«, schlug er vor und blickte auf meinen knappen weißen Minirock.

Ich wurde rot. »Nein, nein. Das ist wohl etwas zu freizügig.«

»Ich find's klasse. Besser, als Ihre graue Hose mit der grauen Strickjacke, die sie gestern getragen haben.« Er zwinkerte mir zu und ging los.

Mit offenem Mund blickte ich ihm hinterher. Ich war mehr als erstaunt, dass er wusste, was ich gestern getragen hatte. Das waren sonst nicht die Stärken der Männer und schon gar nicht, bei einer Frau wie mir. Wenn er sich das Outfit Olivias gemerkt hätte, okay, aber bei mir …

***

Als ich in den Frühstückssaal kam, waren die meisten schon weg, so auch Larry. Es war zwanzig vor neun und ein Wunder, dass überhaupt noch Leute da waren. Olivia saß am halb geöffneten Fenster und blickte hinaus, während sie versonnen ihren Kaffee trank. Sie hatte sich in ein sonnengelbes, hautenges Sommerkleid gewagt. Ihre Figur kam wunderbar zur Geltung. Da die Träger auf dem äußeren Rand der Schultern ruhten, konnte sie keinen BH darunter tragen. Ihre festen Brüste pressten sich gegen den weichen Stoff und man musste sich zwingen, nicht ständig hinzuschauen. Larry würde seine helle Freude daran haben, dachte ich ein wenig neidisch.

»Hallo, Olivia, da bin ich. Kann ich mich setzten?«

»Hi, Chalet, aber natürlich.« Olivia guckte mich von oben bis unten an, verzog nachdenklich die Stirn.

»Was ist denn?«, fragte ich unsicher.

»Ich weiß nicht, aber findest du deine schwarze Jeans mit dem schwarzen Schlabber-T-Shirt gut für so einen sonnigen Tag? Und dann noch das schwere Sakko darüber! Du wirst dich totschwitzen.«

Ich schnitt mir ein Brötchen auf. »Ja, ich weiß, ist wohl ein wenig unpassend, aber ich habe nichts anderes mit, außer einem grauen T-Shirt und einem beigefarbenen. Beide passen zum Sakko.«

»Hast du keinen Rock oder ein Kleid?«

»Einen wirklich sehr knappen weißen Mini und ein passendes Top dazu. Aber beides kann ich unmöglich zu einem Seminar anziehen.«

»Warum nicht? Du siehst doch, wie locker die Leute hier herumlaufen. Wenn du wenigstens ein Top hättest, anstatt dieses T-Shirts!«

Ich biss in mein Marmeladenbrötchen und dachte darüber nach, wie absurd es war, dass ausgerechnet meine Vorgesetzte mir zu einer knapperen Auswahl an Klamotten riet.

»Wie gesagt, ich habe nichts anderes dabei, und hier gibt es bestimmt keinen Ort, wo man etwas Neues kaufen könnte.«

»Doch, gibt es. Vielleicht könnten wir dort in der Mittagspause mit dem Bus hinfahren.«

»Also, ich weiß nicht. Nur wegen ein paar neuen Anziehsachen?«

»Chalet, was bist du denn so engstirnig. Natürlich ist das ein wichtiger Grund! Du bekommst deine Beraterin sogar umsonst mit dazu.«

Ich schmierte mir die zweite Brötchenhälfte und dachte darüber nach. Olivia war meine Vorgesetzte. Sollte Mr Blooming mal nicht mehr sein, würde sie meine Chefin werden. Sollte ich also mit meiner Chefin Klamotten kaufen gehen?

»Chalet, was ist es, was dich stört? Bin ich es als Vorgesetzte oder ist es, weil du an deinen Sachen hängst?«

»Tja, ich denke, eher Ersteres.«

»Gut, dann schlag es dir ganz schnell aus dem Kopf, dass

ich hier irgendetwas bestimmen möchte oder später schlecht in der Firma über dich rede. Es ist richtig, dass wir hier an einem Seminar teilnehmen, aber wichtig ist auch, dass wir uns wohl fühlen. Nicht umsonst habe ich dir gesagt, dass es einen gewissen Urlaubs-Charakter hat. Nur so kann man das alles in sich aufnehmen. Wer unter Druck und Zwang steht, kann nicht so gut lernen. Bitte, Chalet, ich möchte hier nicht deine Vorgesetzte sein, sondern eher deine Freundin. Lass uns Freundinnen sein, okay?«

Fassungslos, diese Meinung aus Olivias Mund zu hören, starrte ich sie an. Schließlich nickte ich.

Sie lächelte und umarmte mich. Etwas steif erwiderte ich die freundschaftliche Geste.

»Hoppla, es ist schon neun Uhr. Wir müssen gehen. Hast du genug frühstücken können, Chalet?«

»Ja, sogar viel zu viel. Moment«, ich nahm noch einen Schluck Kaffee, »nun bin ich bereit.«

***

Als wir den Seminarraum betraten, waren alle anwesend und die hinteren Plätze besetzt. Larry nickte uns freundlich zu. Schnell suchten Olivia und ich uns einen Platz in den vorderen Reihen.

»So, meine Damen, meine Herren. Dann kann's ja losgehen. Was wir hier in den nächsten drei Tagen machen werden, ist wie gesagt, ein Telefonseminar. Das Seminar soll helfen, wie man sich am höflichsten, am klügsten und taktisch sinnvollsten am Telefon meldet, um ein Produkt an den Kunden zu bringen. Als erste Lektion ist wichtig, wie man sich meldet. Wenn derjenige seinen Firmennamen nennt und seinen eigenen Namen, so ist es wichtig, immer erst den anderen zu begrüßen. Olivia, wenn ich mit Ihnen mal dieses Beispiel durchführen darf.«

»Na, klar.«

»Es meldet sich also zum Beispiel die Trevor-West Company, es ist Julia Burbanks am Telefon. Darauf hin sagt Olivia: Guten Tag, Mrs Burbanks, mein Name ist Olivia Tann, ich hätte gerne die Geschäftsleitung gesprochen. Wenn Sie Glück haben, werden Sie durchgestellt zum Geschäftsführer, wenn nicht, hakt Julia Burbanks noch mal nach, was der Grund Ihres Anrufes sei. Geben Sie ganz einfach Auskunft, dass sie gern einen Termin vereinbaren wollen. Einen Termin, um ihr Produkt vorzustellen.«

Chalet war gebannt und hörte Larry aufmerksam zu. Er hatte eine lockere, nette Art, die Information zu vermitteln. Der Unterricht verlief schnell und zügig. Es gab nicht mal ein bisschen Zeit für Chalet, um über Larry nachzudenken oder sich Gedanken über ihren Einkauf zu machen, der in der Mittagspause auf sie zukam. Im Handumdrehen war es ein Uhr und das Mittagessen wartete. Es hatten sich die ersten Leute gefunden, die miteinander redeten und gern zusammensaßen. Chalet machte sich noch die letzten Notizen und verließ mit Olivia den Schulungsraum.

»Das war wirklich sehr interessant, nicht wahr?«, fragte Olivia.

»Ja, auf jeden Fall. Und Larry hat eine tolle Art, einem den Stoff zu vermitteln.«

Automatisch waren die beiden Frauen den anderen Kursteilnehmern gefolgt und standen im Speisesaal. Chalet drehte sich zu Olivia um. »Wollten wir denn überhaupt essen?«

»Na, klar, ich habe Hunger. Wir fahren danach los. Gestärkt kann man auch viel besser etwas Schönes aussuchen.«

Die beiden Frauen setzten sich an einen Tisch, wo bereits ein Paar aus ihrem Kurs saß. Kaum hatte Chalet sich eine dampfende Portion Truthahn-Pourlade, Kartoffeln und Mais auf ihren Teller gehäuft, kam Larry an und fragte, ob er sich mit an den Tisch setzen dürfte. Olivia war sofort dafür und schenkte ihm ein umwerfendes Lächeln. Es versetzte Chalet einen Stich. Aber sie musste lernen, sich damit abzufinden, dass alle Männer nun einmal auf Olivia abfuhren. In ihrem Kleid sah sie auch atemberaubend aus.

Das Thema war hauptsächlich das des Unterrichtes. Das Paar am Tisch war redselig und neugierig. Larry hatte wenig Zeit, sich um Olivia und mich zu kümmern.

Als Olivia mit den Worten »Dann wollen wir mal sehen, ob wir noch einen Bus bekommen« aufstand, wurde Larry allerdings hellhörig. »Einen Bus? Wohin wollen Sie denn fahren? Und vor allem: wann?«

»Soll ich Ihre Fragen der Reihe nach beantworten oder kann ich auch mixen?«

Larry lächelte und legte den Kopf schief.

Olivia lächelte ebenfalls, nur verschmitzter. »Wohin wir fahren wollen? In die nächste Stadt. Wann wir fahren wollen? Jetzt.«

»Ladies, Sie wissen, dass Sie dazu nicht mehr viel Zeit haben«, antwortete Larry mit einem Blick auf die Uhr.

»Ja, das wissen wir. Aber wir wollen es trotzdem machen, denn bis halb vier sind es noch zwei Stunden, länger wird es nicht dauern.«

»Die Busse fahren hier sehr unregelmäßig. Soll ich Sie hinbringen?«

»Nein, vielen Dank«, meldete ich mich das erste Mal zu Wort. So weit käme es noch, wenn dieser von mir Auserkorene mir beim Aussuchen hübscherer Anziehsachen behilflich ist.

»Aber, Chalet, wieso denn nicht? Ich finde das Angebot ganz reizend.«

Reizend? Ich rümpfte die Nase. Das war ganz und gar unmöglich!

»Wir können das auf keinen Fall annehmen. Vielen Dank für Ihren Vorschlag, Larry«, bedankte ich mich.

»Sicher können Sie das annehmen. Auf diesen Bus hier ist kein Verlass und ich möchte ungern, dass sie zu spät in meinen Unterricht kommen, um nicht zu sagen: wieder zu spät kommen.«

»Also, ich weiß nicht ...«

»Kommen Sie, Ladys, das ist gar kein Problem für mich. Außerdem bin ich dann auch nicht so allein in meiner langen Mittagspause.«

Olivia stupste Chalet an.

»Na schön, von mir aus. Aber ich habe Sie gewarnt, Sie wissen ja nicht, was wir dort vorhaben.«

Larry lachte und zeigte seine hübschen Zähne: »Na, solange Sie dort nicht die Bank ausrauben wollen, ist es mir egal.«

***

Elegant parkte Larry den Cherokee in einer kleinen Parklücke ein.

»Voilá, Ladys. Hier findet ihr einen der besten Klamottenläden der Stadt.«

»Ich hoffe, das haben Sie nicht auf den Preis bezogen«, entgegnete ich unsicher.

Larry lachte und schüttelte den Kopf. »Viel Spaß beim Schoppen, Ladys.«

Wir betraten den klimatisierten Laden, der schon auf den ersten Blick viele schöne Klamotten bot. Olivia war in ihrem Element. Sofort lief sie auf einen Kleiderständer zu und zog diverse Tops, Kostüme, Röcke und Schlaghosen hervor.

»Chalet, wie findest du das, oder das hier? Nein, dieses würde dir ausgezeichnet stehen.«

Mit einem Klamottenberg über dem Arm suchte ich die nächste Umkleidekabine auf. Ich drehte mich nach einer Weile vor dem Spiegel und musste mir eingestehen, dass Olivia erstens einen hervorragenden Geschmack besaß, und zweitens, dass mir Kleidungsstücke standen, von denen ich es nie erwartet hätte. Ich trug ein enges rotes Top mit Spagettiträgern, dazu eine passende enge Hose, die unten etwas ausgestellt war. Darüber, im gleichen Farbton ein kurzes Pepita-Jäckchen. Ich nahm meine Sonnenbrille aus dem Haar und setzte sie auf. Stolz lächelte ich mein Spiegelbild an.

»Chalet, Liebes, versuch das mal.« Olivia reichte mir den nächsten Schwung.

Ein weißer, langer Rock mit hell- und dunkelblauen Streublümchen fiel mir sofort ins Auge, dazu ein tief ausgeschnittenes Top in hellblau. Mich störte bei den Anproben mein BH und so zog ihn aus. Olivia hatte mir sogar zwei String-Tangas zwischen die Klamotten gelegt. Ich probierte einen an und betrachtete mich einige Zeit nur mit dem Tanga bekleidet, im Spiegel. Erst nach einer Weile stellte ich fest, dass es einen Beobachter gab. Sofort riss ich die Hände über meine Brüste.

»Sehr hübsch!« Larry kam in die Kabine.

»Was machen Sie denn hier? Verschwinden Sie!«

»Pst, nicht so laut, Chalet. Ich werde mir doch wohl mal Ihren Körper ein bisschen anschauen dürfen.«

»Nein, mit welchem Recht?«

Er lachte leise, legte einfach seine Hände auf meine Handgelenke und zog sie langsam zur Seite. Ich konnte nicht sagen, was in meinem Kopf vorging, dass ich es geschehen ließ. Ich beobachtete ihn ganz genau, wie er meinen Körper betrachtete. Schließlich beugte er sich zu meinen Brüsten und umkreiste die Spitzen mit der Zunge. Ein Blitz schoss auf meinen Unterleib zu und die Brustwarzen reckten sich ihm sofort dankbar entgegen. Als Larry anfing, sanft an ihnen herumzuknabbern und dann zu saugen, dachte ich, ich verliere den Verstand. Mein Atem ging stoßweise und meine Stimme überschlug sich, als ich Olivia antwortete, nachdem sie mich fragte, wie mir die Sachen stünden und ob sie hereinschauen dürfte. »Nein, nein, noch nicht! Ich möchte erst, dass du es siehst, wenn ich sie richtig angezogen habe. Die Strings und die rote sowie die blaue Kombination mit dem Rock sind schon mal super.«

»Schön, wie ist es mit dem grünen Hosenanzug und dem Minizweiteiler?«

»Hatte ich noch nicht an. Mach ich aber gleich. Ich sage dir Bescheid.«

»Okay.«

Mein Herz klopfte wild. Larry hatte einmal kurz hochgesehen, hatte sich aber von meinem Gespräch nicht beeindrucken lassen. Stattdessen hatte er sich einfach die zweite Brustwarze vorgenommen und bearbeitete sie mit der gleichen stoischen Ruhe und Genauigkeit.

»Larry, bitte ...«, keuchte ich.

Doch er reagierte nicht auf mich, sondern machte einfach weiter. Ich schloss die Augen. Langsam glitten seine Hände an meinem Rücken hinunter auf meinen Po zu. Als seine Hände auf den Pobacken lagen, drückte er sanft zu und knetete sie, dabei zog er sie ein bisschen auseinander und drückte sie im Wechsel wieder zusammen. Das verursachte eine intensive Reibung an dem Bändchen meines Stings und ließ mich noch mehr erschauern.

»Larry, bitte, nicht hier.«

Sofort wurde er hellhörig. »Baby, das wirst du nie vergessen, wenn ich hier deine Schenkel öffne und in dich eindringe.«

»Nein, um Gottes Willen, das können wir nicht tun. Das will ich auch gar nicht. Olivia wartet draußen, ich muss wenigstens ein paar Sachen anziehen und sie ihr zeigen.«

»Na schön.«

Mit dem schnellen Einverständnis hatte ich nicht gerechnet. Rasch zog ich mir eine dunkelgrüne Korsage an, bei der Larry mir mit dem Schnüren behilflich war. Meine Brüste wurden dabei sehr hervorgedrückt und ich hatte das Gefühl, es mache eine Körbchengröße mehr aus. Dazu gab es einen langen grünen Rock, der eng in der Taille war und elegant auslief.

Anerkennend nickte Larry mir zu. Er befühlte den Stoff, glitt mit den Händen über die Korsage, erforschte jeden Zentimeter.

»Nicht, ich muss jetzt Olivia Bescheid sagen.«

»Warte! Du glaubst gar nicht, was für ein umwerfendes Gefühl es ist, über diesen Stoff zu fahren und deine Haut darunter zu wissen.«

Für einen kurzen Moment schloss ich noch mal die Augen und genoss das Gefühl des Gestreicheltwerdens auf der Korsage.

»Chalet! Hast du jetzt mal etwas an?«, fragte Olivia durch den dünnen Kabinenvorhang.

»Ja, den grünen Zweiteiler mit der Korsage. Es hat wegen des Oberteils ein bisschen länger gedauert, bis ich das geschnürt bekam.« Ich drückte mich an Larry vorbei und schob mich durch einen Spalt des Vorhanges.

»Dreh dich mal.« Bewundernd schaute Olivia mir zu. »Du siehst super aus. Wie steht es mit den anderen Sachen?«

»Das Rote steht mir auch recht gut. Soll ich es dir noch mal zeigen?«

»Ja, unbedingt. Wenn du das hellblaue Top mit dem Rock anziehst, lass bitte auch den BH weg, okay? Es sieht einfach viel schöner aus.«

Ich nickte und verschwand wieder in der Umkleidekabine, wo Larry mich sofort empfing. Er berührte mich ständig, sodass ich mich kaum in Ruhe umziehen konnte.

»Larry, bitte, geh hinaus. Ich kann das so nicht«, flüsterte ich.

»Lenke ich dich zu doll ab, Kleines?«

»Ja, das auch, aber es ist einfach viel zu eng für zwei.«

»Was meinst du, was Olivia für Augen machen wird, wenn ich jetzt so mir nichts, dir nichts aus der Umkleidekabine spaziere? Willst du das?«

»Nein, aber ich kann mich so nicht umziehen.«

»Gut, ich werde versuchen, dich nicht weiter zu belästigen.«

Als ich meine Sachen ausgezogen hatte, presste Larry das Gesicht zwischen meine Brüste, eine Hand fuhr auf meinen String zu und streichelte über den dünnen Stoff. Ich nahm jede Berührung doppelt intensiv wahr, als hätte ich nichts an. Leise seufzte ich, als er anfing, sanft auf meiner Klitoris zu kreisen. Ich drückte meinen Körper an ihn, wollte mehr, wollte ihn tiefer spüren, wollte in seine Arme sinken.

»Chalet?«

So langsam ging sie mir auf den Geist. »Kleinen Moment.«

Larry half mir in Windeseile, die roten Sachen wieder anzuziehen. Auch diesmal erntete ich bewundernde Blicke und Ausrufe Olivias. »Mein Gott, wie toll du aussehen kannst! Hier probier diesen Minirock.«

»Pink?«

»Na, mach schon, das ist der letzte Schrei!«

»Also, ich weiß nicht.«

»Du kannst es mit einem weißen Top und weißen Turnschuhen kombinieren. Das sieht toll aus!«

»Na schön.« Ich drehte mich um und tauschte die Sachen. Diesmal war Larry anständig, hatte sich auf den Hocker gesetzt, der inzwischen für den Klamottenberg zu klein geworden war. Ich kam aus der Kabine und Olivia klatschte in die Hände wie ein kleines Kind, das eine Tüte Süßigkeiten geschenkt bekommen hatte. »Super, das kannst du gleich anlassen. Und weißt du warum? Weil ich hier ein paar Turnschuhe in weiß in deiner Größe habe.«

»Mein Konto wird weinen.«

»Aber nur vor Glück, dass seine Inhaberin endlich mal ein paar schöne und anständige Dinge davon kauft. Soll ich dir helfen?«

»Nein, nein, vielen Dank, das geht schon«, sagte ich schnell, da Olivia auf meine Kabine zusteuerte. Mit einem Lächeln auf den Lippen schob ich mich an ihr vorbei. Larry saß wie ein braver Junge noch immer auf dem Hocker. Als ich mich jedoch bückte, um die restlichen Sachen aufzuheben, ging er auf die Knie und biss mir sanft in meinen Po, während seine Hände meine Oberschenkel umfassten und langsam nach vorn auf mein Stringdreieck zuwanderten.

»Larry!«, stieß ich leise und schwer atmend hervor.

»Oh, Baby, du bist gerade so unglaublich verführerisch!«

***

Als ich aus dem Laden in die Sonne trat, machte ich meiner Unvernunft Luft. »Olivia, kannst du dir vorstellen, dass ich für ein bisschen Stoff gerade siebenhundert Dollar und achtzig Cent auf den Tisch gelegt habe?«

»Schätzchen, was erwartest du? Drei volle Tüten mit den schönsten Dingen, die man sich vorstellen kann. Das ist doch wunderbar. Bei solch traumhaften Sachen muss es einem die Investition wert sein. Und bedenke: Es war dringen nötig bei dir!«

Ich blickte an mir herunter und betrachtete meinen pinkfarbenen Rock und das dazu passende weiß-pink gestreifte Top. Die weißen Turnschuhe saßen wie angegossen. Der Rock zeigte viel von meinen Beinen, aber die konnten sich sehen lassen, ich brauchte mich ihretwegen nicht zu schämen. Allerdings machte mir die Kürze des Rockes wegen meines Strings darunter etwas Sorgen: ein Luftzug – und mein gesamtes Hinterteil wäre entblößt.

»Wo steckt Larry denn bloß? Sicher hat es ihm zu lange gedauert.« Olivia blickte sich suchend um.

Ich behielt den Eingang des Klamottengeschäftes im Auge. Cool trat Larry nach einer Weile heraus. »Hey, Ladys, da seid ihr ja. Ich dachte schon, ihr seid verschollen.«

»Sieh mal, Larry, was wir Tolles für Chalet gefunden haben.«

Ich wunderte mich einen kurzen Augenblick über das Du von Olivia, dachte aber nicht weiter darüber nach, da Larry sehr begeistert tat. »Wow, das ist ja wunderbar! Sie sind ja zu einem richtigen Sexy-Girl geworden, Chalet.«

Ich wurde rot und blickte verlegen zur Seite.

»Na kommt, Ladys, dann werde ich euch mal wieder zurückfahren.

***

»... deshalb ist es wichtig, dass wir unserem Gegenüber unser Zuhören signalisieren, dass wir Verständnis zeigen, dass wir Gemeinsamkeiten schaffen und dass wir ihm Anerkennung geben. Natürlich kann man nicht alles auf einmal in den paar Sekunden, höchstens Minuten, unmöglich schaffen. Aber es ist wichtig, so etwas im Hinterkopf zu behalten. Ihre Aufgabe wird nun sein, Beispiele dafür zu finden, was es bedeutet, Gemeinsamkeiten zu schaffen, Wertschätzungen zu geben, usw. Eben die Dialogbereitschaft zu erkunden. Ich werde die Oberbegriffe noch mal auf diese Plakatwand schreiben und

Sie machen sich Gedanken, was man in der Praxis dafür sagen könnte.«

Ich seufzte. Es war warm und ich hatte keine Lust, Beispiele zu finden. Auch Olivia war nicht ganz bei der Sache. Sie schaute aus dem Fenster und träumte wohl von der Sonne oder Larry.

»Na, meine Damen, wie sieht es aus, schon fertig?«

Ich hörte ein glucksendes Lachen aus der letzten Reihe. Ich hatte das Gefühl, dass Olivia und ich die reinsten Paradiesvögel hier im Kurs waren und mit Sicherheit sehr wenig Respekt der anderen Teilnehmer ernteten. Nun saß ich auch noch mit meinem pinkfarbenen Rock hier in der Stunde und es gab sicher eine ganze Menge über mich zu reden. Aber es war mir egal. Was mir nicht egal war, dass Larry sich zu mir hingezogen fühlte und Dinge mit mir tat, die mich in den siebten Himmel schweben ließen. Ich stellte mir vor, wie es wäre, wenn sein starker Körper sich auf meinen wälzte, wenn seine strammen Oberschenkel sich zwischen meine legten, mit dem Ziel, tief in mich einzudringen. Ein kleiner Laut entschlüpfte mir und sofort räusperte ich mich.

Larry blickte zu mir herüber. Ich konnte seinem Blick nicht ausweichen. Sonst tat ich es immer, wurde normalerweise puterrot. Doch heute wollte ich ihm Stand halten. Die Sonne kam langsam herum, so wie gestern, und blendete mich im Gesicht. Larry lächelte und betrachtete mich noch eine Weile. Dann stand er auf und zog die Gardine zu.

Mir fielen nur wenige Beispiele ein. Zu dem Punkt »Zuhören signalisieren« fiel es mir am Leichtesten. Bei »Gemeinsamkeiten schaffen« hatte ich auf dem Zettel: »Das sehe ich genauso, das finde ich auch, ich bin ganz ihrer Meinung«. Kaum hatte ich zu »Wertschätzung geben« etwas notiert, nämlich: »Ich weiß, dass Sie wenig Zeit haben und ich weiß, dass Sie viel zu tun haben«, sollten wir auch schon aufhören und laut vergleichen. Ich meldete mich wie in der Schule. Doch mein sturer Lehrer nahm mich nicht dran. Als ich es schon aufgeben wollte und die Hand sinken ließ, nannte er meinen Namen. Gerade jetzt war ich nicht mehr richtig bei der Sache, dachte an Larry und seine strammen Schenkel, seinen Mund, wie er meine Knospen umschlossen hatte und seine Hände, wie sie meinen Körper liebkosten.

»Äh, ›Wertschätzung geben‹, ja, Sekunde«, ich suchte auf meinem Zettel und las vor: »Ich weiß, dass Sie wenig Zeit haben und ich weiß, dass Sie viel zu fummeln haben.«

Es wurde still, in den hinteren Reihen wurde wieder gegluckst. Ich fand das sehr kindisch. Was war denn los? Olivia stieß mich von der Seite an und flüsterte: »Lies den letzten Satz noch mal korrigiert, bitte.«

»Wieso korrigiert?« Ich blickte auf meine Unterlagen und las: »Ich weiß, dass Sie viel zu f… äh, tun haben.« Die Röte schoss mir ins Gesicht. Erst jetzt hatte ich es verstanden und warf Larry einen schnellen Blick zu.

Dieser schien sich nichts daraus zu machen und lächelte souverän. »Sehr schön, das sind zwei zutreffende Beispiele. Mary, haben Sie noch andere Sätze zu dieser Kategorie?«

***

Ich kam kaum über diese Sätze hinweg und gestand es Olivia als wir vor unseren Hütten die restliche Abendsonne genossen. Diese klopfte mir verständnisvoll auf den Rücken. »Ach, Liebes, nun mach dir nicht so viel daraus. Es ist doch kein Weltuntergang.«

»Aber es war mir so unendlich peinlich.«

»Ich weiß. Und er weiß es auch. Du bist mit Sicherheit nicht die einzige, die von ihm träumt.«

Ich wurde verlegen und schwieg.

»Der Mann ist es gewohnt, dass ihm die Frauen hinterherlaufen. Kein Wunder, so wie er aussieht und seine nette, charmante, coole Art. Das lässt schon manch eine standhafte Frau dahinschmelzen.«

»Magst du ihn auch?«, wagte ich mich vor.

»Ich finde ihn toll, aber für den Typ würde ich jetzt nicht meine Hüllen fallen lassen. Etwas fehlt mir bei ihm.«

»Was denn?«

»Keine Ahnung. Ich denke, er würde mir auf die Dauer nicht reichen.«

Ein Schwarm Vögel flog über den Fluss und verschwand zwischen den Tannen der Bergwelt.

»Meinst du im Bett?«, hakte ich nach.

»Nein, auch sonst. Hier zu leben, so zurückgezogen … Ich denke, ich brauche die Großstadt, die Menschen, die Kinos, den Trubel. Ich könnte nicht Tag ein, Tag aus in so einer Hütte hocken. Da fehlt mir auch mein Komfort.«

»Verstehe.«

»Du magst ihn wohl sehr, was?«

»Nein, nein, ich finde ihn nur so ganz nett.«

»Aha.«

»Was meinst du mit Aha?«

»Dass du ihn mehr magst, als du zugeben willst.«

***

Diesmal war ich zum Abendessen pünktlich und ließ mich neben Olivia nieder. Es gab kalte Platten, Salat und Eis. Ich wartete gespannt auf Larry, doch er kam nicht. Als ich es nicht mehr aushalten konnte, fragte ich Olivia, ob er gestern Abend auch hier gewesen sei. Sie lächelte mich verschmitzt von der Seite an und fragte: »Vermisst du ihn?«

»Nein, ich fragte mich nur, ob er abends normalerweise

nicht hier ist.«

»Aha, verstehe. Doch, er war gestern hier.«

»Okay.«

»Er kommt bestimmt noch.«

»Das ist mir gar nicht wichtig, Olivia. Es war eine rein allgemein interessierte Frage.«

»Na, gut.«

Ich merkte, dass sie mir nicht glaubte, allerdings konnte ich nicht einschätzen, wie ehrlich sie mir gegenüber war. Hatte Olivia die Wahrheit gesagt, als sie meinte, bei Larry würde ihr noch etwas fehlen? Warum sollte eine so gut aussehende Frau bei so einem gut aussehenden Mann sich zurückziehen? Sie schien ihn auch zu mögen. Oder wollte sie mich nur testen? Ich war ratlos und wusste nicht, ob ich ihr trauen konnte. Im Grunde genommen wusste sie ja bereits, dass ich Larry sehr mochte, es wäre also nichts Neues für sie, sollte ich es irgendwann zugeben.

So vergeblich ich auch auf Larry wartete und so sehnlich ich ihn mir herbeiwünschte, er kam nicht. Ich versuchte gar nicht erst, mir Gedanken darüber zu machen, ob irgendetwas vorgefallen war oder ob es daran lag, dass ich im Kurs diesen furchtbaren freudschen Versprecher hatte. Vielleicht lag er aber auch gerade mit einer anderen im Bett. Diese Vorstellung ließ die Farbe aus meinem Gesicht entweichen. Schnell blickte ich mich im Speisesaal um, wer aus unserer Gruppe von den Frauen nicht anwesend war. Doch mein Verstand sagte mir, dass er es wohl kaum mit einer von diesen Frauen treiben würde, nicht freiwillig. Dann müsste ich mich schon sehr in ihm getäuscht haben. Es war auch nicht möglich, zu überprüfen, welche von den vielen Frauen es sein mochte, denn schließlich gab es noch mehr Kurse als den unseren.

***

Am nächsten Morgen war ich frisch und ausgeruht. Ich erinnerte mich an den schönen Abend, den ich mit Olivia verbracht hatte. Wir saßen vor unseren Hütten, hatten eine Flasche Prosecco geöffnet und erzählten aus unseren Vergangenheiten. Ich hatte das Gefühl, dass Olivia und ich immer mehr zusammenschweißten und ich traute ihr keine Hinterhältigkeiten zu. Doch ein Hauch von Skepsis blieb noch.

Beim Frühstück, ich war auch heute Morgen pünktlich wie nie, hatte ein älteres Ehepaar Olivia voll mit Beschlag belegt, da sie sich von Olivias Eltern her kannten. Ich goss gerade den Sirup über meine Waffel und dachte gerade darüber nach, dass ich Larry weder gestern Abend noch heute Morgen am Fluss getroffen hatte, als jemand fragte: »Darf ich?«

Ich schaute hoch und bekam einen roten Kopf: »Natürlich, gern.«

Vor mir stand Larry und setzte sich zu mir. »Danke. Guten Morgen, Ladys.«

Ich biss in meine Waffel und der Sirup lief an meinem Handballen entlang. Ich versuchte, das Desaster abzulecken, doch schon tropfte der Sirup an anderer Stelle. Mit rotem Kopf versuchte ich zu retten, was zu retten war.

»Das Zeug ist tückisch«, grinste Larry. »So sehr Sie sich auch bemühen, die Waffel richtig zu essen, der Sirup wird sich immer seine Lücken suchen. Selbst mit dem Besteck wird es zu einer großen Aufgabe.«

Ich nickte, denn sprechen konnte ich nicht, so voll war mein Mund. Ich brauchte nur noch zwei Happen, dann war die Waffel gegessen, zwei große allerdings. Noch während ich am Kauen war und versuchte, mich zu beeilen, spürte ich eine Hand auf meinem Schenkel. Larry nahm gelassen einen

Schluck Kaffee und biss von seinem Schinkenbrötchen ab. Seine Hand bewegte sich auf meine Scham zu. Ich wusste nicht, was ich tun sollte. So ließ ich ihn gewähren. Seine Hand zog den Rock hoch. Ich hatte heute den langen, weißen mit den Streublümchen an, darüber das hellblaue Top ohne BH. Als er den Rand meines Höschens erreichte und darunter glitt, stellten sich meine Brustwarzen auf und meine Atmung beschleunigte sich. Noch kämpfte ich mit der klebrigen Waffel und Larry nahm den letzten Biss seines Brötchens. Ich blickte zu Olivia, die von der ganzen Situation nichts mitzubekommen schien, so sehr war sie in das Gespräch mit dem Ehepaar vertieft.

Ich schluckte und ließ Larry gewähren. Er wurde forscher und glitt in meiner Spalte hin und her, wobei er die Klitoris streifte und dann wieder auf den Lippen rieb. Ich hatte meine Waffel geschafft und sagte: »Würden Sie mich wohl rauslassen, ich muss mir kurz die Hände waschen.«

»Aber sicher«, entgegnete er locker und ließ sofort von mir ab. Lässig stand er auf und ließ mich mit einer höflichen Geste durch.

Mit Herzklopfen erreichte ich das WC und wusch mir die Hände. Als ich in den Spiegel blickte, erkannte ich eine Frau, die mir mit geröteten Wangen und glasigen Augen entgegenschaute. Die Tür öffnete sich und ich wusch mir noch mal die Hände. Mir war es immer peinlich, wenn die anderen Frauen dachten, ich käme nur auf dieses stille Örtchen, um mich im Spiegel zu betrachten. Zwei große Hände landeten auf meinem Po. Ich erschrak und drehte mich sofort um. Mein erster Gedanke galt Olivia. Doch ich blickte entgeistert in das hübsche Gesicht Larrys.

»Larry, was machen Sie denn hier? Das ist eine Damentoilette!«

»Na, und.«

»Und was sollen die anderen denken, dass Sie mir gefolgt sind?«

»Niemand hat gesehen, wie ich dir folgte. Außerdem habe ich gesagt, dass ich mich auf die Stunde vorbereiten muss. So, wie jeden Tag. Oh, Baby, du machst mich ganz verrückt!«

Er griff mir zwischen die Beine.

»Larry, ich weiß nicht ...«

»Pst, komm, lass dich fallen, Süße.«

Mit Leichtigkeit hob er mich hoch und setzte mich auf den Waschtisch. Ich blickte ihn erwartungsvoll an. Schnell hatte er den Rock hochgeschoben und seine flinken Hände zogen mir den Slip aus.

»Larry, was hast du vor? Bitte nicht hier!«

»Doch, Baby, ich werde sonst verrückt, ich muss dich haben!«

Sein Kopf senkte sich zwischen meine Beine und seine Zunge drang zwischen meine Schamlippen und sofort in meine Spalte. Laut stöhnte ich auf, fasste automatisch auf seinen Kopf. Seine Zunge schlängelte sich geschickt zwischen meinen feuchten Lippen hin und her. Ich konnte mich nicht beherrschen, keine Laute von mir zu geben und tat es mit geschlossenen Augen. Dieser Mann war unglaublich gut und ich hatte so etwas Geiles schon ewig lange nicht mehr erfahren.

»Oh, Larry«, seufzte ich.

Er machte kundig weiter. Schließlich stieß er seine Zunge wieder tief in mein Loch, flitzte nur so zwischen meiner Lustperle und der Spalte hin und her, dass ich fürchtete, den Verstand zu verlieren. Ich spürte, wie er mich zum Höhepunkt brachte. Er schien es an meinem immer schneller werdenden Atmen zu bemerkten, denn er legte noch einen Zahn zu und schmatzte in meinem Geschlecht, dass ich überhaupt nicht mehr sagen konnte, wo er sich gerade mit der Zunge befand. Mit einem unterdrückten Aufschrei kam ich, klammerte mich am Rand des Waschtisches fest und hechelte meine Erlösung hinaus.

Larry tauchte vor mir auf, leckte sich schmunzelnd die Lippen. Ich war nur dankbar und froh, dass niemand unser Szenario gestört hatte. Doch zu früh gefreut, gerade, als Larry seine Hose herunterzog und ich fasziniert auf seinen stark erigierten Schwanz starrte, wurde die Tür geöffnet. Ich erschrak mich fast zu Tode, als ich das entsetzte Gesicht Olivias entdeckte.

Ihr Blick galt zwar erst mir, dann aber dem prächtigen Glied des Seminarleiters.

»Larry!«, stieß sie hervor.

»Süße, kannst du vielleicht später wiederkommen? Du störst gerade.«

»Das sehe ich.« Damit zog sie sich so schnell wie sie gekommen war wieder zurück.

Ich hielt die Hände vor mein Gesicht gepresst und brachte nur »Oh, mein Gott!« heraus.

»Ach, Kleines, so schlimm ist das nicht.«

»Du weißt nicht, was du da sagst. Olivia ist meine Vorgesetzte! Wahrscheinlich werde ich jetzt meinen Job verlieren, weil ich es mit dem Seminarleiter getrieben habe.«

»Hey, sag das nicht so abwertend. Es war doch schön, oder?«

»Ja, Larry, natürlich. Es war fantastisch! Aber ich habe Angst, dass ich einen Fehler gemacht habe.«

»Wenn, dann habe *ich* den Fehler gemacht, dich hier zu überfallen. Aber ich glaube nicht, dass du dadurch deinen Job verlierst. Das ist kein Grund. Zumal Olivia auch eine Frau ist, die mir recht freizügig vorkommt. Ich denke, sie wird Verständnis haben.«

Larry schloss seine Hose. Nach dem Entdecktwerden war es uns beiden nicht mehr möglich, dort fortzufahren, wo wir unterbrochen wurden. Zumal es zeitlich knapp wurde. Larry musste zum Unterricht – und ich auch.

***

Mit Unwohlsein schob ich mich in die Reihe neben Olivia. Sie schrieb etwas und blickte nicht hoch.

»Na, war's schön?«, fragte sie.

»Olivia«, flüsterte ich, »es tut mir leid. Ich weiß nicht, was ich sagen soll, es ist wohl unverzeihlich, aber ich möchte mich trotzdem dafür entschuldigen. Ich habe ...«

»Lass mal, Chalet, wir können später darüber reden. Im Augenblick ist mir der Unterricht wichtig.«

Ich seufzte und fühlte mich nicht gut, entsprechend schlecht konnte ich den Worten Larrys folgen. Olivia schien es zu spüren und tätschelte mir freundschaftlich den Arm, als sie sagte: »Jetzt lass mal nicht alles hängen, so schlimm fand ich das gar nicht. Ist doch ein toller Typ, und ich weiß, dass du ihn magst.«

Erstaunt blickte ich sie an, unfähig, zu deuten, wie sie den Satz gemeint hatte. Als sie einen Mundwinkel nach oben zog und mir zuzwinkerte, wusste ich, es war ihr Ernst. Ich hätte weinen können vor Erleichterung und wollte sie am liebsten umarmen. Doch Olivia legte nur einen Finger auf die Lippen und richtete ihre Aufmerksamkeit auf Larry.

Wir sprachen darüber, wie man Informationen vom Telefongegenüber erfragen konnte. Wir sollten Beispiele dazu nennen über Neuanschaffungen, bestehende Systeme, Einsatzbereiche und Finanzierungsform. Larry war locker wie eh und je. Ihm merkte man nicht an, dass er noch vor wenigen Minuten mit dem Kopf zwischen den Beinen einer Frau gesteckt hatte und es nicht viel gefehlt hätte, sich auch noch in sie hineinzuschieben.

***

Beim Mittagessen waren Olivia und ich schweigsam. Larry erschien nicht. Doch kaum hatten wir beide den Speisesaal verlassen, war das Toiletten-Thema das unsere. Ich entschuldigte mich noch einmal bei ihr, aber Olivia winkte nur ab.

»Chalet, Liebes, ich habe dir doch schon gesagt, dass es mich nicht weiter belastet, und auch keine Auswirkungen in der Firma für dich haben wird. Ich bin wahrscheinlich lockerer als du jemals damit umgehen würdest. Ich kenne Larry ein bisschen. Das ist nicht mein erstes Seminar bei ihm.«

»Nein?« Ich fiel aus allen Wolken.

»Nein.«

»Hast du denn auch schon mal mit ihm, ich meine ...«

Olivia lachte laut. »Nein, Chalet, das habe ich noch nicht. Werde ich auch nie. Wie gesagt: Er ist nicht mein Typ.«

»Hat er es denn damals mit anderen Frauen getan?«

»Ein Kind von Traurigkeit ist er nicht, aber geblieben ist noch keine. Würdest du bleiben wollen?«

»Was meinst du damit?«

»Na ja, ich denke, Larry sucht eine Frau. Doch bei den vielen Abenteuern, die er hat, ist nichts Beständiges dabei.«

»Vielleicht möchte Larry ja nur Frauen für zwischendurch.«

Olivia zuckte mit den Schultern. »Ich weiß es nicht genau. Wenn ich ihn mir so ansehe und ihm zuhöre, dann schließe ich etwas Tieferes aus seinen Worten.«

»Ich kann es mir nicht vorstellen.«

»Vielleicht ist das sein Problem, dass keine Frau, mit der er es hier getrieben hat, sich vorstellen kann, dass er es ernst meint.«

Ich dachte einen Augenblick über Olivias Worte nach. Wo sollte Larry auch Frauen kennenlernen, wenn nicht hier.

»Was denkst du, Chalet? Bist du mit ihm die Sache da heute

eingegangen, weil du das Abenteuer gesucht hast? Ich schätze dich nicht so ein.«

»Eigentlich hast du recht. Ich habe nicht jede Woche einen neuen Liebhaber. Larry fasziniert mich. Und ich muss gestehen, dass ich mir noch keine weiteren Gedanken gemacht habe, ob unsere Geschichte ein Happyend haben könnte. Vielleicht ist aber auch das Problem, dass ich von ihm hin und weg bin und er mich so überrumpelt hat, dass ich bisher keine Zeit fand, mir große Gedanken zu machen. Ich vermute allerdings ganz stark, dass ich eine von vielen bin. ›Das wirst du nie vergessen‹, hat er zu mir gesagt. Das werde ich auch nicht. Aber ich glaube, ich würde alles zerstören, wenn ich ihm sage, dass ich ihn liebe.«

»Liebst du ihn denn?«

»Ich weiß nicht. Dafür ist es noch zu früh. Ich kenne ihn erst seit zwei Tagen.«

Olivia lächelte. Ich hatte das Gefühl, dass sie mehr wusste, als sie sagte. Oder ahnte sie etwas? Ich war im Moment mit der Situation fast ein bisschen überfordert. Deshalb war ich froh, dass der Unterricht weiterging.

Doch ich hatte das erste Mal ernste Schwierigkeiten, dem Stoff zu folgen, da ich die ganze Zeit darüber nachdachte, ob Larry mir gegenüber ernste Gefühle empfand. Ich kam zum Schluss, dass es ihm wahrscheinlich genauso ging, wie mir: die Zweisamkeit genießen und dann mal sehen, was daraus wird. So einfach hatte es angefangen, so einfach sollte es auch bleiben.

***

Nach dem Abendessen kam Larry auf mich zu und lud mich für einundzwanzig Uhr zu sich ein. Er kam an unseren Tisch und flüsterte es mir ins Ohr. Ich bekam eine Gänsehaut und mein Geschlecht pochte. Ich nickte. Er lächelte.

Vor diesem Rendezvous ging ich ausgiebig duschen und zog die grüne Kombination mit dem langen Rock und der Korsage ohne BH darunter an. Auch den Slip ließ ich weg.

Als ich meine Hütte verließ, stand plötzlich jemand hinter mir. Schnell drehte ich mich um und erkannte Olivia. Mir stockte der Atem.

»Hier«, sagte sie und hielt mir eine Flasche Wein hin, »ich glaube, die solltest du nicht vergessen. Wie sieht denn das aus, wenn man eingeladen ist und nicht mal eine kleine Aufmerksamkeit für den Gastgeber hat.«

Ich starrte auf den kalifonischen Rotwein in Olivias Hand.

»Na, nun nimm schon. Viel Spaß.«

»Vielen Dank.« Ich umarmte sie und gab ihr einen Kuss auf die Wange. Dann ging ich los.

Mit klopfendem Herzen näherte ich mich der Hütte. Leise Musik drang an mein Ohr und Gläser klirrten. Ich lächelte und wurde mutiger. Leicht klopfte ich an das Holz. Seine schweren Schritte waren zu hören und sein Kopf erschien in der Tür. Er schaute mich von oben bis unten an.

»Wow, du siehst toll aus!«

»Danke. Hier, damit wir keine trockenen Kehlen bekommen.«

»Danke, komm rein. Mach es dir bequem.«

Ich blickte mich im gemütlichen, aber trotzdem modernen Zimmer um. Larry öffnete den Wein und schenkte uns ein. Ich hatte mich inzwischen auf eins der Ledersofas gesetzt und sah ihn erwartungsvoll an.

Er reichte mir ein Glas. »Auf uns.«

»Auf uns.« Der Rotwein war leicht und fruchtig.

»Wie geht es dir? Hast du die Stunden gut überstanden?«

»Ja, du machst das wirklich klasse mit dem Unterricht.«

»Okay, das wollte ich hören.« Er lächelte. »Aber mehr Worte sollten wir nicht über das Seminar verlieren. Es gibt wichtigere Themen.« Larry rückte näher an mich heran.

»Hattest du schon viele Frauen?«, fragte ich, um meine Unsicherheit zu vertuschen.

Er blickte mich ausdruckslos an, fast ein bisschen erschrocken.

»Ich meine, hattest du schon viele Frauen hier in deiner schönen Behausung? Ist wirklich ausgefallen, das erwartet man gar nicht.«

»Alles ist relativ. Was für mich wenig ist, ist für dich vielleicht viel. Ich hatte erst wenige Frauen hier.«

»Aha.«

»Drei mit dir, um es genau zu sagen.«

Ich blickte ihn schnell an. »Drei?«, fragte ich ungläubig.

»So, so, was mache ich denn für einen Eindruck auf dich? Jede Woche eine neue Braut?«

Ich zuckte mit den Schultern.

»Eine Frau hierher zu bitten, ist etwas sehr Seltenes bei mir.«

Ich war tatsächlich etwas gerührt, dass ich eine von den wenigen war. Larry kam noch ein Stück näher an mich heran. Er nahm mir mein Weinglas, an dem ich mich krampfhaft festhielt, aus der Hand und stellte es auf den flachen Glastisch. Er nahm mich in die Arme und küsste mich. Ich war überwältigt. Es war mit so viel Wärme und Liebe, dass mein Herz laut anfing zu klopfen. Ich schloss die Augen und gab mich ganz dem Gefühl, geliebt zu werden, hin. Seine Lippen waren warm und voll, sie umschlossen zärtlich die meinen. Als seine Zunge in meinen Mund eindrang, musste ich an das Liebesspiel im Damen-Waschraum denken und unwillkürlich stöhnen. Er ließ von mir ab und blickte mich auf geringem

Abstand an. Mein schnelles Atmen und meine glasigen Augen schienen mich zu verraten. Ihm ging es nicht anders. Ich konnte in seinem Gesicht lesen, dass er sich zusammenriss, es möglichst langsam angehen zu lassen. Er schien unschlüssig.

Ich ergriff die Initiative und stürzte mit meinem Mund auf ihn zu, küsste ihn wild und fummelte an den Knöpfen seines Hemdes herum. Er schaltete sofort, riss mir mit einem Ruck die Korsage herunter, befreite sich von meinem Mund und machte sich hektisch über meine Brüste her. Rot und steif ragten die Warzen hervor und wollten geleckt, gebissen und gesaugt werden. Larry kam dem nur zu gern nach. Ich seufzte, krallte mich in seine Haare und zog ihm dann das Hemd vom Körper, wobei er mir behilflich war.

Schließlich sprang er auf und zerrte seine Hose herunter. Sofort schnellte sein steifer Schwanz hervor.

»Komm her«, flüsterte ich.

Er war schnell bei mir. Ich nahm seine heiße, rote Rute in den Mund und hörte ihn einen langgezogenen Klageton ausstoßen. Geschickt schob ich den dicken Schwengel in meinem Mund vor und zurück, entlockte Larry immer wieder neue Laute. Ich nahm meine Hände zu Hilfe und massierte ganz leicht seine Hoden, knetete sie vorsichtig in den Handflächen.

»Oh, Baby, du machst mich ganz verrückt. Ich glaube, bei mir wäre die Frage angebracht, wie viele Männer *du* bereits hattest.«

Ich machte weiter, ohne zu antworten, aber er hatte geschafft, ein flüchtiges Lächeln auf mein Gesicht zu zaubern.

»Halt, Baby, halt, ich bin sonst gleich soweit.« Sanft entzog er sich mir und nahm mich bei der Hand. Wir gingen über einen längeren Gang an der Küche, einem Badezimmer mit Toilette und Dusche und einem weiteren Raum vorbei ins

Schlafzimmer. Es war groß, mit vielen Holzmöbeln eingerichtet, aber nicht überladen. Ein heller Flokati-Teppich machte das Gehen angenehm. Es gab tatsächlich noch einen Kamin in diesem Haus. Direkt hier im Schlafzimmer. Er ließ mir Zeit, alles kurz anzuschauen und in mich aufzunehmen. Ich hatte immer wieder das Gefühl, dass er mich nicht drängen wollte.

Deshalb legte ich mich provokativ aufs Bett und erwartete ihn. Mit flinken Bewegungen hatte er meinen Rock über die Hüften gezogen und betrachtete mich einen Augenblick in meiner ganzen Nacktheit.

Dann kam er zu mir. Unsere Lippen trafen sich und sein Körper ließ sich vorsichtig auf meinem nieder. Ich schloss die Beine und dachte an die erste Seminar-Stunde, wo ich mir vorgestellt hatte, wie seine kräftigen Schenkel meine öffneten.

Larry zögerte und fragte leise: »Willst du es?«

Ich nickte. »Ja, auf jeden Fall.«

Gekonnt schoben sich seine Beine zwischen meine Beine und er spreizte mir die Schenkel. Kurze Zeit rieb er sich an mir, was mein Blut in Wallung und meine Spalte zum Kochen brachte. Dann spürte ich seinen harten Schwanz an meinem Eingang. Kaum hatte ich meine Beine noch ein Stück für ihn geöffnet, drang er langsam in mich ein. Ich schnappte nach Luft und gab einen lustvollen Laut von mir.

Nach einer Weile bewegte er sich in mir, langsam und bedächtig, dann immer schneller. Ich beugte meinen Kopf zurück und drückte meine geschwollenen Brüste nach oben. Ich spürte die zusammengezogenen Brustwarzen, wie sie vor Lust pochten und in seinen Mund wollten. Er ließ sich nicht lange bitten, saugte an einer Warze und zwirbelte die andere mit den Fingern. Ich stöhnte und warf meine Beine um seine Hüften, wollte ihn noch tiefer und intensiver in mir spüren.

Seine schnelle Atmung deutete auf den Endspurt. Aber ich wollte noch nicht, hatte das Gefühl, ihn erst zu kurz in mir gespürt zu haben. Er hörte abrupt auf und atmete schwer. Nach einer Weile machte er langsam weiter und brachte mich damit an den Rand des Wahnsinns.

»Bitte, mach schneller, Larry.«

»Nein, noch nicht.«

Es war eine Qual und ich versuchte, unter ihm mein Becken schneller zu bewegen, doch er legte sich mit seinem ganzen Gewicht auf mich und zwang mir Geduld auf. Als ich es gar nicht mehr aushielt, mein Innerstes wild brodelte und fast zu zerspringen schien, legte Larry an Tempo zu. Ich war sofort da und quiekte und schrie vor Lust. Ich war so sehr mit mir beschäftigt gewesen, dass ich Larry nicht gehört hatte. Mit einem tiefen Seufzer ließ er sich neben meinem Kopf ins Kissen fallen. »Chalet … warst du gut!«

»Oh, Larry, das kann ich nur zurückgeben. Ich hätte nicht gedacht, dass es so schön sein kann.«

Nach einer Weile wälzte er sich von mir und reichte mir ein Taschentuch. Ich lächelte ihn dankbar an. Dann kuschelte ich mich in seinen Arm und legte meinen Kopf auf seine Brust.

»Das war wunderschön«, flüsterte ich.

»Ja, fand ich auch.«

Wir genossen den Augenblick.

»Du, Kleines, ich muss dir etwas sagen.«

Ich horchte auf. »Was denn? Ist es schlimm?«

Er lachte leise. »Nein, schlimm ist es mit Sicherheit nicht. Es sind eigentlich zwei Dinge.«

»Ich bin gespannt. Was ist es denn?«

»Ich muss dir sagen, dass, auch wenn wir Männer da eigentlich nicht so schnell drin sind, so etwas zu sagen, so habe ich das Gefühl, dass es bei mir eine Ausnahmesituation ist. Also, was ich dir sagen wollte, ist, dass … dass ich mich in dich verliebt habe.«

Mein Herz fing an zu rasen und ich richtete mich auf, um ihm in die Augen zu sehen: »Oh, Larry!«

»Was denkst du darüber, oder besser, wie empfindest du es?«

»Ganz genauso. Ich habe mich auch in dich verliebt. Darüber habe ich auch schon mit Olivia gesprochen. Oh!« Ich biss mir auf die Lippe. Wie konnte ich so etwas nur sagen: »Tut mir leid. Ich bin eigentlich keine, die so etwas schnell ausplaudert.«

»Na, da haben sich ja die richtigen gefunden«, sagte Larry.

Ich konnte ihn gerade nicht einschätzen und befürchtete, dass er doch schon mal etwas mit ihr gehabt hatte, und dass sich beide besser kennen würden, als sie zugaben.

»Du hast ein Verhältnis mit ihr gehabt, liege ich richtig?«

Larry lachte. »Nein, bestimmt nicht.«

»Ich glaube schon, du willst es nur nicht zugeben.«

»Hey, Kleines, wenn ich eins verabscheue, dann ist es, jemanden anzulügen. Ich werde dir immer die Wahrheit sagen. Lügen kommen doch immer heraus und dann wird es erst richtig schlimm. Nein, ich hatte noch nie etwas mit Olivia. Sie ist nämlich meine Schwester.«

Ich starrte Larry mit offenem Mund an. Nun wurde mir einiges klar. »Du hast durch sie schon vorher von mir gewusst?«

»Ja, das habe ich. Olivia hat mir den Mund wässerig geredet von dir. Doch davon bin ich eigentlich kein Freund. Ich habe ihr gesagt, dass nur mein eigener Geschmack entscheidend ist. Nun gestehe ich, dass sie eine gute Wahl getroffen hat – und ich auch!«

Ich lachte und er verschloss mir den Mund mit einem Kuss, bevor er mich zu sich auf seinen Körper zog.

***

Seit vier Wochen war ich im Büro und wendete mein bei Larry gelerntes Telefonwissen an. Es kam mir gut über die Lippen und ich sammelte zusätzliche Erfahrungen, die ich sofort aufschrieb, um Larry den einen oder anderen Verbesserungsvorschlag zu machen.

Die Tür öffnete sich und Olivia streckte den Kopf hinein: »Hallo, Liebes.«

»Olivia! Ich hatte schon gedacht, du kommst nicht mehr. Ich habe nämlich schöne Neuigkeiten: Ich habe einen Nachmieter für meine Wohnung gefunden, sodass ich pünktlich in drei Monaten herauskomme, super, nicht wahr?«

»Ja, das freut mich sehr für dich. Ich habe auch noch eine Überraschung für dich.«

»Wirklich? Was denn?«

»Du hast nicht nur die Chance, das Telefon-Seminar von Larry zu übernehmen und zu leiten, sondern, wenn du magst, als zweite Hand von ihm beim Ölmalereikurs zu helfen.«

»Oh, Olivia, das ist wunderbar!«

»Und, um den ganzen noch die Krone aufzusetzen, brauchst du nur noch zwei Monate hier zu arbeiten. Wir haben eine Nachfolgerin für dich gefunden, die lieber einen Monat früher beginnen möchte.«

»Das gibt es doch gar nicht! Meine Nachmieterin wäre auch lieber einen Monat früher eingezogen. So brauche ich ihr nur zu sagen, dass sie freie Bahn hat. Oh, mein Gott, Olivia, ich kann es kaum erwarten, endlich zu Larry zu kommen.«

»Das glaube ich. Warst du letztes Wochenende bei ihm?«

»Ja, es war traumhaft schön. Dieses Wochenende können wir beide nicht, aber das darauf kommt er her. Er meinte, er kommt nicht meinetwegen, sondern nur, um mal wieder Großstadtluft zu schnuppern.«

Olivia lachte laut: »Typisch, Larry!«

***

Endlich war es soweit. Zwei Monate waren rum und ich sprang vom Sitz des Kleintransporters. Auf der Ladefläche waren meine restlichen Sachen, denn ich konnte viele meiner Möbel zu einem sehr guten Preis verkaufen.

Die Gegend war mir schon so vertraut und es war ein unglaubliches Gefühl, nun für immer hier zu leben. Noch vertrauter wurde mir das ganze, als Larry mit großen Schritten auf mich zukam und den letzten Rest des Weges rannte. Ich lief ihm entgegen. Wir fielen uns in die Armen und küssten uns stürmisch. Noch nie hatte ich mich so auf die Zukunft gefreut.

Der Mayapriester

»Jonathan, sieh mal, was ich gefunden habe«, rief Rachel aufgeregt.

»Was ist denn nun schon wieder? Du kannst einen aber auch ganz schön auf Trapp halten«, stöhnte ihr Freund.

»Hier! Eine Felsspalte.«

Jonathan kam zu ihr und blickte gelangweilt auf einen Spalt mitten im Gestein. Er verscheuchte ein fliegendes Insekt mit einer genervten Handbewegung. »Toll, Rach, aber lass uns jetzt weitergehen. Diese Hitze und diese Feuchtigkeit rauben mir die letzte Kraft.«

»Jonathan, nun sind wir endlich mal in Mexiko. So etwas sieht man nicht alle Tage. Vielleicht ist es einer der berühmten ›Cenotes‹.«

»›Cenotes‹? Was soll das denn bitte sein?«

»Das habe ich dir doch im Hotel vorgelesen. Das sind unterirdische Brunnen, die der Maya-Bevölkerung damals als Wasserversorgung dienten, weil es keine oberirdischen Gewässer gab.«

Jonathan kratzte sich am Hinterkopf. »Ja, ganz toll. So, nun lass uns gehen.«

»Warum bist du denn so lustlos?«

Jonathan drehte seine Freundin zu sich herum und blickte ihr in die Augen. »Lustlos? Verdammt, Rach! Weißt du, dass wir seit fünf Tagen nichts anderes machen, als uns Mexiko anzusehen und auf jede bisher dagewesene Pyramide raufgekraxelt sind? Heute Morgen haben wir bereits die ›Pyramide del Adivino‹ bestiegen, dreißig verdammte Meter in dieser Gluthitze! Ich habe das nur deinetwegen gemacht. Du hast versprochen, dass wir uns danach ein ruhiges Plätzchen suchen und etwas verschnaufen, aber nein, wir mussten uns ja dringend noch zwei Stunden lang ›Chichen Izta‹ ansehen. Jetzt findest du hier irgendeinen Felsspalt, der mich wenig reizt, und dich wahrscheinlich veranlassen wird, hinunter zu steigen. Mit Sicherheit erwartest du von mir, dass ich mich ebenfalls durch dieses Loch zwänge und in dubiose Katakomben begebe, in denen es von irgendwelchen Viechern bestimmt nur so wimmelt. Und da wunderst du dich, warum ich lustlos bin?«

Rachel pustete die Luft aus. »Tut mir leid, Jon. Aber wir sind nicht jeden Tag in Mexiko. Außerdem, wenn es wirklich einer von diesen Brunnen ist, dann wird das Wasser klar und rein sein. Es ist erlaubt, dass man darin tauchen kann.«

»Ha, hab ich es mir doch gedacht. Du willst tatsächlich da runter!«

»Du musst ja nicht mitkommen.«

»Soll ich dich etwa ganz allein in irgendwelche Schluchten steigen lassen?«

»Jon, es macht mir nichts aus. Ich werde mir das ansehen und ein paar Bilder machen.«

»Du glaubst doch nicht ernsthaft, dass ich dich da allein hinunterlasse! Na los, geh vor, ich folge dir.«

»Aber Jonathan ...«

»Geh schon!«

»Ach, du bist so lieb!« Sie fiel ihm um den Hals.

Mürrisch ließ er es geschehen. Sie wusste, dass er es mochte, wenn sie sich überschwänglich bei ihm bedankte, er konnte es nur nicht zugeben.

Vorsichtig stiegen die beiden eine Leiter hinab, die aus dicken Holzbohlen bestand. Sie war nicht genagelt, sondern in der Mitte sowie an beiden Rändern mit Stricken umschlungen. Nachdem die beiden etwa zehn Stufen zurückgelegt hatten, drehte Rachel sich um. »Oh, mein Gott, ist das hoch. Aber Jon, sieh mal, wie fantastisch das Wasser unter uns aussieht, es leuchtet türkis bis hier oben.«

»Rach, bitte, pass auf. Das Wasser kannst du dir gleich noch ansehen, aber halt dich um Himmels Willen ordentlich fest. Wenn du hinunterfällst, weiß ich nicht, wie ich dich hier herausholen soll.«

Rachel drehte sich um und stieg langsam weiter hinab. Nach dreiundneunzig Stufen hatten sie es geschafft. Noch einmal blickte sie nach oben und zählte die Stützbalken, mit denen die Leiter am Rand und in der Mitte zusätzlich gehalten wurde. »Unglaublich, wie hoch das ist.«

»Stimmt und verdammt wackelig!«, fügte Jonathan hinzu.

»Wow, sieh dir das an. Es ist wirklich ein ›Cenote‹«, rief Rachel.

Sie wühlte im Rucksack und zog eine Kamera hervor. Ihre Taucherbrille, die sie in Merida erstanden hatte, in der Hoffnung auf einen ›Cenotes‹ zu treffen, fiel heraus. Rachel stopfte sie in den Rucksack zurück und machte zwei Aufnahmen. Eine von dem großen türkisfarbenen See, auf den die Sonnenstrahlen fielen, die sich heimlich durch die Felsspalte stahlen und eine von Jonathan. Er verzog das Gesicht zu einem gequälten Lächeln.

»Schön hier unten«, musste er zugeben.

»Schön? Unglaublich, wundervoll, fantastisch, atemberaubend! Ich werde da auf jeden Fall mal eintauchen.«

»Eintauchen? Was ist, wenn das nicht erlaubt ist?« Jonathan blickte sie skeptisch an.

»Warum soll es nicht erlaubt sein? Diese Seen sind für Taucher freigegeben.«

»Nicht dieser!«

»Woher willst du das wissen?«

»Weil es normalerweise ausdrücklich dransteht.«

»Dann wurde er eben noch nicht entdeckt.«

»Rach! Also, ich weiß nicht ... Was ist, wenn sich sonderbare Tiere darin befinden?«

Sie lachte laut auf, dass es von den Felswänden hallte. »Was soll denn da drin sein? Kraken, Haie, Muränen?«

»Zum Beispiel. Das kann man nie so genau wissen. Andere Länder, andere Tiere.«

»Das heißt: andere Sitten.«

»Passt aber gerade nicht. Rach, wir haben nun den See gesehen und ich denke, wir sollten vernünftig sein und wieder nach oben klettern.«

»Nein, ich möchte mir das genau ansehen und zwar unter Wasser!«

»Sei doch vernünftig, Süße.«

»Nein! Endlich bin ich mal hier, dann will ich auch was für mein Geld sehen.«

Jonathan stieß die Luft aus. »Na schön. Wie du meinst. Aber auf dein Risiko!«

»Möchtest du vielleicht doch mitkommen?«

Er winkte ab. »Nein, vielen Dank. Du kennst ja meine Meinung. Mir reicht der Gedanke an die Wesen der Tiefe. Ich warte hier. Außerdem habe ich auch gar kein Schwimmzeug dabei.«

»Das habe ich auch nicht. Ich gehe nackt schwimmen.«

»Nackt?«

»Warum nicht?«

Jonathan schüttelte geschlagen den Kopf. »Tu, was du nicht lassen kannst.« Dann setzte er sich auf einen Felsvorsprung und schaute ihr zu, wie sie ihre Sachen auszog.

Verführerisch blickte sie über ihre Schulter. »Wir können auch eine kleine Nummer schieben ...«

»Nein danke, hier unten bekomme ich mit Sicherheit keinen hoch!«

»Wer weiß ...«

»Rach, lass das bitte.« Sie war zu ihm gegangen und strich über seine Hose. Eine leichte Wölbung war zu sehen. Er stieß ihre Hand weg. »Nicht!«

»Du bist *doch* scharf!«

»Ja, weil du es bist! Aber ich will hier unten nicht.«

Sie ließ von ihm ab und zog ihr Höschen runter. »Dann nicht.«

Ihr kleiner, runder Hintern reckte sich ihm entgegen. Als sie sich hinunterbeugte, um ihre Sachen fein säuberlich auf den Rucksack zu legen, drückte sie die Beine durch und zeigte ihm provokativ ihre rasierte Muschi. Die beiden Schamlippen luden ihn geradezu ein, um sie zu berühren. Mit einer gekonnten Bewegung öffnete Rachel den BH und ihre Brüste sprangen hervor. Sie drehte sich zu Jonathan um. Die vollen Brüste ließen erigierte Nippel sehen, ihr schlanker, weißer Körper leuchtete direkt vor dem Blau des Wassers und dem Graubraun der Felswände. Er lächelte seiner Freundin zu und schien sich nur schwer beherrschen zu können. Rachel liebte es, wenn sie das Objekt der Begierde war. Sie drehte sich um und testete mit der Zehenspitze die Temperatur des Wassers.

»Und? Wirst du zum Eisblock gefrieren?«

»Nein, es ist zwar etwas kühl, aber sehr angenehm.«

Sie ging in die Hocke und ließ sich vorsichtig am Rand ins kalte Wasser gleiten. Sie prustete und quiekte. Jonathan stand auf, um ihren Körper im Wasser zu betrachten. Ihre Schwimmbewegungen machten ihn an. Jedes Mal, wenn sie die Beine für einen Schwimmzug öffnete, konnte er ihre rosige Scham sehen.

»Baby, du bist ganz schön scharf.«

»Das sehe ich«, entgegnete Rachel mit einem Blick auf seine Hose.

Er zog die Augenbrauen hoch und setzte sich Kopf schüttelnd. »Nun schwimm los, kleine Nixe, aber nicht so weit weg, okay?!«

»Ja, mach ich.« Rachel rückte ihre Taucherbrille zurecht und tauchte ab. Ein wunderschönes Bild bot sich ihr. Die Felsen waren zu einem Tropfengestein im Laufe der Zeit geformt worden, wobei einige Tropfen davon ins Wasser ragten. Fische waren in kleinen Schwärmen zu sehen. Algen, die vom Grund heraufwuchsen, wiegten sich durch Rachels Bewegungen hin und her. Wenn die Fische zur Stelle kamen, wo die Sonnenstrahlen sich im Wasser brachen, dann glitzerten sie in schillernden Farben. Rachel holte Luft und tauchte wieder unter. Sie schwamm voran und bestaunte die Unterwasserwelt.

Wenn sie etwas, was ihre Aufmerksamkeit erregte, in der Tiefe erblickte, tauchte sie hinab und genoss das Gefühl der Freiheit. Ihr Busen wurde vom Wasser hin- und hergedrückt und das Wasser kitzelte sie in der Poritze, was ein herrliches Kribbeln in ihr auslöste. Das kühle Nass streichelte ihre Haut und ließ sie zweifach in eine fremde Welt abtauchen. Bei jedem Luftschnappen machte sie sich Vorwürfe, keinen Schnorchel gekauft zu haben.

Ihr Weg führte sie in eine weitere Höhle, wo das Licht schon spärlicher war, doch ihr Mut hatte sie noch nicht verlassen. Plötzlich erschien am hinteren Rand der Höhle ein heller Lichtstrahl. Rachel steuerte darauf zu. Einen kurzen Moment zögerte sie und blickte sich nach Jonathan um, sie erkannte ihn in weiter Ferne. Er hatte den Kopf aufgestützt und schien in Gedanken versunken zu sein.

Rachel glitt zügig voran und hatte sich als Ziel gesetzt, den hellen Streifen zu erreichen. Es wurde dunkler um sie herum und einen kurzen Augenblick überkam sie ein Hauch von Angst. Sie wischte den Gedanken weg, denn das gigantische Felsgestein nahm ihre Aufmerksamkeit gefangen. Der türkisblaue Streifen kam dichter. Die Sonne warf ihre Strahlen in die Grotte. Rachel tauchte einige Meter und schwamm dann den Rest. Es war nicht ganz unanstrengend. Ihr Atem ging schnell und sie nahm sich vor, einen Augenblick zu verschnaufen. Von daher suchte sie sich einen kleinen Felsvorsprung, an dem sie hinaufklettern konnte und ging über die Felsen zum Sonnenstrahl. Sie blickte nach oben. Lianen und andere Pflanzen machten es der Sonne nicht leicht, in die Grotte zu scheinen. Sie hatte es dennoch geschafft.

Mit einem glücklichen Lächeln auf den Lippen setzte Rachel sich direkt unter die Sonne. Diese wärmte den Körper, der sich ihr darbot und zeigte ihn so, wie die Natur ihn geschaffen hatte. Rachel schloss die Augen und genoss den wunderschönen, einmaligen Augenblick.

Erschrocken blickte sie auf. War da ein Geräusch?

»Jonathan?«, fragte sie vorsichtig. Rachel stand auf und wurde sich ihrer Nacktheit und Schutzlosigkeit bewusst. Sie schluckte. Wieder war etwas zu hören, eine Art Kratzen. Sie presste die Augen zu Schlitzen zusammen und versuchte, in der Dunkelheit etwas zu erkennen.

»Hallo? Ist da jemand?«, fragte sie einen Tick lauter. Das Kratzen kam von der anderen Seite. Sie blickte sich um. Da, zwei Augen musterten sie. Rachel zuckte zusammen. Doch sie zwang sich, mutig zu sein. »Hallo!«, sagte sie vorsichtig.

Vor ihr stand ein Einheimischer. Er trug eine weiße Kappe mit zwei Federn daran, einen beigefarbenen Lendenschurz, der wie eine Windel gebunden war und durch den längeren Stoff an den Beinen fast wie eine gewickelte Shorts aussah. Sein Oberkörper war nackt. Die dunkle Haut und die kräftige Brust machten aus ihm einen starken Indio. Er sah sie prüfend von oben bis unten an, blieb auf ihrem Schamdreieck und den hellen Brüsten hängen.

Rachel hatte Angst, aber sie war auch neugierig. Ihre Brustwarzen stellen sich auf. Sie wagte nicht, sich zu bewegen. Von daher hatte der Indio genug Zeit, sie eingehend zu betrachten. Er ging einen Schritt nach vorn und sagte etwas, wobei er sie fragend anblickte.

»Wie bitte?«

Er sprach wieder.

Rachel zuckte mit den Schultern. Noch sah er friedlich aus, doch was wäre, wenn er sauer darüber würde, dass sie ihn nicht verstand. Sie lächelte. Er kam einen Schritt näher und stand mit ihr auf gleicher Höhe. Indios waren klein, das wusste sie aus ihrem Reiseführer. Er war so dicht bei ihr, dass sie seinen Duft wahrnahm. Es war ein herber, aber süßer Geruch.

Während sie versuchte, herauszufinden, an welchen Duft er sie erinnerte, packte er sie auf einmal mit beiden Händen. Auch wenn er klein war, so verfügte er über erstaunliche Kräfte. Rachel stieß einen spitzen Schrei aus. Der Indio drückte sie an die Wand hinter sich und fuhr ihr zwischen die Beine. Rachel schnappte nach Luft. Was sollte sie tun? Doch sie hatte keine Zeit zum Nachdenken, denn seine Finger forschten gekonnt in ihrem Geschlecht, wobei zwei von ihnen augenblicklich in den Schlitz drangen. Rachel stöhnte auf. Er hatte ihre Lust geweckt und entfachte ein feuriges Verlangen nach mehr.

Der Indio zog seine Hand zurück und fuhr über die erregten Brustspitzen. Rachel erschauderte. Alle Gefühle sammelten sich und verlagerten sich auf ihren Unterleib. Der Fremde presste ihre steifen Nippel mit Daumen und Zeigefinger, wechselte von der einen Brust zur anderen. Rachel keuchte unter seinen Berührungen. Ohne Vorwarnung schob er wieder seine Finger in ihr Geschlecht. Sie ächzte auf und fieberte den geschickten Fingern entgegen. Er war ganz anders als Jonathan, und sie hätte nie gedacht, dass ein Indio sie jemals in Wallung bringen würde. Rachel wunderte sich über ihren Willen und das Vertrauen, dass sie dem Fremden entgegenbrachte, als sie die Augen schloss und ihr Körper nachgab. Sie wünschte sich, dass er seinen Schwanz herausholen und in sie eindringen würde. Sie öffnete die Augen und bemerkte, dass er sie noch immer fixierte. Mutig griff sie an seine Hose. Er wich sofort zurück, rief etwas. Ängstlich, dass sie ihn verschreckt hatte und er irgendwelche Stammesleute zu Hilfe rief, hob sie beide Hände in die Höhe. »Tut mir leid, sorry, perdón. Es ist alles okay.«

Er schien zu verstehen, kam wieder einen Schritt näher. Rachel deutete auf seinen Lendenschurz und machte Gestiken, ihn zu öffnen. Er setzte es erstaunlich schnell um. Ein mittellanger, schlanker Schwanz stand zwischen seinen Beinen. Rachel bewunderte ihn und in ihrem Geschlecht pochte es, ihn in wenigen Minuten in sich zu wissen. Sie leckte sich über die Lippen. Ganz langsam trat sie einen Schritt an den Indio heran und ihre Hand bewegte sich auf sein Glied zu.

Er zuckte nicht zurück, als sie ihn berührte. Sanft nahm sie den Schwanz in die Hand und rieb daran.

Rachel blickte in seine Augen. Sie erkannte Zurückhaltung. Der Indio hielt die Luft an und presste sie durch die Nase leise aus. Sein Glied wurde zusehends größer in ihrer Hand.

Sie hatte keine Möglichkeit mehr zu handeln, als der Fremde Rachel auf den Boden drückte. Er prüfte ihre Feuchtigkeit, indem er noch einmal mit den Fingern in ihrer Muschi spielte. Er roch an seinen Fingern, ehe er die Penisspitze in die Hand nahm und an ihren Schlitz drückte. Er zog die Hand weg und ließ sich mit seinem Gewicht auf sie fallen. Sofort drang er tief in sie ein. So sehr Rachel sich auch zu beherrschen versuchte, sie konnte das Gefühl nicht unterdrücken. Sie jaulte vor Lust laut auf und gab sich dem Indio hin. Mit schnellen, kräftigen Stößen wollte er zum Ziel kommen. Er stellte sich nicht auf Rachel ein, dachte nicht an sie, sondern verfolgte nur den Weg, den es zum Vollenden seines Verlangens gab. Das jagte ihr zusätzliche Lustgefühle durch den Körper und ließ sie kommen, kurz nach ihm, doch er hatte noch so viel Power und Kraft in sich, dass er während des Kommens weiter in sie stieß. Als wollte er das Höchste an Lust aus sich herausholen. Rachel hielt sich an seinen Armen fest und sog den Duft seiner Haut während des Höhepunktes ein.

Schnell sprang der Indio von ihr herunter. Kurz blickte er sie an, drehte sich um und ging raschen Schrittes davon. Rachel berappelte sich. Sie startete nicht einen Versuch, hinter ihm her zu rufen. Sie wusste, er würde nicht wiederkommen. Auch war sie sich sicher, dass ihr niemand etwas antun würde. Vorsichtig stand Rachel auf und trat ans Wasser heran. Mit einem Schwung war sie drin. Das kühle Nass tat ihr gut. Es kam ihr so vor, als wäre das der zweite Teil des Höhepunktes.

Sie war nackt und frei, inmitten der Natur.

Mit kräftigen Schwimmzügen war Rachel bald wieder in der Höhle, in der Jonathan auf sie wartete. Rachel lächelte. Auf sie warten, war gut! Den Kopf auf der Brust, die Arme um die Beine geschlungen, schnarchte ihr Freund im Halbdunkel.

Elegant stieg Rachel aus dem Wasser, ging zu Jonathan und wrang die langen braunen Haare über ihm aus.

Er schreckte hoch. »He, was soll ... Ach, du bist es, Engelchen, ich dachte schon, die Einheimischen hätten dich in ihrer Gewalt.«

Rachel erschrak, und für einen kurzen Augenblick hatte er sie aus der Fassung gebracht. »Ich dachte, du wolltest auf mich aufpassen? Nun sitzt du hier und schläfst, ein schöner Schutz bist du!«

»Rach, was sollte ich denn deiner Meinung nach tun? Du, irgendwo zwischen den Felsen im Wasser, abgetaucht, wo dich niemand hört, geschweige denn, findet.«

»Das ist ja nett. Wieso musst du bloß alles so realistisch sehen? Könntest du nicht sagen, dass du mich die ganze Zeit gesehen hast und mir sofort zu Hilfe gekommen wärst?«

»Wozu sollte ich dich anlügen?«

»Schon gut. Komm, wir gehen.«

»Hey, jetzt zieh doch kein Gesicht. Wie war es denn überhaupt?«

»Schön.«

»Das ist alles?«

»Ja.«

»Rachel, sei nicht beleidigt. Wenn du geschrien hättest, wäre ich sofort bei dir gewesen.«

Sie drehte sich zu ihm um. »Warum sagst du das jetzt?«

»Weil ich es getan hätte, das ist mein Ernst. Wenn du in Not bist, bin ich da.«

Rachel blickte ihn lange an, dann lächelte sie. »Na schön, du hast es mal wieder geschafft.«

Er gab ihr einen Kuss und nahm ihre Hand. »Komm, meine Kleine. Wir fahren jetzt ins Hotel und dann brauchen wir wohl noch mal eine kleine Runde Sex. Danach geht es ab an den Strand. Und wenn wir morgen endlich diese blöde Pyramide hinter uns haben, was laut deiner Versprechung die letzte ist, dann geht es noch mal an den Strand. Ach, was rede ich …! *Nur* an den Strand!«

»Jon, warum sagst du blöde Pyramide? Hast du denn keine Lust dazu?«

»Um ehrlich zu sein: nein! Erst der Flug nach Tabasco, dann zur Pyramide fahren, raufklettern, so wie heute, irgendwelchen Affen begegnen …«

»Hat es dir denn keinen Spaß gemacht?«

»Doch, schon, aber bei mir ist jetzt die Luft raus. Ich würde viel lieber an den Strand gehen und mich ausruhen, mich etwas entspannen nach den fünf Tagen. Immer neue Sehenswürdigkeiten, neue Menschen, neue Länder. Das finde ich total anstrengend. Außerdem stehen wir jeden Morgen vor sieben Uhr auf. Wir haben doch auch ein bisschen Urlaub.«

»Verstehe.«

»Ich hoffe, du verstehst mich richtig. Ich finde das alles ganz große klasse, wie du das organisiert und planst, ich sehe deine Mühe. Wirklich, Schatz! Ich bin jetzt einfach nur kaputt und erledigt. Verstehe auch mich ein wenig.«

Rachel blickte auf ihre nackten Füße und spielte mit einem kleinen Stein. »Ja, ich verstehe dich. Wenn wir den ›Palast Palenque‹ besichtigt haben, was übrigens nicht nur eine Pyramide zum Besteigen ist, sondern auch ein Palast, in den man reingehen kann, dann werden wir so schnell wie möglich nach

Hause fahren und uns nur noch am Strand entspannen und faulenzen. Was hältst du davon?«

»Ja, das ist okay. Ich wünschte zwar, wir würden uns ›Palenque‹ sparen, auch wenn es ein wunderschöner Palast ist, aber ich will nicht der Spielverderber sein.«

»Danke, Jonathan.«

»Schon gut, komm jetzt, Kleines. Die Sonne scheint gleich weg zu sein und ich denke, dann wird es hier drin ganz schön duster werden.«

Mit Schrecken bemerkte auch Rachel, dass nur noch ein ganz feiner Sonnenstrahl durch die Felsen kam. Sie zog sich schleunigst ihre Sachen an, und beide machten sich an den Aufstieg. Es fiel Rachel schwer, die vielen Stufen zurückzuklettern. Auf etwa der Hälfte hielt sie an und verschnaufte einen Augenblick. Sie hatte das Gefühl, alles drehe sich und durch die ständigen Wiederholungen der Sprossen, kam es ihr zusätzlich so vor, als würde sie verrückt werden. Jonathan blickte sich nach ihr um. »Rach, alles okay?«

»Ja, ja, ich komme gleich. Mir ist nur etwas die Luft ausgegangen.«

»Soll ich dir deinen Rucksack abnehmen?«

»Nein, danke, es geht schon. Ich mache gleich weiter.«

Rachel blickte auf den See zurück, der nur noch ein schmaler Streifen türkisen Wassers war. Sie bekam eine Gänsehaut bei der Vorstellung, hier unten gefangen zu sein.

Auf einmal stieß sie einen erstickten Schrei aus.

»Rachel, verdammt, was ist denn?«, rief Jonathan von oben. Sie hatte die Augen im Dunkel erkannt. Dort unten, direkt unter ihnen, stand der Indio. Sie stellte sich vor, wenn er nun nicht wollte, dass sie wegging. Wenn es ihm so gut gefallen hatte, dass er mehr wollte, dass er sie nicht gehen lassen würde.

Sie erklomm die Sprossen zügig.

»Ist alles okay! Ich ... ich habe eine der Sprossen nicht erwischt und dachte, ich falle runter.«

»Rachel, was machst du nur für Sachen? Fehlt noch, dass du mir in die Dunkelheit stürzt. Hier hätte ich nun wirklich Probleme, dich herauszuholen.«

Rachel nickte und kletterte weiter. Sie spürte den Blick des Indios auf ihrem Hintern und stellte sich vor, was er wohl sehen würde, wenn sie einen Rock angehabt hätte. Die Vorstellung erregte sie. Außerdem war der Abstand so groß, dass der Indio ihr auf diese Entfernung keine Angst mehr machte.

Endlich kamen sie oben an und krochen durch die Felsspalte.

»Gott sei Dank! Wir haben es erstmal aus dieser Grotte geschafft«, seufzte Jonathan und richtete seine Klamotten. Rachel war ebenso erleichtert. Ein riesiger Baum nahm ihnen die Sonne, und eine Minute später war sie vollkommen hinter dem Blätterdach verschwunden.

Jonathan blickte auf den Felsspalt. »Wir hatten verdammtes Glück!«

***

Die Kellnerin nahm das Trinkgeld und bedankte sich. Jonathan und Rachel standen vom Tisch auf und gingen gesättigt zum Hotel. Jonathan hatte einen Arm um seine Freundin gelegt. Rachel dachte immerzu an den Indio. Es war ein unglaubliches Erlebnis, das sie eigentlich mit niemandem teilen konnte. Selbst ihrer besten Freundin würde sie es vorenthalten müssen. Oder konnte sie ihr soweit vertrauen, dass sie niemals Jonathan etwas davon sagte? Nein, das musste Rachels Geheimnis bleiben.

Als sie im Zimmer ankamen, ließ Jonathan sich aufs Bett fallen. »Ach, ist das herrlich! Vollgefuttert und jetzt ausspannen. So ein Mist, dass es hier keinen Fernseher gibt.«

»Ich bin sehr froh darüber, dass wir keinen haben.«

»Wahrscheinlich gibt es in Merida nur ein einziges Hotel, das über keinen Fernseher verfügt, und genau das hast du für uns gebucht.«

»Klar, Schatz, ich habe mir die große Mühe gemacht, jedes Hotel in Merida abzuklappern und nach einem Fernseher zu fragen.«

»Ja, glaube ich. Komm her, Kleines, ich will mit deinen Nippeln spielen. Ich will sie lecken und reiben.«

»Jonathan, bitte, ich muss erst mal ein bisschen ausspannen.«

»Aha, du bist also auch kaputt.«

»Ja, bin ich. Aber was soll das jetzt? Wir hatten das Thema bereits und ich möchte es nicht noch mal aufwärmen.«

»Dann komm her zu mir, Süße. Nur ein bisschen zum Kuscheln.«

»Ich weiß, was Kuscheln bei dir heißt.«

»Wieso, was denn?«

»Jedenfalls nicht das Kuscheln, was ich darunter verstehe. Ich möchte jetzt unter die Dusche, bin total verschwitzt. Der Bus war so unglaublich warm. Ich verstehe gar nicht, dass die bei den Temperaturen keine Klimaanlage haben.«

»Der Bus hatte eine, aber die war, wie so vieles andere hier in diesem Land, defekt.«

»Du bist auch nur dann glücklich, wenn du was zu meckern hast.«

»Normalerweise nehme ich die ›News‹ von CNN, aber da wir keinen Fernseher haben ...«

Rachel winkte ab und verschwand mit einem Seufzer im Bad. Sie hörte Jonathans vergnügtes Kichern, dann rief er ihr hinterher: »Rach, wenn wir Sex machen, dann schwitzen wir sowieso wieder.«

»Wer hat etwas von Sex gesagt, du hast von Kuscheln geredet.«

»Das ist doch das Gleiche.«

»Aha, da haben wir's!« Rachel kam wieder ins Schlafzimmer.

»Ich meine doch, dass es nach dem Kuscheln meistens darauf hinausläuft.«

»Ich will aber heute keinen Sex mehr.« Mit diesen Worten verschwand Rachel im Bad. Die fast kalte Dusche tat ihr gut. Sie hatte den Duschkopf eingehakt und ließ die kühle Flüssigkeit über ihre Haare laufen. Die Augen des Indios kamen in ihre Gedanken zurück. Eigentlich waren sie schon die ganze Zeit da. Nur hatte Rachel sie jedes Mal verdrängt. Sie hatte das Gefühl, als wenn der Indio sie nicht aus Neugierde angestarrt hatte, sondern, um ihr etwas zu sagen. Aber er hatte sich an ihr vergangen. Allerdings hatte sie ihn dazu aufgefordert. Denn von sich aus hatte er es nicht vorgehabt. Er wollte sie nur befummeln.

Rachel öffnete die Augen, und jemand blickte sie an. Sie schrie auf. Jonathan lachte hinter dem Duschvorhang. »Rach, Süße! Was ist denn mit dir los?«

»Verdammt, Jonathan, du hast mich total erschreckt!«

»Ach, ja? Warum denn? Wer könnte denn noch hier im Zimmer sein, außer mir? Der heilige Geist? Oder vielleicht ein einsamer Maya-Mann?«

Ernst blickte sie ihren Freund an. »Warum sagst du so etwas?«

»Kleines, was ist denn los mit dir? Du wirkst total verschreckt. Ich habe das Gefühl, seit wir aus dieser Höhle herausgekrabbelt sind, bist du total verändert. Etwas, was ich an dir nicht kenne. Was ist es bloß?« Er überlegte, dann erhellte sich sein Gesicht. »Ja, genau! Du bist ängstlich. Das ist es. So kenne ich dich nicht. Bisher war ich immer der Schisser. Ich muss sagen, dass es mir so herum auch ganz gut gefällt, so komme ich mir wenigstens mehr wie ein Mann vor.« Er lachte.

Rachel wusste nicht, ob er sich darüber lustig machte oder es ernst meinte. Sie seifte sich ein und wusch sich die Haare. Er beobachtete sie dabei. Genau, wie der Indio, der sie im Wasser beobachtet haben musste.

»Schatz, reichst du mir mal bitte das Handtuch von da drüben?«

Er tat es und ließ seinen Blick immer wieder über ihre hübschen, weiblichen Rundungen gleiten, die sie mit dem Handtuch verdeckte.

»Willst du auch noch duschen?«

Er nickte und zog die Hose aus. Sein Schwanz hatte sich aufgerichtet und drängte sich in ihr Blickfeld. Rachel versuchte, ihn zu ignorieren. Sie wollte keinen Sex haben. Jonathan schien es zu spüren, sonst wäre er längst mit unter die Dusche gekommen. Sie glitt an ihm vorbei. Er seufzte, hatte sich doch mehr erhofft. Rachel rubbelte sich ihre Haare im Schlafzimmer trocken. Als sie ein kurzes Trägerkleidchen überstreifte, hörte sie ein sonderbares Geräusch. Es klang wie eine Art Grunzen. Es kam aus dem Bad. Sie schlich zur Tür und öffnete sie einen Spalt. Von hier aus konnte sie hinter den Vorhang sehen.

Jonathan hatte den Kopf in den Nacken gelegt, sein Mund war leicht geöffnet. Er hielt eine Hand an seinem großen Schwanz und schob ihn vor und zurück, dabei seufzte er leise. In Rachels Schoß fing es an zu kribbeln, als sie ihren Freund so mit sich selbst beschäftigt sah. Sie drückte sich an die kalte Türzarge und betrachtete ihn. Die Duschstrahlen brachen sich auf seinem Glied, was ihn anscheinend noch schärfer machte. Seine Hand wurde schneller, sein Glied härter.

Rachel schluckte und ihre Brustwarzen stellten sich auf. Es gelüstete sie, einfach zu ihm in die Wanne zu steigen und die Arbeit fortzusetzen, die er begonnen hatte. Ihr Entschluss war da. Sie ging auf ihn zu, doch in diesem Augenblick zog er das Tempo an. Er rieb seinen Schwanz so sehr, dass er sich auf die Zähne beißen musste, um nicht laut zu sein. Noch war er nicht angekommen.

Jonathan verlagerte seine Hand weiter zur Spitze und führte ruckartige Bewegungen aus, die ihn kommen ließen. Ein wimmernder Laut entfuhr Jonathan und mit ihm sein Saft, der durch den Duschstrahl an die Wand spritzte. Er rieb noch vier bis fünf Mal, dann ließ er die Hand sinken, die Augen noch immer geschlossen.

Als wenn er es gespürt hatte, drehte er sich zu Rachel um und blickte ihr in die Augen. Sie las keine Reue, keine Peinlichkeit, eher schien er amüsiert. Wusste er, dass sie ihn beobachtet hatte?

»Na, Süße, du wolltest ja nicht. So hab ich mir anderweitig Abhilfe verschafft. Schlimm?«

Rachel schüttelte den Kopf. Sie hatte sich noch keine Gedanken darüber gemacht, ob sie es schlimm fand, dass ihr Freund sich in ihrem Beisein unter der Dusche einen runterholte. Es war neu für sie. Ihre Brüste waren geschwollen, was allerdings auch an der Hitze liegen konnte, aber ihre Brustwarzen stachen durch den Stoff. Sein Blick fiel darauf und er lächelte. »Hat dich wohl nicht ganz kalt gelassen.«

Sofort verschränkte sie die Arme davor. »Gib nicht so an.«

Er kam nass aus der Dusche, sein noch halb erigierter Schwanz schaukelte mit seinen Bewegungen. Er schlang die Arme von hinten um sie. »Na, Baby, das hat dich doch richtig angemacht, stimmt's?«

Ja, das hatte es, und wie es das hatte! Ihr Körper vibrierte. Sie hatte auf einmal das unbändige Verlangen, von ihm genommen zu werden. Er sollte von ihr Besitz ergreifen. Ihre

Gedanken wirbelten und dachten nur eins: ›Nimm mich!‹ Er spielte bereits mit ihren steifen Nippeln, die ihre erweckte Lust zu ihrem Schoß leiteten. Rachel seufzte, schloss die Augen. Verschiedenste Bilder stürmten auf sie ein. Jonathan unter der Dusche, männlich hielt er seinen eigenen Schwanz in der Hand, wusste genau, wie er damit umgehen musste, um ihn zum Höhepunkt zu führen. Sein Blick danach, der cool und selbstsicher war. Der Indio, der seinen bronzefarbenen Schweif in sie bohrte und nur an seinem Kommen interessiert war. Sie war für ihn nichts weiter als eine Touristin, die sich für ihn öffnete, weil er so exotisch war. Rachel war soweit. Sie stöhnte unter den geschickten Berührungen ihres Freundes.

Plötzlich hörte er auf und ging ins andere Zimmer. Verwirrt und unbefriedigt starrte sie ihm hinterher. »Jonathan, was ist denn? Wieso gehst du weg?«

Sie hörte sein glucksendes Lachen. »Du wolltest doch nicht, Süße.«

»Was?« Sie kam ihm hinterher, unglücklich und deshalb angesäuert.

Er rekelte sich auf dem Bett. »Du hast gesagt, du wolltest keinen Sex.«

»Du bist ein mieser Idiot.«

Gespielt verwundert blickte er sie an. »Aber, Süße, du hast es mir doch vorhin ganz deutlich gesagt. Mehr als Kuscheln ist nicht drin. Komm her, dann kuscheln wir ein bisschen.«

»Du bist ...«

»Ja, bitte. Was denn?« Er lächelte ihr zu. »Es hat dich also angemacht, wie ich es mir unter der Dusche besorgt habe.«

»Nein, hat es nicht. Ich fand es widerlich. Du wusstest genau, dass ich dort war und hast es demonstrativ vor meinen Augen mit dir selbst gemacht.«

Er lachte tief. »Oh, Baby, komm schon, es hat dich so scharf gemacht, dass du kaum laufen konntest.«

»Eingebildeter Idiot!«

»Ich wusste nicht, ob du da warst, aber ich hatte es mir im Stillen erhofft.«

Rachel hasste ihn dafür. Ungläubig schüttelte sie den Kopf. Sie überlegte sich, ob sie auf dem Sofa schlafen sollte, denn mit diesem Kerl wollte sie die Nacht ganz sicher nicht in einem Bett verbringen. Im Gegensatz zu ihren Gedanken, sprudelte ihr Unterleib. Ihre Klitoris war geschwollen und der leichte Stoff, der durch einen Windhauch ab und an ins Zimmer fegte, hauchte darüber, was ihr jedes Mal eine Gänsehaut einbrachte. Im tiefsten Inneren machte Jonathan sie mit jedem seiner Worte nur noch schärfer. Seine Art machte sie so unglaublich an, dass ihr Verlangen, sich in seine Arme zu werfen und von ihm so richtig genommen zu werden, unerträglich wurde.

»Na, Baby, soll ich es dir noch besorgen?«

Ein Stich fuhr durch ihren Unterleib und dieser schrie: ›Ja, ja, bitte, sofort, besorg es mir!‹. Doch Rachel schüttelte mit dem Kopf, ihr Stolz ließ sie konsequent bleiben. Sie ging ins Bad, putzte sich die Zähne und legte sich brav neben ihn. Ihr pochender Schoß erinnerte sie an ihre ungestillte Lust.

***

»Rachel, wach auf, wir sind schon viel zu spät dran, unser Flug geht in einer Stunde.«

Mit einem Ruck war sie hoch. »Was? Aber wie konnte das passieren? Hat denn der Wecker nicht geklingelt?«

Jonathan verschwand im Bad und war bald darauf zurück. Rachel überprüfte die Rucksäcke und lief ebenfalls ins Bad.

»Was ist, wenn wir den Flug nicht bekommen, gibt es eine andere Maschine, die wir nehmen können?«, rief Jonathan ihr zu.

»Ich weiß nicht genau, wie das hier in Mexiko ist, das müssen wir herausfinden. Aber ich denke, wenn wir uns beeilen, bekommen wir den Flug noch.«

Vor dem Hotel sprangen sie in ein Taxi, das schneller fuhr, als sie zu hoffen gewagt hatten. Kaum am Flughafen angekommen, liefen sie zum Schalter. Es war ein sehr kleiner Flugplatz und somit entsprechend übersichtlich. Das Flugzeug stand schon auf dem Rollfeld.

»Was? Wir sollen über das Rollfeld laufen und einfach einsteigen?« Ungläubig starrte Rachel den Mann hinter dem Schalter an.

»Si, Señora«, sagte er leichthin.

Ihnen blieb keine Zeit, um an seinen Englischkenntnissen zu zweifeln, stattdessen rannten sie zum Rollfeld. Die Tür der kleinen Propellermaschine war schon geschlossen, doch sie wurde für die noch fehlenden Passagiere wieder aufgedrückt.

Als Rachel neben Jonathan in den kleinen Sitz rutschte, wollte sie etwas sagen, musste aber erst mal ihre Atmung beruhigen lassen.

»Jonathan, ich glaube das hier gerade nicht, wir haben den Flieger tatsächlich noch bekommen!«

Er saß ruhig neben ihr und lächelte sie an. Sein Atem war normal, er keuchte nicht wie sie. Rachel wunderte sich darüber. War er so durchtrainiert?

Kaum war das Flugzeug gestartet, fielen Rachel die Augen zu. Sie wachte auf, als ein Ruck durch die Maschine ging.

»Was war das?«

»Wir sind gelandet, Schätzchen.«

Rachel blickte aus dem Fenster. Die Landschaft sah genauso aus, wie die, die sie soeben verlassen hatten. Sonderbar. Sonderbar war auch, dass Jonathan sie ›Schätzchen‹ nannte, das hatte er bisher noch nie getan.

»Alles okay mit dir, Jon?«

Er nickte ihr zu.

Sie stiegen in einen klapprigen Bus, der sie zum ›Palast Palenque‹ brachte. Rachel versuchte, die Landschaft in sich aufzunehmen, doch es fiel ihr schwer, sie war müder und angeschlagener, als sie dachte. Jonathan war merkwürdig still, wahrscheinlich ging es ihm ebenso. Was Rachel außerdem noch auffiel, war, dass sie allein im Bus saßen.

»Gibt es um diese Uhrzeit keine Besucher, die zum ›Palast Palenque‹ fahren?«, fragte Rachel den Busfahrer auf Spanisch. Dieser blickte sie kurz von der Seite an, fuhr weiter. Sie dachte schon, er hätte sie nicht verstanden oder wollte nicht antworten, als er auf englisch sagte: »Eigentlich schon, nur heute nicht.«

»Warum?«

»Die Menschen sind abergläubisch.«

»Was meinen Sie damit?«

»Heute ist der Tag des Mayapriesters.«

»Der Tag des Mayapriesters? Was hat das zu bedeuten?«

Der Busfahrer wackelte im Takt zu den Schlaglöchern, die seine Federung austendierte. »Das kann ich Ihnen nicht sagen, darüber spricht man nicht. Ich habe schon zu viel erzählt.«

»Nein, bitte sagen Sie es. Wir sind nicht von hier. Wir kommen aus New York und haben keine Ahnung.«

Der Busfahrer warf ihr einen kritischen Blick zu und musterte sie von oben bis unten. An ihrem Busen, der sich gegen ihr T-Shirt presste, blieb er hängen, sah dann wieder auf den unebenen Weg. »Es gibt Riten in diesem Land vor denen Sie sich in acht nehmen sollten. Mehr kann ich dazu nicht sagen. So, da wären wir. Ich bin in drei Stunden wieder hier.«

»Aber so lange sehen wir uns doch nicht den Palast an.«

»Sie müssen noch ein gutes Stück laufen, es wird seine

Zeit brauchen. Außerdem muss ich mich an meinen Fahrplan halten.«

Rachel wollte noch etwas sagen, doch der Fahrer öffnete die Tür, und Jonathan zog sie am Arm nach draußen.

Der Bus verschwand in einer Staubwolke.

»Jonathan, irgendetwas stimmt hier nicht.«

»Ach, komm, Rach, alles ist okay.«

»Nein, Jonathan, nein. Ist dir nicht aufgefallen, dass wir beide völlig allein in diesem Bus saßen?«

»Na und, den Leuten ist das heute einfach zu warm, kann ich im Übrigen auch mehr als verstehen!«

»Nein, Jon. Heute ist irgendein besonderer Tag, irgendetwas wird hier passieren.«

»Rachel, jetzt übertreibst du aber. Was soll denn hier passieren, dass die Leute es schon im Voraus wissen können? Der Busfahrer war doch auch hier.«

»Er kommt aber erst in drei Stunden wieder und in meinem Reiseführer habe ich gelesen, dass die Busse alle halbe Stunde fahren.«

»Na und? So sind die Einheimischen eben. Vielleicht ist nicht so viel los gewesen in letzter Zeit, dass die Verkehrsbehörde, oder wer auch immer dafür zuständig ist, beschlossen hat, die Busse seltener fahren zu lassen.« Rachel schüttelte den Kopf, sie war noch nicht überzeugt.

Jonathan zog sie hinter sich her. »Nun komm schon, damit wir das endlich hinter uns bringen und ich ins kühle Hotelzimmer zurückkomme.«

Sie liefen einige Zeit durchs Gestrüpp, immer am Rande des Urwalds entlang.

»Wo ist denn nun dieser blöde Palast?«, jammerte Rachel.

»Da hinten sehe ich ihn, es ist nicht mehr weit«, machte Jonathan ihr Mut.

»Woher wusstest du eigentlich, dass wir in die richtige Richtung gehen?«

»Keine Ahnung – Eingebung vielleicht. Wenn du so weiter trottest, werden wir allerdings nie ankommen.«

Rachel stöhnte. Der Weg fiel ihr schwerer als sie angenommen hatte.

Endlich kam der Palast in Sicht. Er stand auf einer großen Plattform. Nebenbauten, die wie eingefallene Galerien aussahen, schlossen sich an. Über lange Treppen konnte man eine Plattform, die Esplanade, erreichen. In der Mitte ragte ein Turm auf, umschlossen von Galerien und vier Innenhöfen.

Rachel und Jonathan liefen staunend durch die alten Gemäuer und machten Fotos.

»Es ist wirklich sehr schön hier«, bewunderte Rachel die Ruine.

Jonathan stimmte ihr zu. Sie gingen durch die langen Galerien.

»Rachel, hier ist eine Tür. Wollen wir mal hineingehen?«

»Nein, lieber nicht.«

»Hast du etwa Angst? So, wie gestern?«

»Nein!«

»Doch, ich glaube schon. Irgendwie hat dich seit gestern der Mut verlassen. Komm, Kleines.« Jonathan ging in eine Tür der hintersten Galerie.

Unschlüssig blickte Rachel ihm nach. »Jonathan, du weißt nicht, wie sicher das hier noch ist. Nicht, dass irgendetwas einstürzt.«

»Komm, Rach, es ist total aufregend hier unten. Sieh mal, da sind Wandmalereien.«

»Das kann nicht sein. Die Mayas waren doch keine Höhlenmenschen.«

»Dann komm her und sieh dir das an.«

Vorsichtig schritt Rachel durch die Tür. »Jon?«

»Hier hinten.«

Sie ging auf seine Stimme zu. Es war düster und stickig. Ein süßer Duft lag in der Luft. Waren es Blumen?

»Jonathan?«

Er antwortete nicht.

»Jonathan? Wo bist du?«

Wieder blieb ihre Frage unbeantwortet.

Auf einmal wehte ein starker Wind. Rachel erschrak. In diesem Moment fiel die steinerne Tür ins Schloss und sie stand im stockdunklen. Rachel schrie auf. Ihr Herz raste.

»Jonathan, Jonathan!! Oh, Gott, die Tür, die Tür ist zugefallen! Jonathan, wo bist du denn?!«

Sie hörte ihren eigenen Atem. Es war wieder stickig und warm, kein Wind regte sich mehr. Rachel war einer Panik nahe. Sie durfte nicht darüber nachdenken, was sich alles hier drin befinden könnte. Abgesehen von Schlangen und Spinnen, Ratten und sonstigen südamerikanischen gefährlichen Viechern, könnten hier auch irgendwelche Mumien liegen oder Skelette oder Gebeine oder ...

»Ganz ruhig, Rachel«, sprach sie sich selber zu, »alles wird gut. Dir passiert hier schon nichts. Jonathan hat dich nur nicht gehört, aber er wird dich finden. Hier ist nichts Schlimmes. Du hast es ja eben gesehen, als du hier hereingegangen bist. Nur die Ruhe. Jetzt langsam zur Tür zurückgehen. Du schaffst das, da bin ich überzeugt von.«

Langsam, die Hände nach vorne ausgestreckt wie eine Blinde, schob sie sich Richtung Tür. Ihr Atem ging schnell und der Herzschlag begleitete ihn. Sie hörte ein Knacken noch bevor sie die Tür erreicht hatte. Blitzschnell drehte sie sich um.

»Jonathan? Jonathan, bist du das?« Rachel schloss die Augen, damit ihre Angst, die nach und nach in ihr hochkroch, sie nicht überwältigte. Wieder ein Knacken. Sie riss die Augen in der Dunkelheit auf. *Das ist alles nur ein Traum,* dachte sie, *alles nur ein Traum, gleich wache ich auf und alles ist gut.*

Ein schwacher Lichtschein war in einiger Entfernung zu erkennen. Rachel konnte es nicht glauben. Sie fragte sich, wo der herkam und ob er schon die ganze Zeit dagewesen war. Unsicher wankte sie auf das Licht zu. Je näher sie kam, desto heller wurde es.

Plötzlich wurde sie gepackt. Sie schrie auf. Kräftige Arme hielten sie umschlungen. Ihr wurde der Mund zugehalten, während sie zum Licht gezerrt wurde.

Rachel zappelte, versuchte, sich aus der schraubstockähnlichen Umklammerung zu befreien, doch derjenige hatte sie fest im Griff. Als sie an einem Mauervorsprung vorbeikamen, erblickte Rachel das Unglaubliche. Ein riesiges Gebäude, das mit Fackeln gesäumt war. Hunderte von Menschen standen hier. Sie waren Mayas, denn auf ihrem Kopf war aufwendiger Schmuck befestigt, ihre Oberkörper waren nackt, ihr Unterleib war mit einem Lendenschurz bekleidet. An einem Pfeiler hockte in sich zusammengesunken Jonathan. Er war gefesselt und auf seinem Kopf klaffte eine Wunde. Rachel nahm das alles wie in einem Traum wahr. Sie wurde an einen anderen Pfeiler geführt und dort im Stehen festgebunden. Die Männer teilten sich in zwei Reihen, als wenn sie einen Gang freigaben.

Lange passierte nichts, und Rachel versuchte, Jonathan etwas zuzurufen. Er hörte sie nicht. Auf einmal ertönten zwei laute Gongschläge. Rachel zuckte zusammen. Durch die Mitte des Ganges kam ein Mann geschritten. Er war groß und trug einen wesentlich beeindruckenderen Kopfschmuck als alle anderen. Er schien ein Mayapriester zu sein, der Ranghöchste, genau, wie sie es in ihrem Buch gelesen hatte.

Rachels Mund war trocken, sie sehnte sich nach etwas Wasser. Ihr Herz klopfte schnell, als der Mayapriester direkt auf sie zukam und vor ihr stehenblieb. Er betrachtete sie von oben bis unten, dann riss er mit einer raschen Bewegung ihr T-Shirt auf. Rachel zog scharf die Luft ein und blickte ihm stolz entgegen. Der Mayapriester streckte die Hand aus und berührte Rachels Brüste. Seine sanfte Berührung ließ ihre Brustwarzen zum Leben erwecken und sie stellten sich auf. Er strich erst über die eine, dann über die andere Brust, ließ sich Zeit dabei. Rachel zog an ihren Fesseln, doch durch ihre Bewegung schaukelten die Brüste. Der Priester streichelte weiter, drückte die Nippel ganz sanft zusammen und diese reckten sich ihm entgegen. Er kam ein Stückchen näher heran und fasste Rachel in den Schritt. Sanft massierte er sie dort. Rachel versuchte, sich dagegen zu wehren, doch die Fesseln hielten ihren Körper zurück und die Lust lähmte ihr Denkvermögen. Der Mayapriester hörte auf und machte eine Geste zu den anderen mit drei Worten, die Rachel nicht verstand.

Sie wurde losgebunden und entkleidet. Nackt stand sie vor den vielen Männern. Alle Augenpaare waren auf sie gerichtet. Rachel schämte sich für ihre Nacktheit, traute sich aber nicht, sich zuzuhalten. Sie blickte schnell zu Jonathan rüber, der noch immer bewusstlos war.

»Jonathan«, rief sie.

Sofort drehte der Mayapriester sich auf seinem Weg in die Mitte des Raumes um und blickte sie an. Es lag etwas Magisches in seinem Blick. Rachel drückte ihre Brüste nach vorne und stellte mit Genugtuung fest, dass der Priester sofort hinschaute. Ein Indio neben ihm beugte sich zu seinem Ohr und flüsterte dem Priester etwas zu. Dieser nickte, drehte sich nach vorn und schritt mit elegantem Gang auf einen Altar zu.

Die Indios kamen zu Rachel, griffen ihr unter die Arme und führten sie hinter dem Mayapriester her. Sie nahm wieder diesen süßen, penetranten Geruch war und wusste jetzt, woher er kam. Rechts und links des Altars standen eine Art Weihrauchbecken aus denen es dampfte. Rachel wurde nach vorn geschoben. Der Mayapriester drehte sich um und blickte ihr in die Augen.

Rachel guckte entschlossen zurück. Sie erkannte ein Flackern in seinen Augen, was sie mit Lust in Verbindung brachte. Sie stellte sich vor, wie er in sie dringen, sie ausfüllen würde. Ihr Herz klopfte. Waren das auch seine Gedanken?

Er deutete auf den Altar, auf dem sie sich niederlassen sollte. Der Rauch umfing sie und benebelte nicht nur ihre Augen, sondern auch ihre Sinne. Sie ging in die Hocke und legte sich auf den Rücken, tat alles wie in Trance. Die Mayas stimmten einen Gesang an, der sich eher wie ein Raunen, ein Gemurmel anhörte. Rachel fühlte sich davon noch mehr eingelullt als sie schon war. Fast hätte sie dabei die Augen geschlossen.

Auf einmal fehlte etwas. Sie versuchte, klar zu denken. Dann fiel es ihr auf. Die Beleuchtung des Gebäudes beschränkte sich auf den Mayapriester und Rachel. Als wenn ein Spot angeschaltet worden war und die Indios im Dunkel versinken ließ. Es gab nur noch den schönen Mayapriester und sie. Ihr Schoß fing an zu pochen und Verlangen baute sich auf.

Der große, kräftige Mann betrachtete Rachel erneut von oben bis unten. Er kniete sich vor sie und streichelte über ihren Körper. Seine Bewegungen waren sanft und ruhig wie zuvor bei ihrem Busen. Er glitt mit der Hand zwischen ihre Oberschenkel, die sich für ihn willig öffneten. Er fand den Knopf, den er drückte und rieb. Rachel stieß einen Seufzer aus. Ein Raunen ging durch die Menge, was ihr sagte, dass alle noch anwesend waren und ihrem intimen Spiel mit Augen und Ohren folgten. Der Priester machte zwei Handbewegungen und von rechts und links kam je ein Indio. Sie beugten sich über Rachel und saugten ihre steifen Warzen in den Mund. Lustblitze durchzogen ihren Körper, die noch stärker wurden, als der Mayapriester ihre Perle zwischen den Schamlippen massierte.

Rachel rekelte sich, und die Erregung wuchs. Ihre Feuchtigkeit war in Nässe übergegangen. Sie hatte das Gefühl, wenn dieser Mann sie weiter so reiben würde, käme ihr Orgasmus in einem wilden Aufbäumen. Der Priester schien es zu spüren. Er ließ von ihr ab, betrachtete ihren Körper, der mit einer feinen Gänsehaut überzogen war. Rachel schaffte es, sich vorzustellen, wie sie aussehen musste. Eine weiße Frau zwischen den dunkelhäutigen Mayas, ihr Körper in vollster Erregung, die Brustwarzen steif vor Geilheit und die Beine weit gespreizt, um jemanden zu empfangen. Der Priester machte Handzeichen und zwei Mayas zogen ihm seinen Lendenschurz herunter. Ein großes Glied ragte zwischen seinen Beinen hervor.

Trotz Rachels benebelter Sinne, kam ihr Blut bei diesem Anblick noch mehr in Wallung. Der Priester stellte sich zu ihren Füßen auf, hockte sich zwischen die gespreizten Oberschenkel und drückte sein gewaltiges Glied an ihren Eingang. Die Berührung haute sie fast um. Ihr ganzer Körper schien übersensibel zu sein. Das Verlangen nach dem männlichen Sporn war nicht zu bändigen. Mit einem Ruck war er in ihr. Sie seufzte laut ihre erste Erlösung heraus. Langsam beugte er sich über sie und legte sich der Länge nach auf ihren Körper. Ihre Hände fassten an seine muskulösen, glänzenden Oberarme. Geschickt bewegte er sein Becken. Es war eine seltsame Art der Bewegung, die Rachel so sehr zusetzte, dass sie bei jedem

Stoß glaubte, zu kommen. Sie hörte ihren keuchenden Atem, der sich mit dem des Priesters vermischte. Ihr warmer Hauch prallte an der männlichen Brust ab und umhüllte ihr Gesicht. Der Mayapriester zog das Tempo an und schob sich bei jedem Stoß tief in sie. Mit einem Aufschrei kam Rachel. Die Erregung war langsam in ihr gewachsen und überrollte sie jetzt.

Es kam ihr vor, als hätte der Priester die ganze Kraft aus ihr herausgesogen. Keuchend lag sie unter ihm und bemerkte seinen Blick. Er hatte aufgehört, sich zu bewegen und betrachtete sie intensiv. Als wenn er noch nicht am Ziel wäre, schob er seinen harten Schwanz wieder tief in ihre Höhle. Die Lust war abermals geweckt.

Rachel fasste sich an ihre Brüste, zwirbelte an den Warzen und ließ neue Säfte in sich kochen. Sie legte den Kopf zur Seite und hatte freie Sicht auf Jonathan. Der erste Moment erschreckte sie, denn er war nackt und besorgte es sich langsam mit seiner Hand, während er ihr dabei zusah, wie sie von dem Mayapriester genommen wurde.

Rachel wollte etwas sagen, aber die gekonnten, rhythmischen Bewegungen tief in ihrem Innersten ließen sie zu ihrer aufwallenden Lust zurückkehren. Der Mayapriester über ihr hatte glasige, halb geschlossene Augen. Erst jetzt fasste Rachel den Mut, ihn sich genau anzusehen. Er sah unglaublich gut aus. Er hatte einen glatt rasierten Kopf, was ihm das gewisse Etwas verlieh. Noch während sie ihn betrachtete, öffnete er die Augen. Er musste ihren Blick bemerkt haben. Ein Zucken um seine Mundwinkel kündigte ein freundliches Gesicht an. Sie lächelte, was ihm anscheinend die Erlaubnis signalisierte, sich zu ihr hinunterzubeugen und sie zu küssen. Seine Lippen waren voll und warm. Seine Zunge tastend und vorsichtig. Nie hätte Rachel von einem so muskulösen, großen, Macht habenden

Mann eine solche Feinfühligkeit und Sensibilität erwartet.

Sein Anblick und seine Art nährte Rachels Lust so sehr, dass sie ihm ihr Becken entgegendrückte. Sie brachte ihm eine für sie unerklärliche Bereitschaft entgegen, die ihr Verlangen schürte, dass ihr fast die Sinne schwanden. Sie wollte von diesem Mayapriester genommen werden, seinen starken Schwanz immer wieder in sich spüren, wollte seinen Saft in sich aufnehmen. Sie merkte, dass er sich noch beherrschen wollte. Das reizte sie, sich unter ihm hin- und herzuwinden und seinen Schwanz herauszufordern. Ein Seufzer entfuhr dem so überlegenen Peiniger.

Rachel spürte die zweite Welle nahen, sie hechelte unter seinem langsamen Schwanz, hoffte auf schnellere Bewegungen und eine weitere Erlösung. Sie verstand nicht, warum er sich und sie so quälte. Rachel konnte die Qual ganz deutlich in seinem Gesicht lesen. Mit einem Mal stoppte er. Mit zusammengezogenen Augenbrauen schmachtete Rachel ihn an, rotierte mit ihrem Becken, um ihn aufzufordern, weiter zu machen. Er blickte ihr in die Augen, sie wirkten mitleidig und voller Qual.

Er achtete nicht auf Rachels Flehen, fortzufahren, sondern zog sich aus ihr zurück, gab seinen Indios ein Zeichen. Diese kleideten ihren Herrscher an, wobei sie große Mühe hatten, den Lendenschurz über den stark erigierten Penis zu bekommen. Er nickte Rachel zu, drehte sich um und verschwand in der Dunkelheit.

»Nein, warten Sie! Sie können doch nicht einfach weggehen! Warten Sie, bitte!«

Jonathans Kopf beugte sich über sie. »Rachel, komm, es ist vorbei.«

»Aber er hat nicht das zu Ende geführt, was er mir versprochen hat.«

»Er hat mir dir gesprochen?«

»Ich habe es in seinen Augen gelesen.«

»Komm, Schätzchen, das hier ist jetzt vorbei. Sei vernünftig und vor allem froh darüber, dass dir oder mir nichts Schlimmeres passiert ist.«

»Aber wir waren so unglaublich weit. Er kann doch nicht einfach gehen, wo ich gerade so erhitzt und beflügelt bin. Er hat mich so heiß gemacht.« Tränen liefen ihr über die Wangen.

»Rachel, hör auf! Rachel! Wach auf!«

»Nein! Lass mich los, Jonathan!«

»Rachel, wach auf! Rachel!«

Mit einem Ruck war sie wach und blickte in die vertrauten Augen Jonathans. Das erste Morgenlicht fiel durch die Persianas, die einen Spalt offenstanden. Sie befanden sich beide im Bett des Hotels.

»Jonathan! Ich hatte einen Traum.«

»Das habe ich mir fast gedacht und die Nachbarn im Übrigen auch!«

»Es war so merkwürdig. Wir waren in Mexiko ...«

»Wir *sind* in Mexiko.«

Rachels Blick huschte durchs Zimmer. »Wir flogen nach Tabasco, um uns den Palast von Palenque anzusehen.«

»Der Flug geht erst nachher. Noch waren wir nicht da.«

Mit verwirrtem Blick sah sie ihren Freund an, der sie liebevoll in den Arm zog. Ein Pochen in ihrem Schoß sagte ihr, dass sie im Traum ganz schön mitgegangen sein musste. Rachel versuchte Stück für Stück alles zu erzählen, wobei sie die tiefen Empfindungen für den Mayapriester ausließ. Sie hatte Angst, Jonathan würde sie nicht verstehen und eifersüchtig werden.

Als Rachel mit den Erzählungen ihres Traumes geendet hatte, lächelte Jonathan seiner Freundin zu und glitt unverzüglich unter die Bettdecke zwischen ihre Beine. Ohne zu zögern schob er zwei Finger in ihre Spalte.

Rachel japste auf. »Jonathan, was machst du da?«

»Du bist ja gar nicht feucht.«

»Wieso sollte ich feucht sein? Es war ein erniedrigender Traum!«

»Finde ich nicht.«

»Wie bitte?«

»Ich finde, dass der Traum ganz schön heiß war, hat mich echt angemacht.«

»Du spinnst ja. Jonathan, was machst du da?«

Er wälzte sich mit einem Schwung auf seine Freundin. Sein steifer Schwanz drang sofort in sie ein.

Rachel quiekte auf. »Oh, Jonathan!«

»Ich habe vergessen, dir noch etwas zu sagen ...«

»Was denn?«

»Du warst auch nicht feucht, du warst nass! Los, gib es zu, dass der Mayapriester dich wollüstig gemacht hat.«

»Nein, das hat er nicht. Ich ... oh ...«

Jonathan bewegte sich kraftvoll in ihr. Seine Muskeln arbeiteten und nutzten die Position ihrer Schwäche aus. »Los, sag, dass es hat dich angemacht hat. Genauso, wie die Szene, dass ich mir währenddessen einen runtergeholt habe, so wie unter der Dusche.«

»Das stimmt nicht«, kam ihr schwacher Protest.

Seine Hand fuhr zu ihrem geschwollenen Kitzler und presste ihn. Rachel stöhnte auf.

»Na, meine Süße, was ist? Hat es dich geil gemacht oder nicht?«

»Ich weiß nicht, ich kann nicht mehr denken.«

Er beugte sich hinunter und saugte an ihren steifen Nippeln, während sein Daumen und sein Mittelfinger immer noch ihren Kitzler bearbeiten.

»Oh, Jonathan ...«

»Ich will es wissen, Baby. Hat es dich angemacht?« Er ließ von ihren erregten kirschroten Brustwarzen ab und zog sein Tempo an.

Rachel wand sich unter ihm, wie in ihrem Traum unter dem Priester.

»Ich will es hören!«

Sie hatte kaum noch Kraft, klar zu denken. Sie spürte, wie die Welle des Orgasmus sie überwältigte. »Ja, ja, es war geil und ich war geil ...!«, schrie sie heraus.

In diesem Augenblick kam auch Jonathan. Er setzte ihre Worte in seinen Gedanken um und genoss, wie seine Freundin es mit dem Fremden getan hatte. Er unterdrückte seine lustvollen Laute, drückte das Kreuz durch und nahm den Höhepunkt mit allen Sinnen wahr. Ermattet sackte er auf Rachel zusammen. Sie schloss ihn in die Arme und streichelte über seine Haare. Sie liebte es, das bei so einem starken Mann tun zu können. »Jonathan ...«

»Hm ...«, kam es aus dem Kissen.

»Ich möchte heute hier im Hotel und am Strand bleiben. Ich will nicht nach Tabasco.«

Sein Kopf tauchte aus den Kissen auf. Erst starrte er sie an, dann verzog sich sein Gesicht zu einem Strahlen. »Das glaube ich nicht!«

Warten auf den Vampir

Es wehte ein kalter Nordwind. Elisa öffnete das Fenster und ließ die Gardinen aufblähen. Sie schloss die Augen und dachte an eine Nacht mit einem Vampir. Sie wusste, dass es nicht normal war. Deshalb behielt sie diese Gedanken für sich. Wenn sie die Augen schloss, sah sie ihn vor sich: eine große, kräftige Gestalt mit schwarzem Umhang und schwarzen Haaren, die zurückgegelt waren. Seine dunklen Augen würden sie durchbohren, würden undurchdringlich sein, nicht von ihr weichen. Sie würde schwach werden und in seine Arme sinken. Dann würde er seine kühlen Lippen auf ihren heißen Hals pressen und …

»Lisa? Lisa, bist du in deinem Zimmer?«

Elisa löschte die Kerze und schloss schnell das Fenster. Wieso musste ihre Mutter sie ausgerechnet jetzt stören?

»Elisa!« Die Tür ging auf. »Warum antwortest du denn nicht?«

»Tut mir leid, Mum.«

»Hast du etwa geraucht?«

»Nein. Und wenn schon, ist ja meine Lunge.«

Elisas Mutter schüttelte den Kopf über ihre neunzehnjährige Tochter. »Ich wollte dir nur sagen, dass ein Sturm aufkommt und du bitte die Fenster über Nacht geschlossen hältst.«

»Schon klar, Mum.«

»Okay. Dann gute Nacht, mein Kind.«

Elisa hasste es, wenn ihre Mutter sie, »mein Kind« nannte.

»Gute Nacht, Mum.«

Ihre Mutter verließ das Zimmer. Elisa kuschelte sich ins Bett, zog den vierten Band des »Vampir auf Abwegen« hervor und las darin weiter.

Der Wind drückte an die Fenster und ruckelte an ihnen. Elisa hatte erst eine Zeile gelesen, ließ das Buch sinken und blickte hinüber. Der Wind will mir ein Zeichen geben, dachte sie und stand auf. Sie sah sich zur Zimmertür um. Fehlte noch, dass ihre Mutter wieder hereingeplatzt kam. Elisa schloss die Tür vorsichtshalber ab und wandte sich zum Fenster. Dunkle Wolken trieben dahin, ließen ab und an den Mond sehen und schoben sich dann wieder vor ihn. Der Wind pfiff um die Hausecken, und das Laub raschelte in den Bäumen. Elisa öffnete das Fenster. Eine Bö verirrte sich ins Zimmer und ließ ihre Haare wild nach hinten flattern. Die Geräusche der Nacht waren nun viel deutlicher zu hören. Das Heulen, das Rascheln, das Pfeifen. Sie schloss die Augen und stellte sich ihren Vampir wieder vor. Ihren Vampir, den sie die ganze Zeit im Buch verfolgte. Sie wünschte sich, dass er sie verfolgen und sie finden würde. Nur er wäre in der Lage, sie aus ihrem seelischen Bann zu retten.

Ein Donnergrollen war in weiter Ferne zu hören. Elisa öffnete die Augen und blickte zum Bergmassiv. Dort zuckten die Blitze und ließen die Landschaft taghell aufleuchten. Elisa bekam eine Gänsehaut. Irgendetwas war anders als sonst, doch sie konnte nicht sagen, was es war. Sie konnte auch nicht sagen, wie lange sie am Fenster gestanden und dem Naturschauspiel zugesehen hatte, als es an der Haustür klingelte. Elisa zuckte zusammen. Für einen kleinen Augenblick musste sie erst mal ihre Gedanken sortieren. Vorsichtig beugte sie sich aus dem Fenster, um sehen zu können, wer da vor der Tür stand. Regen setzte ein, schnell und doll, er prasselte vom dunklen Himmel. Noch ein Klingeln. Ihre Mutter hatte nicht geöffnet. Warum nicht?

Elisa drehte sich um und rannte zur Zimmertür, stürzte die Treppen herunter und rief: »Mum, da hat jemand geklingelt. Mum?«

Niemand antwortete ihr. So lief sie zur Haustür und riss sie auf. Ein Mann im schwarzen Anzug und Zylinder stand vor ihr. Ein pechschwarzer Umhang flatterte um seine Beine, während der Regen vom Hut tropfte. Die markanten Gesichtszüge und die leichte Blässe, die Elisa auf seinem Gesicht zu erkennen glaubte, machten aus ihm einen ungewöhnlichen Mann.

»Tut mir leid, dass ich Sie zu so später Stunde noch störe, aber mein Wagen ...« Er deutete in irgendeine Richtung in den Regen hinaus. »Er ist einfach stehengeblieben, gab keinen Ton mehr von sich. Vielleicht ist der Keilriemen gerissen. So genau kenne ich mich damit nicht aus. Dürfte ich mal bei Ihnen telefonieren? Leider ist der Akku meines Handys leer.«

Elisa nickte und ließ ihn eintreten. Sie fand, es gebühre der Höflichkeit, jemanden, der in Not ist, ins Haus zu lassen. Sie war noch immer nicht in der Lage zu sprechen. Sie beobachtete seine eleganten Bewegungen, wie man sie eigentlich nur von einer Frau erwartet.

Er holte sie aus ihren Gedanken: »Wo ist denn das Telefon?«

Elisa ging ins Wohnzimmer vor und deutete auf das einzige Telefon im Haus. Ein Blitz zuckte und der Donner krachte sofort hinterher. Elisa duckte ihren Kopf zwischen den Schultern. Der Mann blieb reglos, lächelte milde.

Elisa blickte die Treppe hinauf und überlegte, ob ihre Mutter nicht von der Haustürklingel und der dunklen Stimme des

Mannes wach geworden sein musste oder wenigstens vom Donner.

»Das Telefon ist tot oder muss man eine Null vorweg wählen?«

»Was? Äh, nein, keine Null. Aber wieso? Ich meine, das kann doch nicht sein.« Elisa bemerkte seinen Blick, während sie nach dem Telefonhörer griff. Er roch nach ihm. Genau, jetzt fiel es ihr auf. Er hatte einen süßen, herben Geruch mit ins Haus gebracht. Den, den sie jetzt auf dem Hörer wahrnahm. Der Wind heulte ums Haus. Elisa war kaum in der Lage, einen klaren Gedanken zu fassen. Sie konnte auch nicht darüber nachdenken, dass sie einfach einen wildfremden Mann in ihrem Wohnzimmer stehen ließ. Sie blickte ihn an. Wasser tropfte noch immer von seinem Hut. Seine Augen wirkten im nicht ausgeleuchteten Wohnzimmer tief und dunkel und blitzten auf, als das Licht aus dem Flur sich darin spiegelte. Herzklopfen setzte bei Elisa ein. Was sollte sie jetzt tun?

»Was soll ich jetzt tun?«, fragte der Mann, als hätte er ihre Gedanken gelesen.

»Ich weiß es nicht. Tut mir leid, aber ich kann den Elektriker für das Telefon erst morgen herbestellen.«

»Sie wollen mich auf die Straße setzen?«

»Ich kann Ihnen nicht weiterhelfen.«

»Aber ich glaube, Sie wollen mich gar nicht wegschicken, oder?«

Elisa konnte ihm nicht folgen. In seiner Nähe setzte ihr Denkvermögen aus. Sein Duft machte sie an, machte sie willig. Sie spürte, wie sie feucht wurde und stellte sich vor, wie er sich langsam nach vorn beugte, um in ihren Hals zu beißen ...

Donner holte sie zurück. Sie stieß einen erstickten leisen Schrei aus.

Er beobachtete Elisa immer noch. »Hören Sie, ich habe ein Problem. Mein Auto ist ein Cabrio und das Verdeck geht, aus welchen Gründen auch immer, nicht mehr hoch. Das heißt, wenn der Wagen jetzt die ganze Nacht im Regen steht, dann ist er morgen voll Wasser gelaufen und ich kann ihn gleich verschrotten lassen. Bitte, Sie müssen mir helfen.«

Ein Wassertropfen landete auf dem Teppich.

»Was kann ich schon tun?«, fragte Elisa schwach.

»Wir bringen ihn in die Scheune.«

»Woher wissen Sie, dass wir eine Scheune haben?«

Jetzt hatte er sich verraten. Elisas Herzschlag beschleunigte sich.

»Ich habe sie bemerkt, als ich den Weg zum Haus entlangging. Sie ist nun wirklich nicht zu übersehen.«

»Warum haben Sie gerade bei uns geklingelt?«

»Weil es das einzige beleuchtete Haus weit und breit war, das ich fand.«

Der Wind heulte unregelmäßig und ließ den Regen an die Scheiben prasseln. Der Donner grollte über dem Haus. Elisa war innerlich schon so weit, ihm zu helfen, konnte in ihrem Gedankengang nicht mehr zurück, wollte es wahrscheinlich auch gar nicht. »Na schön, ich helfe Ihnen. Aber ich bin mir nicht sicher, ob ich stark genug bin.«

Der Fremde lachte kurz auf.

»Was ist?«, fragte Elisa verwundert.

»Ich hätte gedacht, Sie haben Angst vor dem Gewitter und dem Unwetter.«

»Nein, das hat mir noch nie Angst gemacht. Und, wie steht es mit Ihnen?«

»Nein, auch bei mir nicht. Es ist genauso schön, wie eine sternenklare Nacht. Ist alles Natur.«

Elisa war fasziniert von seinen runden, vollen Lippen. Er sprach langsam mit einem leichten Akzent, der ihr erst jetzt auffiel.

»Mum! Ich geh mal kurz raus!«, rief Elisa die Treppe hoch.

»Ihre Mutter hört Sie nicht«, sagte der Fremde.

Mit einem Ruck drehte Elisa sich zu ihm um. »Woher wollen Sie das wissen?«

Entschuldigend hob er die Hände und zog die Augenbrauen hoch. »Ich habe Sie das gefragt.«

»Was?«

»Ob ihre Mutter sie nicht hört.«

»Ich fand, es klang eher wie eine Aussage.«

»Woher sollte ich wissen, ob Ihre Mutter Sie hört oder nicht?«

»Genau das habe ich mich eben auch gefragt«, erwiderte Elisa und musterte den Mann intensiv.

Schließlich löste sie sich von seinem harten Blick und ging an ihm vorbei nach draußen. Er kam ihr hinterher, obwohl sie seine Schritte nicht hörte. Als Elisa sich umdrehte, um zu sehen, ob er ihr folgte, hörte sie seine Schritte. Er lächelte sie kurz an.

Was mache ich hier eigentlich? Fragte Elisa sich im Stillen. *Ich gehe mit einem mir völlig unbekannten Mann durch die Nacht bei Unwetter, um seinen Wagen in unsere Scheune zu bringen? Er könnte gar kein Cabrio haben, mich in den Wagen zerren und vergewaltigen.* War es nicht genau das, was sie wollte? Nicht gerade vergewaltigt, aber verführt und von ihm genommen zu werden?

Der Regen peitschte ihr ins Gesicht, die Blitze zuckten schräg über den Himmel. Der Fremde ging neben ihr. Elisa wagte einen Blick, welcher ihr sagen sollte, ob sie ihm vertrauen konnte. Doch er hatte seinen Zylinder tief ins Gesicht gezogen. Sie fand den Hut altmodisch. Wie konnte ein normaler Mann sich so einen Hut zulegen, oder war er nicht normal? Die Fragen fingen an, ihren Kopf zu überschwemmen. Sie nahm sich vor, keine Fragen mehr an ihren Verstand zu stellen.

Er bog nach links ab und sie folgten der Straße, die schon völlig überschwemmt war.

»Warum wollten Sie sich nichts überziehen?«

Elisa blickte an sich hinunter, denn sie hätte nicht mehr sagen können, was sie anhatte. Mit Schrecken bemerkte sie ihr langes hellblaues Nachthemd. Ihr war überhaupt nicht bewusst gewesen, dass sie heute schon ihr Nachthemd anhatte. Wieso war sie damit nach draußen gegangen? Wieder kamen die Fragen, die sie nicht mehr wollte.

»Ich habe nicht darüber nachgedacht«, sagte sie schlicht, um sich keine Blöße zu geben.

»Ich hatte Sie aber darauf hingewiesen.«

Elisa blieb stehen. »Wann?«

Er blieb etwas später stehen und sah zu ihr zurück. »Vorhin, ich weiß nicht mehr genau. Im Flur, glaube ich. Sie haben nicht reagiert.«

»Ich habe nicht reagiert?«

»Nein.«

Ihr nasses Nachhemd flatterte im Wind, und der Blitz ließ ihre steifen Brustwarzen darunter erkennen, als er die Nacht erhellte. Elisa sah dem Fremden gerade in die Augen und bemerkte seinen Blick darauf. Kaum war die Helligkeit da, verschwand sie auch wieder, doch die Erinnerung an seinen Blick, in dem Elisa Gier las, blieb. Ihre Brustwarzen wurden noch härter. Der Mann drehte sich einfach um und ging voran.

»Kommen Sie, Sie holen sich hier sonst noch den Tod.«

Tue ich das nicht sowieso, dachte Elisa. Sie folgte ihm schweigend und zwang sich, ihren Kopf zu leeren.

»So, hier ist er.«

Mitten auf der Straße, die ins dunkle Nichts verlief, stand ein Auto. Es war tatsächlich ein Cabrio. Der Fremde ging zur Tür des Wagens und öffnete sie. Eine kleine Welle Wasser schwappte heraus. Er blickte ihr nach, soweit es ihm in der Dunkelheit möglich war. Eine alte Laterne, die schwach vor sich hinleuchtete, versuchte, Licht zu spenden. Kein Fluch kam über seine Lippen. Elisa hatte es irgendwie erwartet.

»Und, haben Sie Kraft oder mute ich Ihnen zu viel zu?«, fragte er.

»Das kann ich noch nicht beurteilen.«

»Na, dann probieren Sie es aus.«

Elisa ging auf die Beifahrerseite und suchte sich eine Stelle zum anfassen.

»Öffnen Sie die Tür und kurbeln Sie das Fenster runter, dann können Sie am Fensterrahmen festhalten, um zu schieben.«

Elisa kam seinem Vorschlag nach.

»Jetzt!«, rief der Fremde.

Beide drückten den Wagen nach vorn. Er rollte langsam los. Elisa blickte zu dem Fremden hinüber, der den Wagen lenkte und bemerkte, dass er sie beobachtete. Er zog einen Mundwinkel hoch und entblößte zwei weiße Zähne, wobei das Auge auf der Seite sich fast schloss. Es sah aus, wie eine Maske. Elisa erschauderte und blickte nach vorn. Der Regen war etwas schwächer geworden, doch der Wind drückte noch immer stark von der Seite. Elisas Nachthemd flatterte. Die Böen pressten den nassen Stoff an ihren Körper und ließen einem aufmerksamen Beobachter alle interessanten Körperrundungen nicht entgehen.

Das Auto zu schieben, war leichter, als Elisa dachte. Wenn nur nicht dieser Sturm wäre! Ihre Haare peitschten um den Kopf. Endlich kam die Scheune in Sicht.

»Und, können Sie noch?«

»Ja, es geht ganz gut«, rief sie gegen den Wind an.

Der Fremde lenkte seinen Wagen nun in die Kurve und es sah gar nicht so aus, als ob es ihn eine große Anstrengung kostete, das Gefährt vorwärtszubekommen. Schob Elisa den Cabrio allein und er tat nur so, als wenn er ihr helfen würde? Sie besann sich darauf, dass sie so einen schweren Wagen unmöglich allein schieben könnte.

»Wollen Sie die Scheune aufmachen?«

Beide standen davor und Elisa wartete genau wie er, dass sie aufging.

»Klar, tut mir leid.«

»Sie brauchen sich nicht zu entschuldigen. Ich bin es, der sich für die Unannehmlichkeiten entschuldigen muss.«

Elisa ging über die inzwischen morastige Rasenfläche und sank ein. Nur mit Mühe konnte sie ihren ersten Fuß herausziehen. Beim Zweiten wurde es schon schwieriger. Wieso war ihr das vorher nicht passiert? Sie merkte, wie der Schuh von ihrem Fuß glitt.

»Oh, nein!«

»Was ist los?« Er stand schneller neben ihr, als sie erwartet hatte.

»Mein Schuh, und auch mein Fuß. Ich stecke fest. Es kann doch nicht sein, dass der Morast hier so tief ist, direkt vor der Scheune!«

»Warten Sie, ich helfe Ihnen.«

So sehr Elisa auch zog, sie bekam ihren Fuß nicht raus. *Das ist ja verhext,* dachte sie. Schon spürte sie seine Hände, wie sie auf ihrem Nachthemd lagen. Er zog an ihrem Bein, doch er rutschte mit dem Stoff nach oben. Er entschloss sich, das Nachthemd soweit hochzuziehen, dass er mit einer Hand oberhalb ihrer Fessel fassen konnte und mit der anderen ihre Kniekehle. Seine Hände waren warm. Ein Schauer lief ihr über den Rücken. Seine Berührung löste Verlangen in ihr aus. Sie konnte nicht sagen, warum, denn dieser Mann tat doch nichts. Er machte ihr weder Avancen, noch schöne Augen, er war einfach nur geheimnisvoll. Und er war da.

Mit einem Ruck hatte er ihren Fuß aus dem Matsch gezogen. Fast wäre Elisa nach hinten gefallen, doch sie hielt sich noch rechtzeitig an ihm fest. Der Stoff seines Umhangs war rau und grob. Das hatte sie nicht erwartet. Schon war er bei ihr und seine tiefen Augen bohrten sich in ihre, als wenn er sie für ihre Feststellung bestrafen wollte.

»Tut mir leid«, stammelte sie, »ich wäre sonst gefallen.«

Seine Gesichtszüge wurden mild. »Kein Problem.«

Selbstsicher trat er auf die Scheune zu, zog sie mit einem Ruck auf und griff zur linken Seite, um Licht zu machen. Elisa blieb der Mund offen stehen. Woher wusste er, dass sich dort der Lichtschalter befand? Er ging an ihr vorbei und schob den Wagen an.

»Kommen Sie. Oder können Sie nicht mehr?«

»Auf den letzten paar Metern werde ich wohl kaum schlappmachen«, entgegnete sie.

Er verzog sein Gesicht zu einem Lächeln. »Gut so. Nur nicht einschüchtern lassen!«

Elisa wollte nicht darüber nachdenken, was das wieder Zweideutiges zu bedeuten hatte. Sie watete durch den Schlamm und drückte sich mit aller Kraft gegen den Wagen. Mit Schwung bekamen ihn beide in die Scheune. Elisa ließ die Arme hängen, erst jetzt bemerkte sie, wie sehr es sie doch angestrengt hatte. Der Fremde hatte die Hände in die Hüften gestützt und blickte sie an. Dann ging er zur Scheunentür und schloss sie sanft, ohne Elisa aus den Augen zu lassen.

Der Wind hatte sich etwas beruhigt, heulte aber noch immer ums Haus. Elisa war kalt. Sie legte die Arme um sich und sehnte sich nach einer warmen Dusche und ihrem Bett. Ein Fuß im Hausschuh, den anderen nackt, zitterte sie am ganzen Körper. Über dem nassen Wagen hing eine Glühbirne, die versuchte, die ganze Scheune auszuleuchten. Neben Elisa lagen Strohballen, hinter dem Fremden standen Regale mit Werkzeug und vielen Gläsern eingemachter Marmelade ihrer Mutter.

Was soll jetzt geschehen, fragte Elisa sich. Der Mann ging um das Auto herum auf sie zu. Er glitt am Kofferraum vorbei. Elisa wich instinktiv vor ihm zurück. Sie war bei den Scheinwerfern angekommen und blieb stehen, weil er stehenblieb. Seine Hand griff nach oben und er setzte langsam seinen Hut ab. Seine Haare waren schwarz und streng zurückgekämmt. Sein Gesicht bekam dadurch einen harten Ausdruck. Er ließ Elisa nicht einen Augenblick aus den Augen. Sie überlegte, ob sie durch die andere Scheunentür flüchten sollte, doch ihre Füße standen fest wie auf den Boden genagelt.

»Was ist mit dir?« fragte er ruhig.

Elisa konnte nicht antworten.

»Komm her.«

Sie wollte nicht zu ihm gehen, aber ihre Füße gehorchten nicht ihr, sondern ihm. Langsam kam sie näher. Er lächelte und reichte ihr die Hand. Elisa konnte nicht mehr denken, eine ungekannte Faszination ging von ihm aus. Sie ergriff seine Hand, und er zog sie ran. Er legte seine Arme um sie wie ein großer Vogel, der sie vor etwas beschützen wollte. Es hatte etwas Einnehmendes, etwas, was Elisa als Machtausübung ansah. Trotzdem fühlte sie sich geborgen. Sie versuchte, seinen Herzschlag wahrzunehmen, es gelang ihr nicht. Er hatte wahrscheinlich zu viel an dafür.

»Geht es Dir gut?«

Sie nickte, auch wenn er das nicht sehen konnte. Der Wind hatte nachgelassen und ließ den Regen gleichmäßig aufs Scheunendach trommeln. Elisa fühlte sich seltsam eingelullt von dem Geräusch. Sie sah es als eine Art Musik. Vorsichtig schob der Fremde sie von sich weg und blickte sie an. Sie konnte seine Augen nun gut erkennen, sie waren tiefliegend und dunkel. Ein leichtes Funkeln nahm sie wieder wahr, wie vorhin im Flur. Seine Lippen bewegten sich, dann verstand sie erst seine Worte.

»Zieh dich aus.«

Sie spürte, wie ihre Hände an das Nachthemd griffen und es langsam hochzogen. Er beobachtete sie. Elisa dachte nicht mehr darüber nach, was sie tat, wo sie war, wer das von ihr verlangte. Sie hing an seinen Lippen, spürte ein Sehnen und eine unglaubliche Lust in sich aufsteigen, als sie sich nackt vor ihm präsentierte. Ihre Brustwarzen waren hart und erregt. Sein Blick fiel als Erstes darauf, dann wanderte er weiter zu ihrem weiblichen Bauch und den hellbraunen krausen Haaren darunter.

»Komm her. Ich will dich probieren.«

Ohne zu zögern trat sie näher an ihn heran. Das Verlangen nach seinem Mund oder auch nach seiner Zunge war so groß, dass ein leises, kaum wahrnehmbares Wimmern über ihre Lippen kam.

»Wo soll ich dich zuerst schmecken?«

Kaum merklich kippte Elisa ihren Kopf zur Seite und bot ihm ihren schlanken, weißen Hals, auf dem noch ein paar Regentröpfchen glitzerten. Sie spürte seine warme Zunge, wie sie sanft die Tröpfchen aufleckte. Es zog in ihren Brüsten und ihr Schoß fing an zu leiden. Sie befasste sich mit der heißen Spur, die er auf ihrem Hals zurückgelassen hatte, als sein Mund sich auf ihn presste. Sie japste laut nach Luft. Seine Zähne drückten sich auf die zarte Haut, die vor Erregung zitterte. *Ja, ich will. Ich will, dass du mich beißt, ich will von dir gebrandmarkt werden,* stiegen die Gedanken in ihr hoch. Mit einem Ruck hatte er seinen Umhang abgezogen und hinter sich fallen lassen. Seine trotz der Kälte warmen Hände legten sich auf ihren Rücken und hielten sie fest. Sein offener Mund an ihrem Hals stagnierte in einem sanften Biss. Leise Laute drangen aus Elisas Mund.

»Was willst du?«, flüsterte er in ihr Ohr.

»Dich und alles.«

Er biss fester in ihren Hals. Elisa sog scharf die Luft ein. Ihre Brustwarzen sehnten sich nach dem gleichen Biss. Ihr Schoß war feucht und bereit. Als wenn er es spürte, ließ er von ihrem Hals ab, glitt mit seiner Zunge tiefer und saugte an den steifen Brustwarzen. Ihr Kopf fiel in den Nacken, das Verlangen steigerte sich ins Unermessliche. Er ließ sie los.

Erschrocken blickte Elisa auf. »Was ist?«

»Wenn du alles willst, dann sollte ich mich so vorbereiten, dass du auch alles bekommen kannst. Los, zieh mich aus.«

Mit zitternden Fingern knöpfte sie erst seine Weste und dann sein silbergraues Hemd auf. Er zog es von sich weg. Seine starke Brust war glatt, kein einziges Haar war zu sehen. Seine Haut war weich, wie aus Marzipan. Lange betrachtete Elisa ihn, er ließ sie gewähren. Als ihr Blick tiefer ging, bemerkte sie den schwarzen Haaransatz, der sich bis in seine Hose hineinzog. Die starke Wölbung darunter sagte ihr, dass sie ihn nicht kalt ließ.

»Worauf wartest du?«

Mit kaum kontrollierbaren Fingern öffnete sie die Hose, ein gewaltiger Schwanz sprang ihr entgegen. Er trug nichts darunter. Sie wagte nicht, ihn anzufassen.

»Nimm ihn dir. Du wolltest doch alles. Oder ist er dir nicht genug?«

Elisa griff danach, unfähig zu sprechen. Heiß und pochend lag er in ihrer Hand, die ihr jetzt klein vorkam. Der Fremde drückte sie sanft auf den Boden, griff in ihre Haare und zog ihren Kopf zu sich ran. Sie öffnete den Mund und schob sein Glied über ihre Zunge. Sofort begann Elisa, ihre Zunge zu bewegen und entrang ihm einen Laut. Mit beiden Händen fasste er an ihre Schläfen. »Oh, ja, du machst das gut, Kleines.«

Elisa schlang immer wieder die große, rote Rute in sich hinein. Sie glitt mit der Zunge über eine geschwollene Ader, spielte mit der Spitze seines Gliedes, von dem sie glaubte, es nährte sich von ihrem Lecken. Sie lutschte nun über den harten Schaft, wobei sein formuliertes A in einen tiefen Seufzer überging.

Gerade, als sie einen Weg gefunden hatte, ihn willenlos zu machen, befahl er: »Halt!«

Verwundert öffnete Elisa den Mund.

»Nicht zu viel zu schnell. Leg dich hin.«

Elisa war nicht fähig, dem Folge zu leisten, wie er es sich vorstellte. Sie war einfach nicht mehr in der Lage, zu denken. Er ergriff ihre Hände und zog sie nach oben, blickte ihr einige Zeit ihn die Augen, bis er sie ihr mit einer sanften, über die Augen streichenden Geste schloss. Seine Hand glitt über ihren Rücken, während die andere sie behutsam nach unten drückte. Elisa ließ sich sinken. Er hielt sie fest und ließ sie aufs Stroh nieder. Seine Hand erkundete ihren schlanken, weißen

Körper. Einen Augenblick hörte Elisa nur den Regen auf dem Scheunendach, dann fühlte sie, wie ein Finger in sie eindrang. Ein zweiter gesellte sich dazu.

Elisa schnappte nach Luft. Als sie sein Gewicht auf sich fühlte, wurde ihr übergroßes Verlangen nach dem geweckt, was sie soeben noch im Mund gehabt hatte. Elisa brauchte nicht lange darauf zu warten. Als wenn er wieder an ihren Gedanken teilnahm, spürte sie sein Glied. Anfangs nur ganz leicht, nur die samtene Spitze an ihrem Eingang. Er fuhr höher, berührte sanft ihre Perle, die stark angeschwollen war und Elisa aufquieken ließ. Der heiße Atem des Fremden strich über ihre Haut. Während er tief in sie eindrang, biss er ihr in den Hals. Elisa schrie auf. Er nahm keine Notiz von ihr. Kraftvoll bewegte er sich in ihrer nassen Höhle. Sie grub ihre Fingernägel in sein Fleisch, als er sie mit seinem Daumen auf dem Kitzler zusätzlich reizte. Mit kreisenden Bewegungen brachte er sie fast bis an den Rand des Wahnsinns. Elisa stöhnte. Sie hatte das Gefühl, noch nie so derartig von einem Mann genommen worden zu sein und befürchtete, es könnte nie wieder so schön werden, wie jetzt. Er keuchte über ihr, sein Rücken war mit einem leichten Schweißfilm überzogen. Seine Muskeln arbeiteten, sein Körper spannte sich mit jedem Stoß neu an. Elisa konnte die Augen nicht von diesem Mann abwenden. Egal, wer er war oder was er war, sie würde nichts bereuen.

Er hatte sie im Griff, berührte tief in ihr geheime Stellen, die vor ihm noch nie ein anderer Mann entdeckt hatte. Die permanente Reibung brachte sowohl sie als auch ihn ihrer beider Erlösung sehr nahe. Elisas Körper verselbständigte sich, sie keuchte auf einmal genau wie er. Ihr Ventil war ein Stöhnen, das immer lauter wurde. Es war zum Greifen nahe und sie fühlte, wie seine nicht nachlassenden Stöße immer wieder tief in sie drangen und sie dann kommen ließen. Während Elisa da war und wie in gleißendes Sonnenlicht blickte, obwohl sie die Augen geschlossen hielt, explodierte er in ihr. Sein Körper verkrampfte sich, ein langgezogenes Keuchen löste sich aus ihm. Er sackte neben ihr aufs Stroh. Elisa wollte ihn ansehen, seinen Körper samt seiner Kraft in sich aufnehmen, doch eine schlagartige Müdigkeit ließ sie in einen traumlosen Schlaf fallen.

***

Elisa erwachte vom Rufen ihrer Mutter. Sie blickte sich um und fand sich nicht im Bett ihres Zimmers wieder, sondern lag auf dem Scheunenboden im Stroh. Die Tür wurde aufgeschoben, Mondlicht fiel herein. Draußen war es dunkel.

Ihre Mutter erschien. »Lisa! Da bist du ja, ich habe dich überall gesucht und mir Sorgen gemacht. Was machst du denn hier?«

Elisa blickte neben sich. Der Fremde war nicht mehr da.

»Ich, ich ...«, stammelte sie.

»Wieso hast du dein Nachthemd an, und was ist das für ein Auto?« Mit schreckgeweiteten Augen blickte Elisa erst auf sich, stellte fest, dass der Fremde ihr Nachthemd wieder angezogen haben musste, dann auf den Wagen. Sie hatte also doch nicht geträumt, ihr Wunschvampir war Wirklichkeit. Doch wo war er jetzt?

»Lisa! Hallo! Kannst du mir wenigstens *eine* von meinen Fragen beantworten?«

»Da war ein Mann.«

»Ein Mann?«

»Ja, sein Auto sprang nicht an. Es war mitten auf der Straße stehengeblieben.«

»Aha, weiter.«

»Er hat bei uns geklingelt und ich habe mich gewundert, dass du das Klingeln nicht hörst, habe sogar nach dir gerufen.«

»Ich habe nichts gehört. Wieso steht der Wagen jetzt hier im Schuppen?«

»Wir haben ihn hergebracht.«

»*Wir?* Wer ist *wir?*«

»Der Mann und ich.«

»*Was?* Bist du von allen guten Geistern verlassen? Du gehst mit einem wildfremden Mann mit, den du nicht kennst, schiebst bei strömendem Regen Autos in den Schuppen und das Ganze im Nachthemd? Also, manchmal frage ich mich, ob du auf den Kopf gefallen bist …«

»Tut mir leid, Mum, aber es ist ja nichts passiert. Ich bin nur deshalb mitgegangen, weil er Hilfe brauchte. Unser Telefon ist nämlich kaputt. Irgendwo muss der Blitz eingeschlagen haben.« Elisas Mutter schüttelte den Kopf, wandte den Blick von ihr ab und heftete ihn auf den Wagen. Argwöhnisch beäugte sie ihn, ging einmal herum, setzte sich schließlich rein und drehte den Zündschlüssel, der noch im Schloss steckte. Der Cabrio sprang mühelos an.

»Na bitte, geht doch. Ich glaube, dieser Mann hat dir einen Bären aufgebunden, aus welchen Gründen auch immer.« Ihre Mutter schüttelte den Kopf und blickte Elisa misstrauisch an: »Was wollte er von dir?«

Elisa schwieg und zuckte mit den Schultern.

Ihre Mutter stellte den Motor ab. »Und, wo ist dieser Mann, dem das Auto gehört, jetzt?«

»Ich weiß es nicht«, sagte Elisa wahrheitsgemäß.

»So? Wo war er denn, nachdem ihr den Wagen hier hereingebracht habt? Und wie kommt es, dass du die ganze Zeit hier geblieben bist? Es ist zwei Uhr nachts, verdammt!«

Elisa stieg die Röte ins Gesicht. Erwischt. Was sollte sie darauf sagen?

»Ich … Ich weiß es nicht. Ich muss wohl eingeschlafen sein.«

»Eingeschlafen?!«

»In der Scheune mit einem fremden Mann? Komm, du gehst jetzt sofort in dein Zimmer.«

»Aber …«

»Kein Aber! Wo ist dein Hausschuh? Sag nicht, dass du das auch nicht weißt!«

»Weiß ich nicht.«

Elisas Mutter stöhnte und griff nach ihrem Arm. Auf dem Weg zum Haus blickte sie ihre Tochter von der Seite an. »Ich möchte Dich gar nicht erst fragen, was diese rote Stelle an deinem Hals zu bedeuten hat. Geh jetzt ins Bett. Ich bin ziemlich sauer auf dich, und Morgen werden wir noch einmal darüber sprechen. So etwas Unvernünftiges!«

Elisa war erleichtert, ihre Zimmertür schließen zu können und nicht wesentlich mehr Ärger von ihrer Mutter bekommen zu haben. Ihr erster Gang war der vor den Spiegel. Ein rotes Mal sprang ihr entgegen, doch es sah nicht wie ein Biss von einem Vampir aus. Sie schien ihr Blut noch zu haben, und im Spiegel konnte sie sich auch sehen. Mit dem Gedanken, was der Fremde in diesem Augenblick tun würde, ob er ihren Akt genauso genossen hatte wie sie, und ob er das Gespräch mit ihrer Mutter mitbekommen hatte, schlief sie ein.

***

Lustlos tauchte Elisa ihren Löffel in die Milch der Cornflakes. Es war Samstag und sie hatte sich für heute nichts vorgenommen. Ihre Mutter kam die Treppe herunter und warf hektisch eine Scheibe Toast in den Toaster, nachdem sie ihrer Tochter einen Kuss auf die Wange gedrückt hatte.

»Morgen, mein Kind, ich bin heute wieder viel zu spät dran. Ach, was soll's, ich ziehe meinen Kittel dann eben im Auto an.«

An jedem zweiten Samstag jobbte ihre Mutter im Supermarkt. Sie bekam dafür fünfzehn Prozent auf alle Lebensmittel neben ihrem Gehalt. Eigentlich war sie Geschichtslehrerin. Diesen Supermarktjob brauchte sie als sie noch zur Schule ging und seitdem hatte sie ihn behalten. Es mache ihr Spaß, antwortete sie jedes Mal, wenn Elisa sie bat, den Job einfach aufzugeben.

»Hi, Mum. Soll ich dir deinen Toast machen, während du dich anziehst?«

»Nein, danke, das ist lieb von dir. So viel Zeit muss sein. Lisa-Schatz, ich wollte dir noch etwas sagen, aber irgendwie weiß ich nie, wann der richtige Zeitpunkt ist.«

»Du hast wieder einen Neuen«, kam Elisa ihr zu Hilfe, denn sie wollte das Thema gar nicht erst auf die vergangene Nacht lenken. Verdutzt blickte ihre Mutter sie an. »Woher weißt du das?«

Elisa zuckte mit den Schultern. »Immer wenn du so ein Aufhebens davon machst, was du mir so dringend erzählen willst und nicht weißt, wann und wie und wo, ist es ein neuer Mann.«

Ihre Mutter kniff die Lippen zusammen. »Stimmt genau. Tja, dann weißt du es ja schon.«

Der Toast sprang aus dem Toaster und ihre Mutter stand auf.

»Wie heißt er denn?«, wollte Elisa wissen.

»Paul.«

»Ist er wieder Rechtanwalt oder Tierpfleger?«

»Nein, er ist Historienforscher.«

»Historienforscher? Das ist ja ein sonderbarer Beruf. Wird der gut bezahlt?«

»Ich glaube schon. Du, Lisa, ich sage dir das, weil er mich morgen Abend abholen wird.«

»Morgen erst, und dann erzählst du es mir schon heute?«

»Heute werde ich nach der Firma mit ihm etwas trinken gehen, kann also spät werden.«

»Kein Problem, Mum.«

»Was hast *du* heute vor?«

»Ich werde mal Pete fragen, ob er mit mir angeln geht.«

»Das ist schön. Nach dem Unwetter von gestern wird es bestimmt eine Menge Fische geben. Na gut, Kleines, ich muss los.« Elisa bekam einen hektischen Kuss.

»Mach's gut, Mum und viel Spaß heute Abend.«

»Danke, mein Schatz. Dir auch.«

Sie winkte ihrer Mutter zu, die schleunigst im Auto verschwand und die Auffahrt im Eiltempo entlangpreschte. Das Thema von gestern Nacht schien kein Thema mehr für den heutigen Tag zu sein, wunderte Elisa sich.

So schlurfte sie in ihr Zimmer und warf sich aufs Bett. Eigentlich hatte sie gar keine Lust, mit Pete angeln zu gehen. Sie schnappte sie sich ihr Buch »Vampir auf Abwegen« und las weiter.

Schon nach wenigen Minuten wanderten ihre Gedanken zur gestrigen Nacht. Elisa dachte an den Fremden, während die Hand auf ihren Schoß zusteuerte. Sie öffnete die Knöpfe ihrer Jeans und glitt auf den Slip zu ihrer Knospe, die sie erst zärtlich drückte, dann darauf kreiste. Elisa hielt die Augen geschlossen und stellte sich den Vampir vor, wie er sie verwöhnte. Sein markantes Gesicht mit den wissenden Augen, die schwarzen Haare, das süffisante Lächeln. Sie spürte, dass es seine Hand war, die ihre Muschi zum Jubilieren brachte. Leise stöhnte Elisa und versuchte sich noch ein bisschen zurückzuhalten. Sie zog die Jeans über die Hüften, denn sie wollte ihn voll und ganz genießen. Ihr Höschen war mehr als feucht. Die kreisenden Bewegungen lösten eine Lust in ihr aus, die sie schneller atmen ließ und nach Befreiung drängte. Sie fuhr mit der anderen Hand unter ihre Bluse und presste ihre Brüste. Einen BH hatte sie heute nicht an. Am Wochenende verzichtete sie darauf. Elisa drückte ihre aufgerichteten Warzen und zwirbelte an ihnen. Sie stellte sich seinen Mund vor, wie er sich heiß über ihre erregten Brüste stülpte. Elisas Lust wurde immer größer. Ihre rechte Hand zuckte über dem vor Erregung brennenden Geschlecht. Sie erinnerte sich, wie seine Finger in sie eingedrungen waren und sie als erste Erlösung seinen festen Schwanz gespürt hatte. Elisa jammerte auf. Sie konnte und wollte sich nicht mehr zurückhalten. Sie ließ ihre Hand auf der Lustperle wild rotieren, gab ihr nicht die geringste Atempause und kam mit einem lauten Schrei, während ihr Körper sich der kreisenden Hand entgegenwarf. Ihre Brüste waren wie elektrisiert und gaben zusätzliche Lustwellen ab. Langsam beruhigte sich ihr Körper. Sie sah den Fremden noch immer vor sich, die Hoffnung auf ein schnelles Wiedersehen stieg von Augenblick zu Augenblick.

Elisa stand auf und ging ans Fenster, blickte in die Sonne hinaus. Sie war sich ganz sicher, dass er im Sonnenlicht nicht erscheinen würde. Dieser Mann würde nur in der Nacht kommen.

***

Elisa starrte in die Dunkelheit. Der Mond schien. Von ihrem Fenster aus hatte sie einen wunderbaren Blick auf die vom Mond erhellte Landschaft. Doch sie nützte ihr nichts ohne ihn, ihren Fremden, ihren Vampir. Elisa wunderte sich, dass sie gar keine Angst vor ihm hatte. Siedendheiß fiel ihr ein, dass sie zu allererst in der Scheune nach seinem Auto sehen könnte.

In Windeseile hatte sie ihre Schuhe angezogen, tauschte noch schnell die Jeans gegen einen langen brombeerfarbenen Rock und lief im Eilschritt zur Scheune. Sie war zu. Mit klopfendem Herzen zog Elisa die Holztür auf, tastete nach dem Lichtschalter und erinnerte sich sofort daran, wie er ihn so schnell gefunden hatte. Endlich entdeckte sie den Schalter und drückte darauf. Er funktionierte nicht. Elisa schluckte und wagte sich einen Schritt ins Innere. Ihre Hand tastete ins Dunkel. Warum hatte sie auch keine Taschenlampe mitgenommen? Draußen schien der Mond so hell, dass sie für den Weg keine Lampe gebraucht hatte, doch bis ins Scheuneninnere reichte das Mondlicht nicht. Mutig ging Elisa noch einen Schritt vorwärts und streckte ihre Hände aus, als wäre sie blind.

»Hallo, ist hier jemand?«, fragte sie in die Dunkelheit.

Noch einen Schritt. Etwas knackte, sie zuckte zurück. Leichter Wind setzte ein. Wenn sie jetzt nach Hause lief, würde sie die ganze Nacht nicht wissen, ob sein Auto hier noch stand oder nicht. Wieder ein Schritt nach vorn. Sie fühlte ins Leere. Noch ein Schritt, auch nichts. Leichter Wind blies von hinten und drückte ihr den langen Rock an Po und Beine. Sie schloss die Augen, fühlte sich an den gestrigen Abend zurückerinnert.

»Ich wünschte, du wärest hier. Ich wünschte, du würdest wiederkommen. Ich brauche dich«, flüsterte Elisa.

Nur der Wind gab ihr leise heulend Antwort. Vorsichtig schob Elisa sich rückwärts aus der Scheune. Erst draußen beruhigte sich ihr Herzschlag. Enttäuscht ging sie zum Haus zurück.

In ihrem Zimmer blickte sie so lange in die Nacht hinaus, bis ihr vor Müdigkeit die Augen zufielen. Der Fremde war nicht gekommen. Elisa wandte sich vom Fenster weg, ihr inneres Sehnen, das brennende Verlangen nach ihm konnte nicht gestillt werden. Sie zog das gleiche Nachthemd von gestern an, in der Hoffnung, er würde doch noch auftauchen.

***

»Lisa, aufwachen, es ist zwölf Uhr.«

Verschlafen blickte sie hoch und versuchte die Uhrzeit auf dem Wecker zu erkennen, ließ dann den Blick im Zimmer schweifen, ob es irgendetwas Ungewöhnliches zu bemerken gab, doch alles war wie immer.

»Lisa?«

»Ja, Mum, hab gehört. Bin gleich da.«

Sie lief zum Spiegel und besah sich ihren Hals. Die rote Stelle war kaum noch zu sehen. Elisa legte zwei Finger darauf. Ein tiefes Sehnen wurde geweckt und ließ ihren Schoß pochen. Sie riss sich los, warf sich einen Morgenmantel über und schlenderte die Treppe nach unten. »Morgen, Mum. Wie lange bist du schon auf?«

»Morgen, mein Kind. Seit acht. Ich konnte nicht mehr schlafen. Aber wie ich sehe, hast du für mich mit geschlafen.« Sie lächelte ihrer Tochter zu.

Elisa zog einen Mundwinkel nach oben. »Ja, irgendwie schon. Verstehe ich nicht, sonst kann ich auch nicht so lange schlafen. Wie war dein Date?«

Ihre Mutter wurde rot, das kannte Elisa sonst gar nicht von ihr. »Schön«, sagte sie schlicht.

»Nur schön?«

Ihre Mutter wand sich ein wenig. »Na ja, es war, wie soll ich sagen … Er ist einfach unglaublich. Ich hoffe, du magst ihn.«

»Mum, in erster Linie musst *du* ihn mögen. Bisher waren deine Männer ganz okay, nur haben sie meiner Meinung nach überhaupt nicht zu dir gepasst.«

Ihre Mutter seufzte. »Ja, ich weiß. Doch Paul ist völlig anders. Er ist ... ich kann es gar nicht beschreiben ...«

Das Telefon klingelte. Ihre Mutter stand auf und ging hin. Mit offenem Mund starrte Elisa ihr hinterher.

Als sie wiederkam, sagte sie: »Das war Grandma. Wir sollen heute Nachmittag zu ihr zum Kuchenessen kommen. Hast du Lust?«

»Seit wann geht denn das Telefon wieder?«

»Schon immer, wieso? Also, was ist mit heute Nachmittag?«

»Aber es war doch kaputt. Der Fremde hat gesagt ...« Elisas Gedanken schwirrten. War das etwa alles eine inszenierte Sache?

»Elisa, was ist denn? Was hat der Fremde gesagt?«

»Ach, nichts, also ... ich weiß nicht mehr so recht. Mit Grandma, ja, okay, von mir aus.« Auch wenn Elisa überhaupt keine Lust hatte, aber so ginge der Tag vielleicht schneller rum und sie konnte am Abend wieder auf ihn warten. Ob er heute käme?

***

Es war elf Uhr und stockfinster. Eine Wolke hatte sich vor den abnehmenden Mond geschoben. Elisa stand am Fenster und blickte hinaus. Wie so oft in letzter Zeit. Ihre Mutter war in die Stadt gefahren, um sich mit Paul zu treffen. Elisa war allein und nun konnte er kommen. Sie war bereit. Sie hatte sich ausgiebig geduscht und hatte sich ihre Schamhaare wegrasiert. Es war ein weiches, sonderbares Gefühl. So glatt und zart. Sie wirkte dadurch sehr zerbrechlich. Als Elisa sich im Spiegel anblickte, bekam sie zuerst einen Schreck, denn ihr Körper wirkte dadurch fremd. Nicht mehr fraulich, wie sie sein wollte, sondern eher mädchenhaft. Sie fragte sich, ob sie sich wohler fühlte und ob der Fremde sie so auch noch mochte? Ihre Muschi sah aus wie ein gespaltener Pfirsich, die weißen zarten Schamlippen wollten geöffnet werden, von *ihm* geöffnet werden. Elisa stellte sich gerade vor, wie sein männlicher Sporn in sie eindrang, als sie ein Knacken hörte. Ihr Herz machte einen Satz. Hatte das Warten ein Ende gefunden?

Ihre Brustwarzen drückten sich gegen die weiße Rüschenbluse, die sie extra für ihn rausgesucht hatte, sie wollte die Reinheit verkörpern. Auch einen weißen langen Rock hatte sie gefunden, der zwar schlicht war, sich aber an ihre schlanken Beine schmiegte. Hätte sie noch Schamhaare gehabt, wäre der dunkle Schimmer zu sehen gewesen. Wieder ein Knacken.

»Hallo? Wer ist da?«, fragte Elisa.

Niemand antwortete. Stattdessen hörte sie in einiger Entfernung, wie das Scheunentor zur Seite geschoben wurde. Elisas Herz stockte. Er war da!

Mit Herzklopfen lief sie zum Spiegel, legte noch mal schnell rosa Lippenstift auf und zog ihre Ballerina-Schuhe an. Sie sprang die Treppe hinunter, zwei auf einmal nehmend, griff nach dem Haustürschlüssel und lief in die Nacht.

In der Finsternis mahnte sie sich, ruhig zu bleiben und nicht zu rennen. Er sollte nicht den Eindruck haben, als hätte sie zwei Tage auf ihn gewartet. Sehr sicher fühlte sie sich nicht, als sie in den Weg einbog, der zur Scheune führte. Elisa blieb stehen. Eine dunkle Gestalt lehnte an der Scheunenwand und blickte ihr entgegen.

»Ich habe auf dich gewartet«, sagte er. Er war es, sie hätte seine Stimme unter Tausenden wiedererkannt. »Wie ich sehe, hast das auch getan, Elisa.«

»Woher kennen Sie meinen Namen?«

»Ich weiß einiges über dich. Komm her, Kleines.«

Elisa wollte erst eine erklärende Antwort haben, doch seine Worte veranlassen ihre Füße, auf ihn zuzugehen. Ein leichter Wind blies ihre offenen Haare nach vorn und sie kam sich vor wie eine lebendig gewordene Statue. Als sie vor ihm stand, nahm sie seinen ihm so typischen Duft wahr. Seine Augen blickten sie aus tiefen Höhlen an. Er trug seine schwarze Kleidung, der Umhang blähte im Wind. Elisa erschauderte. Was wäre, wenn er nur deshalb zurückgekommen wäre, um sie umzubringen? Was, wenn er heute ein Opfer brauchte? Elisa wich vor ihm zurück, sie wollte auf einmal nicht mehr bei ihm sein. Ihre Angst überwog, schnellstens von ihm wegzukommen. Sie konnte nicht sagen, warum sie gerade jetzt diese Befürchtungen hatte und nicht vorher schon. Als sich eine Wolke vor den Mond schob und die Umgebung in Dunkelheit tauchte, ging sie rückwärts.

»Elisa, wo willst du hin?«, fragte er sanft und trat einen Schritt auf sie zu, was sie veranlasste, noch mehr vor ihm zurückzuweichen.

»Elisa, komm her!«, sagte er leise, aber bestimmt.

Sie konnte sich nicht gegen ihn wehren, ihre Füße gehorchten ihr nicht.

»Lassen Sie mich gehen!«, bat sie.

»Du bist freiwillig hergekommen.«

»Was haben Sie mit mir vor?«

»Das wirst du schon sehen.«

»Nein!«, schrie sie auf und rannte den Weg entlang zur Straße. Mit unglaublicher Schnelligkeit hatte er sie eingeholt.

»Lassen Sie mich los!«

»Ich halte dich nicht fest.«

Elisa hätte schwören können, dass er es tat, aber er sagte die Wahrheit, denn seine Arme waren vor der Brust verschränkt.

»Das ist Hexerei!«, schrie sie ihn an.

Er gab ein tiefes kehliges Lachen von sich. »Elisa, Kleines, was ist denn los mit dir? Vorgestern hat es dir doch gefallen. Und wenn nicht, warum bist du dann hier?«

Sie starrte ihn an. Tatsächlich hatte sie ihn vermisst, sich nach ihm gesehnt, ihr Verlangen hatte gebrannt. Jetzt war nur die Angst geblieben. Der Wind wehte seinen Duft zu ihr herüber und ihre Brustwarzen reagierten auf ihn. Sie stellten sich auf, zogen sich schmerzlich zusammen. Er stand nur da und blickte sie an, zwang sie zu nichts. Ihre Lust war geweckt und Elisa war sich ganz sicher, dass *er* das in ihr verursachte. Keine Möglichkeit bot sich, sich dagegen zu widersetzen. Die Bilder von vor zwei Tagen kehrten zurück, wie er sich auf ihr bewegt hatte, sie spürte, wie er sich in ihr versenkt hatte. In diesem Augenblick ließ die Wolke den Mond wieder auftauchen und der Fremde veränderte seine Standposition, was sie von ihren Gedanken ablenkte. Noch immer hatte er die Arme verschränkt und schwieg.

»Was tun Sie mit mir?«

Unschuldig zog er die Augenbrauen hoch. »Nichts. Was sollte ich schon mit dir machen?« Er trat einen Schritt auf sie zu. »Ich will dich«, flüsterte er in ihre Haare. »Das ist alles.«

Sie bekam eine Gänsehaut.

»Komm, ich will dich ansehen, dich befühlen und erkunden.« Er wandte sich zur Scheune.

Wie in Trance folgte Elisa ihm. Er drehte sich nicht einmal zu ihr um, so sicher war er sich seiner Sache, dass sie hinter ihm herging. In der Scheune war es dunkel. Der Fremde riss ein Streichholz an und entzündete drei Kerzen. Dann erst blickte er sich nach Elisa um. »Komm her, fühl dich wohl.«

Er deutete auf eine schwarze Decke, die er über das Stroh gebreitet hatte. Mit unsicheren Schritten steuerte sie auf die Decke zu. Er ging an ihr vorbei und zog die Scheunentür zu. Während der Fremde auf sie zutrat, ließ er seinen Umhang fallen und knöpfte sich das Hemd auf. Diesmal trug er einen Anzug ohne Weste darunter. Sein Hemd war blutrot. Er entblößte seine kräftige Brust und kniete sich vor ihr auf die

Decke. Ohne zu zögern schob er ihren Rock hoch und hielt einen Augenblick inne, um sich ihre mädchenhafte Scham anzusehen. Er brauchte ihr nicht zu sagen, wie er die Intimrasur fand, sie las es in seinem Blick. Seine Augen glänzten vor Entzücken. Er beugte sich hinunter und biss sanft in ihr Geschlecht. Elisa stieß die Luft aus und ließ sich aufs Stroh sinken. Dann spürte sie seine Zunge. Sie glitt zwischen ihre Lippen, fuhr langsam hinauf, streifte ihre Klitoris. Elisa seufzte und fühlte, wie sie sich entspannte und der forschenden Zunge hingab. Sie spreizte ihre Beine rechts und links seines Kopfes noch weiter. Elegant schlängelte sich seine Zunge durch die seidigen Lippen, berührte wie zufällig ihre Lustpunkte und setzte sofort den Weg fort. Schließlich landete er bei ihrer festen Perle, die er in den Mund saugte und an ihr spielte. Elisa rekelte sich unter seiner Zungenfertigkeit, stieß unkontrollierte Laute aus und hielt sich am Stroh fest. Seine Zungenspitze kreiste auf ihrer Klitoris und machte Elisa wahnsinnig. Als sie glaubte, es nicht länger aushalten zu können, stieß er die Zunge in ihrer ganzen Länge in die Spalte. Unablässig stieß er sie hinein, bis Elisa mit lautem Stöhnen kam. Er ließ seine Zunge so lange in ihr, bis der Orgasmus abebbte.

Kaum hatte sie sich erholt, presste er seinen harten Schwanz gegen ihren Mund. »Mach ihn feucht, Kleines.«

Augenblicklich öffnete sie den Mund und er schob ihn rein, seufzte nun unter ihrer Zungenfertigkeit. Sie bearbeitete ihn mit Hingabe. Schon bald entzog er ihr seinen Schwanz und drehte sie auf den Bauch. Dann hockte er sich hinter sie und strich sanft über ihre Pobacken, drückte einen Finger an ihre Rosette, kreiste erst auf ihr und drängte ihn dann ein Stückchen hinein. Elisa protestierte.

»Wenn ich meinen Schwanz ansetze, wirst du mich anflehen,

ihn ganz hineinzuschieben.«

Elisa versuchte sich zu drehen, doch er hatte sie fest im Griff.

»Nein! Bitte nicht ...«

»Kleines, es wird nicht wehtun. Entspann dich.«

Elisa versuchte es.

»Ich will und werde dir nicht wehtun. Vertraue mir.« Er strich ihr über den Rücken, glitt nach vorn, bekam eine Brust zu fassen, die er sanft liebkoste. Der Nippel stellte sich auf. Der Fremde ließ sich Zeit, streichelte und massierte ihre Brustwarze so lange, bis sie sich ihm gierig entgegenreckte. Seinen Finger ließ er die ganze Zeit in ihrem After, ohne ihn zu bewegen. Elisa spürte den Druck, aber sie gewöhnte sich daran. Er entfachte neue Lust in ihr. Sanft presste der Fremde die Warze mit seinem Daumen und Mittelfinger. Leise Seufzer entfuhren ihr. Er drückte seine breite Hand auf ihren Po und bewegte ganz vorsichtig den Finger, mit dem er in ihr steckte. Elisa hörte sofort mit dem Seufzen auf und verkrampfte sich wieder.

»Entspann dich, Kleines. Du wirst sehen, es wird wunderbar.«

Elisa schloss die Augen und ließ sich fallen. Der Fremde schaffte es, ihr ein sonderbares, nie gekanntes Gefühl der Lust nahezubringen. Er stellte sich voll und ganz auf sie ein, zwirbelte an ihrer Brustwarze und drückte langsam den Finger hinein. Es war eine fantastische Mischung für Elisa. Sie merkte jetzt, als sie es schon eine Weile getan haben musste, dass sie mit seinen Bewegungen mitging. Sie spürte etwas Warmes auf einer Pobacke. Er leckte darüber und biss sanft hinein. Das steigerte ihre Lust. Dann merkte sie, wie seine Kuppe an sie stieß. Sein Schwanz wollte zu ihr rein, in ihre Feuchtigkeit.

»Bin ich feucht?«, fragte sie sehr leise und es war ihr sofort unangenehm, gefragt zu haben.

Er streichelte ihr über den Rücken, tauchte mit einem Finger in sie. »Nein.«

Elisa biss sich auf die Lippe.

»Du bis nass.« Er zog den Finger aus ihrer Grotte und drang mit einem einzigen Stoß dort ein. Er penetrierte ihr kleines Loch weiter mit dem Finger. Lustwellen schwappten durch ihren Körper. Sie fing an zu Stöhnen und er tat es ihr gleich. Leiser als sie keuchte er seine Lust heraus, in ihrer engen Spalte gefangen zu sein, von ihren Wänden gerieben zu werden.

»Das gefällt dir wohl doch, du kleine Lügnerin.« Er bohrte ihr den Finger tief in den After und sie vertonte ihr Lustkeuchen. Dann zog er den Finger raus, griff in das weiche Fleisch ihrer Hüften und zog sie so schnell er konnte immer wieder zu sich heran. Sie kamen beide mit einem einzigen Schrei, der sich mit dem des anderen vermischte. Sofort zog er sich aus ihr zurück und hinterließ ein Brennen und Sehnen. Elisa ließ sich aufs Stroh fallen und schloss die Augen. Es war ihr egal, dass sie ihn nicht mehr ansehen konnte. Sie vertraute ihm und hatte soeben den schönsten, sanftesten, wildesten Sex erfahren, den eine Frau nach ihrer Meinung bekommen konnte. Sie hörte ein Rascheln und blickte auf. Er kam zu ihr.

»Warum hast du deine Hose wieder angezogen?«

»Weiß nicht, ist wohl Instinkt.«

»Warum?«

»Frag nicht, Kleines.« Er setzte sich halb auf und sie schmiegte ihren Kopf an seinen Bauch.

»War's schlimm?«, fragte er ruhig, aber nicht schuldbewusst.

»Nein. Es war ...«

Er beugte sich zu ihr herunter, schob die langen Haare beiseite und hauchte ihren Hals an.

»Was hast du vor?«, fragte Elisa noch berauscht.

»Schh … Hab keine Angst.« Er öffnete den Mund und biss sie vorsichtig in den Hals. Dann leckte er darüber, hauchte die Stelle an und setzte zum zweiten Biss an, wofür er den Mund weiter öffnete. Er wurde jäh unterbrochen, als die Scheunentür aufgeschoben wurde und Elisas Mutter erschien. Elisa bekam einen Schreck und zog sich ihre Bluse über den Busen. »Mum!«

»Lisa! Was zum Teufel machst du denn schon wieder hier?«

Ihre Mutter blickte weit aufgerissenen Augen auf den Mann hinter Elisa. »Paul!«

Er lächelte milde, als er sagte: »Du bist zu früh aufgetaucht.«

LESEPROBE:

TRINITY TAYLOR

»ICH WILL DICH NOCH MEHR«

EX-FREUND

… Die Tür wurde geöffnet. Pamela hatte sich locker auf die Massageliege, die den ganzen Mittelteil des Raumes ausfüllte, gesetzt. Als Marc eintrat, sprang sie schnell auf. Sein Blick huschte über ihren BH und das Handtuch, das sie an der Hüfte krampfhaft festhielt. Warum klopfte ihr Herz nur so laut? Sie kannte ihn doch, war viele Jahre mit ihm zusammen gewesen. Außerdem sollte nichts weiter passieren, als dass sie sich entspannte und er sie ein bisschen massierte. Doch seine Art, wie er sie musterte und vor allem, wie viel Zeit er sich dafür nahm, machten sie mehr als nervös.

»Hi, Pamela«, sagte er locker mit einem Lächeln auf den Lippen.

»Hi.« Das war gut, denn, sollte ihre Stimme zittern, würde man es bei dieser kurzen Begrüßung nicht bemerken.

»Mach es dir auf der Liege bequem. Am besten legst du dich vorerst auf den Rücken, dann kann ich deine Arme ein wenig lockern.« Er drehte sich um, schnappte sich ein Massageöl und nahm ein cremefarbenes Handtuch aus dem Regal, das er ihr über den Körper legte.

Noch hatte Pamela sich gut im Griff und hoffte, dass es auch weiterhin so blieb. Marc setzte sich neben sie auf einen Stuhl und nahm ihren Arm. Die Berührung ließ sie eine Gänsehaut bekommen. Er massierte den Arm mit seinen warmen, großen Händen. Das tat er auch mit ihrem anderen Arm. Leise Musik lief und Pamela wurde ruhiger. Sie entspannte sich so sehr, dass ihr die Augen zufielen und sie schläfrig wurde.

Dann sollte sie sich umdrehen und auf den Bauch legen. Sie tat es und war sehr gelassen. Seine kräftigen Hände kneteten ihre Schultern und wanderten nach unten zu ihren Schulterblättern. Sofort hakte er ihren BH auf.

Marc arbeitete sich auf Pamelas Rücken hinunter bis zum Po. Seine Arbeit wirkte sehr professionell, das musste sie sich eingestehen. Während sie noch vor sich hindämmerte, zog er mit einem Mal das Handtuch von ihrem Po. Erschrocken öffnete sie die Augen, machte sie aber sogleich wieder zu, sobald sie bemerkte, dass er ihre Oberschenkel durchmassierte. Langsam fuhr er an ihrem Bein nach unten. Doch nun konnte Pamela sich nicht mehr richtig fallen lassen, denn die Nähe seiner Hände an ihrem warmen Geschlecht hatten ein Feuer entfacht. Pamela wartete gebannt auf den Augenblick, wo seine Hände sich den zweiten Schenkel vornahmen. Die Hände ließen von ihr ab. Mit angehaltenem Atem erwartete sie den geübten Griff. Er fasste an die Innenseiten beider Schenkel und schob die Beine noch ein Stück auseinander. Wie ein Blitz durchzuckte es Pamelas Körper und ihr Herz fing an zu hämmern. Sie spürte die Feuchtigkeit, die sich langsam in ihr löste. Was hatte er vor?

»Ganz ruhig, ich mache nichts, was du nicht willst.«

Hatte er etwa ihre Erregung gespürt? Sie hatte das Gefühl, er konnte anhand ihrer Körperreaktion lesen, wie in einem offenen Buch.

Marc massierte ihr linkes Bein und sie entspannte sich wieder. Doch nicht vollständig. Sie hatte eine Vorahnung, dass er irgendetwas mit ihr vorhatte. Oder spielten ihre Gedanken nur verrückt? Er übte lediglich seinen Job aus und sie fantasierte sich erotische Berührungen seinerseits zusammen.

Die Beine waren fertig und seine Hände legten sich auf ihren Po. Warm, fast heiß durchflutete es ihre Backen. Die Schwere seiner Hände drückte ihre Klitoris auf das Polster. Pamela erschauerte. Als seine Finger sich zusammenkrallten und die Backen massierten, schossen kleine Lustblitze durch ihr Geschlecht, denn die Klitoris wurde permanent gedrückt. Ihr Verdacht hatte sich bestätigt: er wollte mehr machen! Oder wollte sie es insgeheim und es sich nur nicht eingestehen?

Ein Seufzen entschlüpfte ihrem Mund, als seine Finger sich an ihre Pospalte legten und dort kräftig massierten. War er sich der Doppelwirkung bewusst?

Pamela hatte noch ihren Slip an, doch es war so intensiv, als wäre er nicht vorhanden. Sie keuchte in das offene Loch, das ihr Gesicht umgab. Die Liege war so ausgestattet, dass man den Kopf, wenn man auf dem Bauch lag, bequem gerade halten und auf einem Ausschnitt im Kopfteil ablegen konnte.

In dem Augenblick, als Pamela es vor Erregung kaum noch aushielt, sagte Marc: »Bitte dreh dich um, Pamela.«

Mit einer gewissen Erleichterung, aber auch Enttäuschung, kam sie dem nach. Sie fühlte sich steif und unsicher und kam sich vor, wie ein großes, ungeschicktes Tier.

Als sie auf dem Rücken lag, blickte sie Marc an. Er lächelte. Krampfhaft hatte sie versucht, ihren BH über den Brüsten zu lassen und hatte es geschafft. Er war zwar sehr lose, doch er lag noch über den Brustwarzen, die sie verraten hätten.

Mit einer eleganten Geste nahm Marc ihr den BH ab. Freudig ragten die Nippel steif nach oben. Sofort glitt sein Blick dorthin. Aus dem Augenwinkel konnte Pamela genau erkennen, dass sich etwas in seiner weißen Hose regte. Pamela atmete schwer.

»Ist dir doch nicht unangenehm, oder?«, fragte Marc.

»Nein, gar nicht. Wir kennen uns doch so gut«, log Pamela.

»Okay, dann kann ich dich bestimmt bitten, deinen Slip auszuziehen.«

»Klar.« Pamela versuchte, locker zu klingen, doch sie hatte das Gefühl, er würde sie nur deshalb so nett anlächeln, weil er sich ein Lachen verkneifen musste.

Umständlich zog sie das schwarze Höschen aus, in der Hoffnung, er würde nicht hinsehen und einen Blick zwischen ihre Beine erhaschen. Ihre Hoffnung blieb eine Hoffnung. Seine Augen wanderten zu ihrem Schamdreieck und blieben für einen kurzen Augenblick dort hängen.

Pamelas Herz hämmerte in der Brust. Zum Glück deckte er das kleine Handtuch über ihren Unterleib.

»Ist das denn immer so, dass die Leute sich ausziehen müssen?«

»Natürlich. Wie soll ich denn die Muskeln zu fassen bekommen, wenn die Patienten noch in voller Montur stecken?«

»Ich meine die Unterwäsche.«

»Ach so, nein, das ist nicht unbedingt nötig. Das machen meistens Frauen und eigentlich nur die, die eine Intim-Massage haben wollen.«

Pamela schoss mit dem Oberkörper nach oben. »Intim-Massage?«

»Ja, genau.« Marc lachte. »Was ist so schlimm daran?«

»Ich will aber keine Intim-Massage!«

»So? Dein Körper verrät mir aber etwas anderes.«

»Mein Körper? Ich glaube, du bildest dir zu viele hellseherische Fähigkeiten ein.«

»Schon möglich, dass ich das manchmal tue, aber heute ist es nicht so. Du erschauderst, wenn ich meine Hände auf deinen Körper lege, du zitterst, wenn ich deine Pobacken knete und deine Nippel ragen steif nach oben. Also, wenn ich mir da etwas einbilde, dann, dass *du* nicht willst, dein Körper schon.« Er lächelte wissend.

Pamela hatte sich die Arme über Kreuz vor die Brüste gelegt. Die Warzen drückten gegen ihre Unterarme und waren voller Verlangen. Sie hatte auch den feuchten Fleck im Slip gesehen und hoffte, Marc wäre nicht so aufmerksam. Sie war überführt und wusste nicht, was sie sagen sollte. Sie wollte von ihm verführt werden und dass er sie in den Wahnsinn trieb, auf die höchsten Ebenen der Lust. Aber auf gar keinen Fall konnte sie ihm das eingestehen. Sie, die ihm damals den Laufpass gegeben hatte, weil er sie so gut wie nie zum Höhepunkt brachte. Sie, die genervt war, wenn er so schnell von ihr erregt war. Sie, die die Zeit mit ihm genossen hatte, außer im Bett.

Und nun sollte sie diejenige sein, die unter seinen Händen zitterte? Warum konnte sie sich nicht einfach zusammenreißen und so cool sein wie damals? Sie war jetzt zweiunddreißig und er neunundzwanzig. Vor sieben Jahren sah das noch ganz anders aus. Jetzt kam Pamela sich alt vor, zwar erfahren, aber sie hatte das Gefühl, das dieser junge Mann, der für drei Jahre ihr Freund gewesen war, nun die Zügel in die Hand genommen hatte. Er schaffte es mit seiner bloßen Anwesenheit, sie zum Zittern zu bringen.

Mit der Vorstellung, er brachte täglich mehrere Frauenkörper mit einer Intim-Massage zum Jubilieren, wurde Pamela noch mehr angeheizt. Genau, wie diese anderen Frauen, wollte sie, dass er ihr Lust bereitete, dass er sie da anpackte, wo sie empfindlich war. Doch wie sollte sie ihm das sagen, ohne ihren Stolz zu verlieren?

»Komm, Pamela, leg dich wieder hin. Du starrst mich an, als hätte ich gesagt, du sollst mit mir auf Löwensafari gehen. Es tut auch nicht weh, und ich mache nichts, was du nicht wirklich willst. Ich verspreche dir, du wirst es mögen.«

Er war ihr also zuvorgekommen. Hatte er etwa auch ihre innere Zerrissenheit gespürt?

Pamela legte sich langsam nach hinten und blickte Marc noch einmal kurz an, bevor sie ihre Augen schloss.

Als er diesmal Hand anlegte, atmete Pamela tief ein und gab sich voll und ganz dem Gefühl des Verwöhntwerdens hin.

Ihre Brüste wurden umfasst – Marc fackelte also nicht lange. Seine Hände rutschten so weit hoch, dass Daumen und Zeigefinger die Warzen in die Zange nahmen und an ihnen zwirbelten und zupften. Pamela stöhnte leise. Was sie nicht erwartet hatte, dass sich sein Mund über die Nippel stülpte und an ihnen saugte. Automatisch legte Pamela ihre Hände um seinen Kopf und grub die Finger in seine Haare.

»Oh, Marc«, flüsterte sie.

Er knabberte und umkreiste die Spitzen mit der Zunge, während eine Hand sich den Weg über ihren Körper zur nassen Spalte suchte. Dort angekommen, glitt er mit den Fingern über die Schamlippen und tauchte schließlich hinein. Pamela stöhnte laut auf und drückte ihm ihren Körper entgegen.

Seine Finger waren kundig und ausdauernd. Sie schlüpften immer wieder in das enge Loch und massierten die Scham. Schließlich nahm er erst einen, dann den zweiten Finger dazu. Pamela vibrierte am ganzen Körper. Ihr Unterleib rotierte und drückte sich dem wissenden Mann entgegen. Einen kurzen Moment dachte Pamela daran, wie unfähig Marc im Bett gewesen war, wie laienhaft er mit ihrem Körper umgegangen war. Und jetzt das! Es steigerte noch ihre Erregung, dass genau dieser Mann vor sieben Jahren nicht wusste, was er mit einer Frau überhaupt anfangen sollte. Dass er Pamela jetzt, hier und heute auf simple Art und Weise genau zeigte, wo es langging, brachte ihren Körper zum Zittern.

»Marc, du bist so gut… «, hauchte Pamela. Sie öffnete ihre Augen und blickte ihn an.

Dieser setzte ein überlegenes Grinsen auf: »Ich weiß, Pamela. Und ich werde dich gleich kommen lassen, dass dir Hören und Sehen vergeht.« ...

Weitere erotische Geschichten:

Trinity Taylor
Ich will dich noch mehr

Trinity Taylors erotische Geschichten berühren erneut alle Sinne:

Während einer TV-Produktion im Fahrstuhl,
mit dem Ex auf der Massageliege,
mit Gangstern undercover im Lagerhaus
oder im Pferdestall mit dem »Stallburschen«...

Spannend und lustvoll knistern die neuen Storys voller Erotik und Leidenschaft. Sie fesseln den Leser von der ersten bis zur letzten Minute!

Trinity Taylor
Ich will dich ganz

Trinity Taylor entführt den Leser in Geschichten voller lasterhafter Fantasien & ungezügelter Erotik:

Im Theater eines Kreuzfahrtschiffes,
auf einer einsamen Insel mit einem Piraten,
mit der Freundin in der Schwimmbad-Dusche
oder mit zwei Männern im Baseballstadion...

Trinity überschreitet so manches Tabu und schreibt über ihre intimsten Gedanken.

Trinity Taylor
Ich will dich ganz & gar

Lassen Sie sich von der Wollust mitreißen und fühlen Sie das Verlangen der neuen erotischen Geschichten

Gefesselt auf dem Rücksitz,
auf der Party im Hinterzimmer,
»ferngesteuert« vom neuen Kollegen
oder in der Kunstausstellung ...

»Scharfe Literatur! - Bei Trinity Taylor geht es immer sofort zur Sache, und das in den unterschiedlichsten Situationen und Varianten.« BZ, die Zeitung in Berlin